吕 新 作 品 系 列

游园惊梦

吕新/著

山西出版传媒集团 北岳文艺出版社
BEIYUE LITERATURE & ART PUBLISHING HOUSE
·太原·

图书在版编目(CIP)数据

游园惊梦 / 吕新著. —太原 : 北岳文艺出版社,2018.1
(吕新作品系列)
ISBN 978-7-5378-5433-7

Ⅰ. ①游… Ⅱ. ①吕… Ⅲ. ①中篇小说—小说集—中国—当代 Ⅳ. ①I247.5

中国版本图书馆CIP数据核字(2017)第275927号

书名:游园惊梦
著者:吕　新

策　　划:续小强
责任编辑:关志英

项目统筹:马　峻
装帧设计:张永文
印装监制:巩　璠

出版发行:山西出版传媒集团·北岳文艺出版社
地址:山西省太原市并州南路57号
邮编:030012
电话:0351-5628696(发行部)　0351-5628688(总编室)
传真:0351-5628680
网址:http://www.bywy.com　E-mail:bywycbs@163.com
经销商:新华书店　印刷装订:山西人民印刷有限责任公司

开本:890mm×1240mm　1/32　字数:181千字
印张:8.25　版次:2018年1月第1版　印次:2018年1月山西第1次印刷
书号:ISBN 978-7-5378-5433-7
定价:38.00元

目录

游园惊梦

一

园丁龚大头暴死的那天早晨，宋从良错过了与启明先生会面的机会。启明先生启程北上，利用中途换车的时间，在这里做短暂的停留，他们曾事先约好在车站会面。

那是一个泥泞的雨天。尽管天色晦暗，似明非明，但宋从良还是早早地醒来了。宋从良是个心里藏不住事情的人，自从接到启明先生的信以后，连日来他一直惦记着这次会面。此次会面，尽管时间短暂得令人不免仓促，但仍然充满了意义。分别八九年来，这是他们的第一次见面。地点选择在凌乱的车站，背景多少有些糟。昨天晚上，宋从良提前躺在床上，但几乎彻夜未眠。后来，他打开一本书，读了启明的几篇文章。黎明时分，他终于昏昏沉沉地睡了一会儿。

宋从良穿好衣服以后，望了一眼墙上的挂钟，再过一个多小时，启明先生乘坐的火车就要驶进车站了。一想到即将就要来临的会面，宋从良不禁周身上下充满了激动之情，一条腿竟不由自主地颤抖起来。他低声骂了自己一声，坐进椅子里，点燃一支烟。腿不再颤抖了，只留下一种劳累的酸楚而舒适的感觉，像是跑步后的那种感觉。这时，宋从良发现自己对启明先生是十分敬重而喜欢的。以前，他也曾以这样的方式会见过别的一些人，包括几位关系亲密的女士，激动之情也是有的，但情形却远不如现在。他转念又想道，假如今天来的不是启明，而是其兄长豫才先生，那将会更令他不知所措。

宋从良望了一眼墙上的钟表，从椅子里站起来。外面的阴雨几乎一夜未停。雨声落在花丛里，落在宽大的桐叶上。宋从良常为那种充满幽古情调的声音所痴迷。时间差不多了，该去车站了。宋从良从衣架上摘下围巾，边系边向门口走。这时，他忽然听到外面的回廊里响起了一阵纷乱而急促的脚步声，声音由远而近，突然在门口消失了。

宋从良打开书房通往回廊的门。园中的两名厨师和一名花工站在门外，三个人的衣服都湿漉漉的，惊喘未定。

“发生了什么事?”宋从良问道。

三个人异口同声地告诉了宋从良一个消息：园丁龚大头死了。

两名早起的厨师在天刚亮的时候就起来了，他们从厕所里走出来以后，开始去生火，准备早餐。在走向厨房的过程中，他们忽然看见一名巡夜的花工正在阴雨连绵的园中跌跌撞撞地奔跑。花工跑在甬道之外，几次被地上的雨水滑倒，从地上爬起后又跑。花工的那种异常的举动使两个早起的厨师感到奇怪而有趣，他们停下来看着。厨房就在眼前。

一个年轻的厨师望着奔跑中的花工，对身边那位年老的厨师说：“这家伙要不是疯了，要不就是看见鬼了。”

年老的厨师向不远处喊了一声，喊的正是那个花工的名字。

那个在园中四处乱窜的花工听到喊声，犹如看见了黎明时的救星，跌跌撞撞地向厨房这边跑来，边跑边喊：

“龚大头死了——”

……宋从良领着三个人来到外面。一夜的雨水使园中的花木焕然一新，铺陈在甬道上的红、白两种颜色的石头被冲洗得干干净净。早晨的空气潮湿而清冽，隐隐地泛出一种生铁的气息。宋从良不相信这三个人所说的话，他们的那种惊慌失措的样子更像是在梦游。昨天晚上，宋从良驱车从书局里回来的时候，路过园中的花房，他还看见辛勤劳作了一天的园丁龚大头正在一盏油灯下独自喝酒，手里举着一只啃了一半的油光发亮的猪蹄膀。这样的一个人怎么会在一夜之间突然死去？如果情形属实，死亡也太容易了。宋从良边走边想着，将围巾拉到脖子上。那三个人在他的身后瑟瑟发抖。宋从良回头看了他们一眼，出现在厨师的雪白的帽子上的几个泥点使他感到生气而好笑。

龚大头的尸体就在园内西边的墙垣下，一株柳叶桃被压在他的身下。

不多时，有人从那边抬来了龚大头的尸体。宋从良匆匆看了几眼。年纪六十开外的龚大头，在这个园子里干了五十多年，他的突然死亡使宋从良感到难以置信。经过花工的那阵奔跑与狂呼乱喊，除了宋从良的太太，园内大部分的人这时都起来了，花木的轮廓逐渐明朗起来。

宋从良抬起手看了一下表，一片焦躁不安的阴云迅速窜上他的额头。启明先生所乘坐的火车已进站了。

宋从良在人群里找到自己的内弟谢光世，让他代为料理一下这里的事情，自己去车站看一下后，立即回来。但谢光世不答应。谢光世披着睡衣，对宋从良说，“姐夫，这里死了人，你丢下不管，却又要去什么车站。有什么大不了的事，还有比死人更大的事情吗？我告诉你，休想把这一摊子推给我，我可不管。”

爱管不管吧，这个吃里爬外的东西，流氓，无赖。宋从良极为愤怒地看了谢光世一眼，不再说什么，转身向外走去。

这时，一个衣衫单薄的姑娘突然哭喊着跑过来，跪在地上，紧紧地抱住了宋从良的腿。宋从良低头一看，是园丁龚大头的女儿龚巧云。

宋从良说：“龚姑娘，快起来，别这样，地上全是雨水。”

龚巧云抱着宋从良的腿，泣不成声。龚巧云说了一大通做主、报仇申冤之类的话。宋从良把她从地上扶起来，但龚巧云很快又跪到了地上。龚巧云的双手紧紧地抱着宋从良的腿，斑驳的泥水抹在宋从良的大衣上，使宋从良感到心烦意乱。龚巧云哭着要宋从良捉拿杀害其父的凶手。宋从良对龚巧云说：

“你怎么知道他是被人杀死的？”

龚巧云说：“明摆着的事，他活得好好的，怎么说死就死了？他为什么要死？”

宋从良说：“你知道是谁杀了他？”

龚巧云说：“我怎么知道，我要知道就好了。”

宋从良说：“龚姑娘，你先起来。龚师傅在这里干了五十多年，你以为我不难过吗？我和你一样难过。你先回去。我出去一下，马上就会回来的。”

龚巧云说：“你不答应，我这就死给你看。……我爹还等着吃我的喜酒呢，他不想死的。”

宋从良说："好吧，我这就去报警。"

两个女人扶起哭哭啼啼的龚巧云，向西面的花房里走去。

……宋从良驱车来到车站以后，月台上冷冷清清的。临出门时，他看见园内二楼的窗户开了，妹妹采春站在那里，冷眼看着楼下乱糟糟的人群。

启明先生换乘的火车早已北上开走了。一个捡破烂的老妇人正冒着早晨的细雨，在空荡荡的月台上追赶一只被风刮跑了的空罐头盒。在一个背风的墙角里，一名巡道工正拿着烟丝与纸条，用唾沫卷烟。宋从良漫无目的地走过来时，那个巡道工狠狠地盯了他一眼。

二

几天以后，宋从良致函给北上的启明先生，信中充满了愧意与不安，满纸负荆言，一把辛酸泪。启明对此事似乎不怎么在意。过了一段时间，宋从良突然收到了玉堂先生的一封来信。宋从良没有想到玉堂先生会在那个阴雨连绵的早晨与启明先生同时北上。早先的时候，启明在信中只说是与一位朋友同行，但宋从良没料到那个朋友是玉堂先生。林氏的信件，一如他平日所做的文章。事后，宋从良想，假如那天早晨园子里没有出事，车站上的相会，将会是另一番情形。……龚大头……淫雨……哭声……湿漉漉的花木……令宋从良感到苦不堪言。

每当生活中出现裂缝的时候，宋从良总是迅速把自己置身于对往事的回忆之中。一段时间以来，一些昔日的脸，一些早已逝去了的声音，时常莫名其妙地重现在他的眼前。往昔的图像尽管残缺不全，但也足以使他触目惊心。每一个夜晚的睡眠，对他来说，已不再是一种轻松的放倒与休息，而是意味着一种力不从心的对抗，一种徒劳而持久的搏斗。在梦中的时候，他时常看见自己头破血流，遍体伤痕。夜鸟的翼下夹带着腥甜而潮湿的气息，犹如园中腐烂的花木。

这天早晨，宋从良醒来以后，他的太太谢蕙丛早已梳妆完毕，正在换衣服。宋从良点了一支烟，继续躺着。连日来，天气比较晴朗。早晨的阳光涂满了窗棂，洒在床上。宋从良躺在床上，深感阳光虽然明亮，但毫无暖意可言。谢蕙丛坐在镜子前，正在抱怨断发，抱怨脂粉。在宋从良的视线里，昨夜的那种气息仍然附丽在女人光洁的身体上，早晨的光线使它变得有些虚实不定。谢蕙丛几乎每天都要防风、防晒，时常抱怨脸上的肌肤不像身上的肌肤那样光洁白皙。她常幻想一张光彩夺目的脸，那样一来，她将会被人惊为天人。对谢蕙丛的这种设想，宋从良感到不可思议。这个女人，几乎一天一个想法，变化之快，令人吃惊。……现在，谢蕙丛从衣柜里抽出一条裙子，又抽出一条，都随手丢在一边。抽出来的几条，都不是她想要找的，她的头伸在衣柜里，背部的肌肤微微发红。

宋从良说："你早就起来了？"

"我睡不着了。"谢蕙丛慢应着，没有回头，一双手继续在衣柜里翻来翻去。衣柜的门敞开着，一部分柔软光滑的丝织衣物从里面滑落出来，堆积在她的脚边。宋从良躺在床上看了一阵，想起昨夜的疼痛，对谢蕙丛说道：

"不就是一个普通的生日宴会吗，你起这么早干什么？"

谢蕙丛拿起一件衣服，在胸前比画了一下，又扔到一边。她若有所思地站在柜子前。她的头发时而飘至脸前，时而又摇到背后，这使她感到分心而烦恼。"你看见我那条裙子了吗？

就是上个月刚买的那条。”

宋从良说：“我怎么会看见？什么都问我。你扔在地上的那两条不就很好吗？”

谢蕙丛说；“你懂什么，今天是她的生日，我要是穿了去，董太太会不高兴的。她已经四十五岁了，她不喜欢别人比她年轻。”

“太复杂了。”宋从良说。

谢蕙丛说：“你起来帮我找一找。——你真的不去么，人家好不容易一年才过一个生日，你说不去就不去了？”

宋从良说：“什么叫一年一个生日，谁一年过两个生日？我不能去，我得去见那个陈邦彦，约好了的。”

“听说这个人是周先生推荐来的？”谢蕙丛问道。

“是的，”宋从良说，“他很可能还随身带着周先生的亲笔信，所以我必须去。董太太那边我就对不起她了。”

“别又是一个骗子。”谢蕙丛说，“上次那个人不是打着胡先生的旗号来的么，你们书局还大张旗鼓地宴请了一番，结果呢？”

宋从良说：“你哪壶不开提哪壶，这不是一回事嘛。找你的衣服去吧。”

“历史的经验值得注意。”谢蕙丛说。

真要是周先生荐来的人，不会是一个混饭吃的白痴，宋从良躺在床上，自言自语道。书局里的力量还算可以，但人心不齐，互不通气，新旧作家之间的分歧到了一种红白相见的地步。几年前，宋从良读到了林琴南老先生翻译的《茶花女》，行文的确拗口。后来，又读到一册《恶之花》，译成了七言律诗和五言绝句的格式，几近令人不忍卒读。在宋从良看来，那些缜密而有趣的过程，常常与许多人擦肩而过，失之交臂……谢蕙丛脱下晨衣，从宋从良的脸前扔到床上。宋从良恼怒地看了她一眼。谢蕙丛说道：

“别在那里算计了，我知道你的心思。”

谢蕙丛的话使宋从良的脸变得通红，他像是被人从背后猛击了一下。半晌，宋从良才说道：“你怎么说出这种话？你有什么根据？你知道什么？”

谢蕙丛说：“待会儿到了董家，董太太问起来，我可不替你打圆场。”

现在，她终于找到了两件令她满意的衣服。浓烈的香水味迅速弥漫过来，使宋从良忘记了吸烟，长长的一截烟灰落到枕边，但他毫无察觉。谢蕙丛系好带子，提醒宋从良说：

“小心，别给我烧了被子。”

她窸窸窣窣地起身离去。

三

这天下午的时候，刘东东回到家里。走进寂静无声的院子里后，他把手里的水罐放到门前，扶起了倒在院子里的两把椅子。椅子蒙着一层薄薄的浮土，印出一只带花纹的脚印。一片紫色的花茎在刘东东的视线里颤抖着。刘东东找来扫帚，将院子里的落叶扫到一起。之后，他抬起头，看见红、黑两种颜色的墨水溅在窗户上，太阳已经把它们晒干了，窗户上一片斑驳。花坛前有一只鞋。几只鸟从附近的一棵树上突然一哄而起，匆匆地从房前飞过。刘东东听到响声后，吃惊地向门口望去。街门仍然虚掩着，没有人进来。刘东东在窗前独自站了一阵后，从屋里端出一盆水，开始上下擦拭窗户上的那些墨渍。精雕细镂的窗户，使他的动作充满了艰辛与努力。午后的阳光照在他的身后，他感到自己的头发很热。如水的阳光照在凸凹有致的窗骨上，刘东东看到自己的影子在窗前晃来晃去。他突然想起了那个久无音讯的杨庄。杨庄是父亲的朋友，在南城书局编书，曾经编选过十几本唐诗宋词，还负责为每一句诗词撰写注释。每一部书里，注释类的文字占去了四分之三。刘东东记得，杨庄平时就是这么摇头晃脑的。……屋里有一只粉红色的蝴蝶结，是妹妹的，这会儿它看上去湿漉漉的，毫无生机，像一朵开败了的花。那些红黑的墨水大部分从窗户上消失不见了。剩下的一些遗留在雕花的缝隙里面，刘东东擦了几次，仍然无法触及它们。刘东东停住手。这时，他忽然看到一个四五岁的孩子，怀里抱着一只板凳。

“东哥哥，”孩子向前走了两步，说道，“这是你家的板凳，妈妈让我还给你。”

刘东东接过板凳，对孩子说：“小虎，你是什么时候进来的？像只老鼠一样。”

小虎说：“东哥哥，这几天街上有妖精，妈妈不让我出来。”

刘东东说：“小虎，东哥哥现在有事，不能跟你玩了。”

小虎说：“有人来敲你家的门，我说没人，可那人还是敲个没完。”

刘东东伸手拍着孩子的头说：“小虎真是一个乖孩子，等过几天，哥哥领你到广场上放风筝去，放一个最长最大的。”

小虎感激而讨好地看着刘东东，从口袋里掏出三颗花生，递给刘东东，说：

"给你——"

刘东东说："哥哥不要，你自己吃吧。快回家去，妈妈在等着你。"

小虎一蹦一跳地走了。

刘东东掩上街门。隔壁的院里这时传来了泼水的声音。

乔日清正在高声朗诵李白的《静夜思》。

屋里弥漫着潮气。刘东东走在潮湿的木制地板上，听到脚下传来阵阵沉闷而悠远的回声。在刘东东的视线里，窗帘如同舞台上时启时合的帷幕，但看不到其中的动作与身影，表里如一的帘子，它的内外两层都没有演员，锣声与马蹄响在街上，与此有关的事件蓄谋已久，并非一场草草的设计。刘东东拎着扫帚，把散落在地上的纸片扫到一起后，低头捡起一张印有绿色横格的卡片，卡片的正反两面都有父亲写的字。刘东东把卡片拿在手里，上面写道：

八月十二日 雨

上午。在王谢书店喜见藤本《红楼梦》，惟缺其中一册。欲九折购之，店主不允。复以原价购回。

午后，等苏德培来。

颦颦，颦颦。"西方有石名黛，可代画眉之墨。"

至晚，苏兄仍来到。

八月十三日 阴

晨起，忽觉疼痛异常。左肋下似有一坚硬之物。

德培兄是一守信之人，若无有意外，不会不来。

傍晚，闻听有人敲门。开门，但来者不是苏德培。

看过之后，刘东东把卡片放好，又把门外的那只鞋捡回来。是父亲的一只鞋。刘东东曾听父亲说，苏伯伯家里有一个与自己年龄相仿的小女孩，叫小寒，是小寒那天出生的，比刘东东小五六个月，是一个很爱哭的小姑娘。

受潮后的门扉，发出一种怪声怪调的声音。门楣上有自下而上的一道一道的印记。记载着刘东东成长的过程与确切的日期。每隔一段时间，父亲就要让刘东东站在门边，然后在他的头顶上面画一道印记。过一段时间，又画一道，看他长高了没有。在印记徘徊不前的时候，父亲就说，怎么还和两个月前一样啊？一点长进都没有，快长……算了，还是不长大为好。

刘东东扶起地上的衣架后，将一件碎花的衣服放在脸前闻了一阵，衣服上传来了母亲肌肤的气息。之后，他把手里的衣服挂到衣架上，又将两只平日插花的瓶子里都灌满了水。贮满了清水的瓶子，看上去和空瓶子并无两样。刘东东看了一阵，来到外面。街对面的树影与灰色的屋瓦显映在窗户上。

刘东东低头坐在小虎送来的那只凳子上。一队黄色的蚂蚁从他的脚下蜿蜒而过，还有几只拖着米粒的蚂蚁远远地落在最后。在一滴水珠前，那几只负重的蚂蚁停了下来，踌躇不前，刘东东帮它们刮掉那滴水珠后，几只蚂蚁却早已四处逃散了。

街上有人正奔跑，呼喊。刘东东走到外面后，只看见一阵尘土。

隔壁的院子里升起了一架梯子，一个老太太出现在墙头上。

“东东，还没吃饭吧？”

老太太说着，探身递过一个纸包。刘东东搬着凳子来到院墙下，他站在那只凳子上，接过老太太递来的油纸包。

“乔奶奶，我今天看见宝玉姑姑了。”刘东东仰起脸对老太太说。

“快吃吧，还热着呢。”老太太说，“家里有开水吗？”

刘东东摇摇头。老太太叹了一口气，说，过这边来吃吧。

老太太的院子里有一张染血的帆布，暗红色的血迹使那张帆布变得又粗又硬，像一张风干后的牛皮。刘东东走进院子里的时候，老翁乔日清正在门口霍霍地磨刀。乔日清抬起头看了一眼刘东东，又低下头去继续磨刀。

屋里的墙上有一只镜框，照片上的一群人穿着长衫与棉袍，有一半以上的人都戴着圆形的眼镜。少数的三两个人留着胡子。老太太把水端来，然后坐在一边，看着狼吞虎咽的刘东东。乔日清从外面进来，对老太太说：

“我出去一下。”

“你不要走远了。”老太太说。

“就你啰唆，难道我不懂吗？”乔日清不耐烦地说着，扬长而去。

窗外传来了风吹帆布的声音。乔日清裹着被吹成一团的长衫，消失在门外。风中的茅草时起时伏，重叠的窗扉在刘东东的视线里变得层出不穷。老太太正在整理一些零碎的绸布、呢料，刘东东低声对老太太说：

“乔奶奶，我看见宝玉姑姑了，我叫她了，她没有听见。”

老太太把一些颜色相近的零碎布料叠到一起，接着又打开另一只梳妆用的漆盒。刘东东眼花缭乱地看着里面的东西。老太太的缓慢而有条不紊的动作，使刘东东在吃饱喝足之余感到有些百无聊赖，并渐渐产生了一种昏昏沉沉的睡意。窗外，一根长长的青藤不时从墙上飘至窗前，像一根柔软的辫子一样抽打着窗户。

刘东东好半天没有说话，老太太回头看了他一下，摘下花镜，问道：

“东东，吃饱了吗?”

“饱了。”刘东东说着，点点头。这会儿，他的脸红扑扑的，他感到身上很热，衣服像医生的手套一样紧紧地贴在皮肤上。

“东东，奶奶告诉你一件事，你可要记住，不要对别人说……”

刘东东坐在老太太的身边，老太太搂着他。不久，老太太的话使刘东东的睡意消失得荡然无存。

四

街上只有一盏灯。

那个人面无表情地站在街灯下，青灰的灯光使他看上去面色如土，并隐隐约约地泛出一种微微的绿意。

刘东东一个人贴着高大的墙壁走了一阵，后来忽然停下了脚步。他听到前面不远处的黑暗中传来了两个人的说话声。

一个粗浊的声音说道：

“我告诉你，别惹我，惹火了我，小心我把你射出去。”

另一个声音说：

“看你说的，你这个人，你怎么能射我？你又不是一张弓。”

那个粗浊的声音说：

“谁说我不是一张弓？谁说的？我弯曲如弓，我能在最紧要的时候把你射出去，让你措手不及，溃不成军。”

不久之后，刘东东听到第三个人的声音。这个发现不禁使他大吃一惊，他原来一直以为只有两个人在那里说话，却没有料到还有第三个人在场。那是一种比较微弱的低语，像一个久病在床的人发出来的那种异常吃力而又黏稠暗哑的声音。那个人似乎用那种弱不禁风的声音讲述了一个笑话，刘东东听到那个粗浊的声音竟情不自禁地笑出了声。后来，三个人便都不做声了。那个人似乎说了一件很有意思的事情。刘东东这样想的时候，那三个人已在黑暗中说着话，渐渐地远去了。

刘东东背靠着青灰的砖墙，他看到了正在向前行走的那两个一高一矮的人影，他们的旁边并没有第三个人。刘东东一度时间怀疑自己的耳朵与眼睛出了毛病。砖墙上残留着白日里的余温，墙根下长着草，蟋蟀在其中叫着。临街的一道高而窄的窗户里，现在还亮着灯光。

河水在远处流着。

刘东东举头仰望着寂寥的夜空，天上繁星点点。有一次，乔日清问刘东东，你见过北斗星吗？刘东东说，没有。乔日清说，没见过也好，你别以为它很神秘，它没有什么了不起，其实它更像一把捞饭用的家常的勺子。刘东东从来没有在天上看见过乔日清所说的那种勺子，他无法把天上的星辰与人间的炊事器皿联系到一起。乔日清说他没出息，缺乏想象力。乔日清对刘东东说，你这个孩子，一点儿想象力都没有，要是谁都不去想，历史还能前进么？历史其实就是瞎想出来的。乔日清这个人，敢于想象，经常说一些不着边际的话，刘东东与他在一起的时候，总是把他看作是一个著名的妖人……整个晚上，刘东东望到的，只是那些一盘散沙似的群星，天上没有勺子。

一个戴口罩的人从对面走来，街灯把他的影子变得又细又长。那个人的身边拖着一根木制的假肢，走得很慢。

远处传来了玄机寺缥缈的钟声。

刘东东把手伸进口袋里，触到了那张纸，那张纸发出一阵窸窸窣窣的声音，如一件小巧的衣服。刘东东从口袋里伸出手，奔跑起来。

临近午夜的时候，刘东东顺着来时的路，向家里走。

在这个一无所获的夜晚里，刘东东听见自己的拖沓不前的脚步声如同一个行动迟缓的老人，他走过那些已陷入沉睡中的房屋前时，心中漆黑一团。有一段时间，他把那张纸揉成一团，扔到街上。向前跑了一阵后，又回头重新捡了起来。在他的印象中，一张苍白的脸，自始至终都在伴随着他徘徊、奔跑。

来到家门前，刘东东伸出一只手，碰响了铜制的门环。

附近传来一阵清晰的撕扯布匹的声音。

五

乔日清回到家里的时候，外面已一片漆黑。乔日清摇摇晃晃地走进门里，脸上挂着一种掩饰不住的笑意。

老太太正在准备晚饭，乔日清的头碰在门框上的时候，她受到了一阵惊吓，但乔日清本人却浑然不觉，依旧笑着。老太太望着乔日清脸上的笑意和满身清凉的夜露，疑惑地问道：

“你又干什么缺德事了吧？”

“胡说什么。”

“那你笑什么?”

“我就是想笑，我忍不住。”

乔日清说着，又一次趴在一只椅子上笑出了声。之后，难以抑制的笑声使他突然咳嗽起来，椅子在他的身下开始左右摇晃，吱吱作响。老太太走过来，用力拍着他的背，对他说：

“你怎么能这样……”

“我怎么啦?”

“你看见什么了?”

“我什么也没看见。”

“你的身上有一种味道，去洗洗吧，啊!”

“我不洗。”

“我刚烧开的水。”

“我就不去。”

“你总是这样自暴自弃——”

“我没有。”

老太太的手继续拍打着乔日清的背部。乔日清突然离开椅子，来到床上，将脸埋在毯子里，发出一连串吃吃的窃笑。笑声使他的两只肩膀抖成一团。老太太跟着来到床边，伸出一只手按在他的颤抖不止的肩膀上。老太太的努力并未奏效，反而事倍功半，乔日清的身体抖动得更加厉害了，窃笑声变得扭曲而抽搐。老太太缩回自己的手，生气地说道：

“你已经是七十岁的人啦，不是小孩子了，你让我操心操到什么时候?”

“胡说!”乔日清突然从毯子里伸出头，对老太太说道：

“离我七十岁的生日还有两个月呢，我现在才六十九。”

“老东西，你是不是趁我不在的时候，偷偷看过皇历了？”

“嗯，我看过了。”乔日清得意扬扬地说道，“霜降那天，正好是我的生日，这一点，我是蛮清楚的，谁也休想瞒我。”

“谁瞒你了。”

“这几天，我正在设想一件事情。”

老太太对乔日清说：“你过生日的时候，我想打扮打扮，你看我穿什么好？”

“我看，你最好什么也别穿。”乔日清说着，放声大笑起来。

“你一年比一年下流了。”老太太说。

“你一丝不挂，我真高兴。”乔日清的脸埋进毯子里，发出一串沉闷的笑声。

“亏你想得出来，闭上你的嘴。”

乔日清说：“我经常想，要是人人都不穿衣服，光着身躯在街上走来走去，那这个世界该有多好，一个透明的天下，既省略了农桑，又免去了女红之苦。”

乔日清的大胆设想，使老太太的脸上升起了情不自禁的红晕。“你要死了，这是人说的话么？”老太太说着，向门口走去。

乔日清从毯子里露出头来，对老太太说：“你回来，你不理我了？”

老太太说：“你又气我。”

乔日清说：“我是想让你高兴。”

“你又笑了，你别那么笑。”老太太说。

“有一件事很奇怪，你的手怎么会变得越来越有劲了？”乔日清说。

“我给你弄吃的去，你别那么笑了，你把毯子叠好。”

"我要吃大米……西瓜……还有猪肠子，我要吃。"

"你喝粥吧，啊？"

"我不喝粥。你又让我喝粥。"

"你看见什么了？"

"你又那么笑，你别那么笑。"

六

刘东东翻了一次身，被子无声地滑落到地上。那时，梦中所呈现的房屋的位置开始相互错乱，马车从潮湿的砖地上驶过，碾碎了分散在砖地上的憧憧人影，刘东东听到了一种凄厉的惨叫。灰白的太阳悬浮在午后的天上，一个人从一家药铺跑出来，抱头大笑，狂奔而去。

早上起来，刘东东提着水罐来到外面。站在早晨灰白的光线里，他回想着昨夜的梦境，坐落在后街的王府一带的房屋像雨前的云彩一样纷纷涌过来，不容分说地占据了前面的位置。前面的那些房屋只剩下了窗户，所有的门都被封死了；夹竹桃腐烂在石阶前，酥烂如泥。

一个三十多岁的陌生人牵着小虎的手走来。小虎穿了一双新鞋，鞋面上分别绣了两只小鸡。小虎对刘东东说：

"东哥哥，我要到外婆家去了，我舅舅来接我，我们乘车去。"

"小虎，这就走吗？"刘东东说。

"东哥哥，我外婆那里有猪和菊花，还有黄颜色的谷仓。"小虎说。

刘东东手里提着水罐，朝小虎的舅舅笑了一下，但那个人并没有看刘东东。他放慢脚步等小虎说话的时候，显得心不在焉。他面无表情地打量着沿街两边青色的瓦房，时而又抓耳挠腮。不久，就牵着小虎的手走远了。

这天上午，刘东东在帅府路一带看到了那个女人。女人穿着一件黑色的大衣，致使刘东东东不敢上前相认。刘东东跟在她的后面，走了很久，那个女人不断地出入于一些茶楼与皮货店之中。在刘东东疲倦的视线里，她裹着皮靴的小腿如同行走中的马腿。整整一个上午，这个女人一无所获。刘东东暗中跟在她的后面，也累得精疲力竭。在一个小食摊前，刘东东买了一只芝麻火烧。他刚把烧饼咬开一个缺口，再找那个女人时，已经不见了。

七

宋从良赶到书局以后，《国风》副刊的一群人正吵成一团。《国风》副刊 计划要连载徐枕亚的《玉梨魂》和程瞻庐的《唐祝文周四杰传》，意见分成明显的两种，一派主张连载，另一派则坚决反对。宋从良听了一阵争执，起身问了几个人，都说没有一个叫陈邦彦的人来找他。宋从良暗自生了一阵气。整整一个上午，他无心阅稿。一部书稿放在眼前，每一个字看上去都有程度不同的重影，所有的笔画都是双重的。宋从良坐在椅子上发呆，《国风》副刊那边，一群人仍在争吵。宋从良想，早知如此，还不如去董家大嚼一通，来个一醉方休。这个陈姓的君子，既是来谋事做的，竟这样没有信用。眼下，《国风》副刊里的几个人正在振振有词，巧舌如簧。宋从良对他们没有什么好感。就是这几个人，一年前，竟然在《国风》副刊上登出了包德顺、陈月蕉等人的结婚喜报，弄得沸沸扬扬。他们所喜欢的就是这种局面。他们的那种轻浮的天性让他受不了。

宋从良喝干了昨日的半杯残茶，起身到楼下去闲逛。昨夜的一场风雨，使眼前的花坛变得憔悴不堪，南城书局颓败失修的建筑，此时看上去像一位人老珠黄的妇女。宋从良站在凋零的花坛前向书局的楼上张望，二楼、三楼的一部分窗户敞开着，里面的盆花与衣物隐约可见。再往上看，宋从良不禁皱起了眉头。四楼的一个窗户里伸出一根竹竿，竹竿上赫然挑出一条红色的内裤，此时正像一面鲜艳的小旗一样在轻轻飘动。

宋从良仰头看了一阵，对正要上楼去的一名同事说道：

“上去告诉那位冯先生，把他的亵衣赶快收回去。这也太过分了吧，太不像话了吧，成何体统？青楼院里也没有这样的景致。”

……

陈邦彦是在午后才来到南城书局的，他的腋下夹着几本大小不一的期刊。南城书局吱吱作响的楼梯和桌椅使他在初来乍到之际感到有趣。他在走上三楼之后，复又返至一楼，重新上来，为的是再聆听一次那种陈年木板的吱吱乱响的声音。老鼠灰色的身影在楼板之间忽隐忽现。陈邦彦哼着歌曲来到楼上。

其时，宋从良正在椅子上打盹。

中午的时候，书局里大部分的人都回家去了。宋从良听着一群人吵吵嚷嚷地下了楼，心中略感清静一些。后来，编译组的两个人过来邀他一同去街对面的馆子里吃饭，宋从良言说胃疼，没有去。他就那样无所事事地在椅子上坐着，坐着坐着，不知不觉便睡着了。

陈邦彦上来后，赔了一通不是。陈邦彦说话的时候，嘴里浓烈的酒气扑面而来。眼前的情形使宋从良感到多少有些不快。他把椅子的距离尽量拉开一些，问陈邦彦说：

“周先生可好吗？”

“好，好，只是近来更瘦了。”陈邦彦一边说话，一边拖着椅子要坐到宋从良的面前。宋从良见状，暗暗叫苦之余又急中生智，他指着自己的茶杯，对正在趋前的陈邦彦说：“喝茶，请用茶。”

陈邦彦看了一眼手边的茶杯，终于在椅子上坐下了，说：

“他每天还是工作到深夜，甚至通宵。”

宋从良对陈邦彦说：

“先生的信呢，我看看。”

信？什么信？陈邦彦用一脸疑惑的神情望着宋从良。宋从良说：

“先生没让你捎信来吗？”

陈邦彦说：“噢，是这样，临行之前，先生要写一封举荐信让我带来，是我不让他写的。我说，不用了，何必多此一举。我去年在《太平》旬刊上主持了一年的专栏，我想，天下谁人不识君？宋先生也是知道那个专栏的。”

宋从良的脸上掠过一道不易察觉的阴影。现在，他忽然感到眼前的事情颇有些棘手。这时，他又听陈邦彦说道：

“这里的气候不错，阳光灿烂，杭州不行，杭州这几天淫雨霏霏。”

宋从良一惊，说道：

“周先生不是在鹭城么，你怎么又说起杭州？你是从杭州来的？”

“是的，”陈邦彦说，“我从鹭城到了杭州。在杭州，我天天与广达在一起，他刚从日本归来，心情不好，时常醉倒在湖边，他要我陪他沿着富春江一路东行，去天台山，去浙东山区，我没时间了，不能陪他。正好有交通部的两位官员要陪他去，还有福堂、秋原几个人。说实话，广达的心情很糟呀。”

宋从良在这个多少有些闷热的午后，听到那只年久失修的椅子在自己的身下吱吱作响。透过眼前的团团烟雾，他看到此刻坐在他对面的陈邦彦满脸憔悴与困顿之色，陈邦彦的两颗牙齿遭到了虫蛀，在他开口说话之时，宋从良常望见那口里是黑洞洞的一片。蝉在窗外不停不歇地叫着。在那布满灰尘与黑暗的楼道里，不时传来一阵异常拖沓的脚步声。送牛奶的工人在楼下的便道上尖声叫着，声调时起时伏，形同一只滑上滑下的轮子。

……午后，当书局里出去吃饭的人陆陆续续地走进楼里以后，宋从良惊愕地发现陈邦彦竟趴在椅子里睡着了。

陈邦彦睡得很熟，鼾声如雷。宋从良失手打了一只杯子，都未能将他惊醒。

八

谢蕙丛换了一个姿势，侧身躺着，分开一条腿，说道：“这边。”

刘东东离开椅子，坐到床边，一双手轻轻地捶着谢蕙丛的腿，目光在房间内悄然无声地四处乱窜。平静的窗帘像一带倒悬起来的海水，熏香炉里的青烟细如丝竹。谢蕙丛闭着眼睛，两道修饰过的眉毛似蹙非蹙。

刘东东说；“丛姨，昨天我在街上看到一个穿黑衣服的女人，我跟着走了半天，原来她不是你，我看错了。”

谢蕙丛说：“怎么会看错人呢，你连我都不认识吗？这些天我四处托人找你，——这里，再往上，捶捶上边。”

“我就在家里。”刘东东说着，一双手向上移动着，他望着谢蕙丛平坦而柔软的腹部，绿色的丝绸使他的手不时滑向下边。

谢蕙丛说：“我去找过你两次，有一次是在晚上，旁边的树枝还挂破了我的衣服。你们邻居的那个老头真可恶。”

刘东东说：“他就那样，其实，他是一个蛮好的人。”

谢蕙丛喝多了酒，酒液使她的脸色变得一片绯红。董太太的生日冗长而热烈，经久不散。酒宴进行之中，外交部的一位官员突然不见了踪影。直到生日临近尾声的时候，一名端茶的侍女才在一张桌子下面发现了他。就是那一位不胜酒力的官员，在生日宴会开始不久，频频与人干杯，不管认识的还是不认识的，都一律谈笑风生，言语间流露出一派如释重负的神情。谢蕙丛摆脱了一个向她大献殷勤的人，但不久之后，那个人就又一次来到她的身后。谢蕙丛被弄得心意迷乱，她后悔不该穿了那么一身轻薄的衣服。她心猿意马地端起酒杯，用目光在大厅里四处搜寻盛装的董太太，但那天她一直没有看见董太太的身影。酒宴进行的过程中，她看见董家的两个鬼鬼祟祟的侍女，一会儿从楼上下来，一会儿又噔噔地上去，萨克斯的肮脏而穷极无聊的声音在大厅里反反复复地回响着，令人昏昏欲睡……

不知什么时候，刘东东停住了手，他的一双手感到又酸又困。谢蕙丛忽然睁开了眼睛，她对刘东东说道：

“东东，上来躺一会儿。”

刘东东来到床上，轻轻地躺下，谢蕙丛搂着他。谢蕙丛的细微的散发着幽香的呼吸，像低远的暖风一样从刘东东的脸上轻轻吹过，刘东东感到脸颊很痒，他缩了一下脖子，忽然笑出了声。谢蕙丛在枕边低声说道，东东真是一个听话的孩子，我就喜欢像你这样的孩子。

刘东东说：“丛姨，你身上的气息和我妈妈身上的一样。”

“不好吗？”谢蕙丛扬了扬眉毛，问道。

“好。”刘东东说。

谢蕙丛摘下自己的耳环与珠子、链子，放到一边。刘东东这时忽然想起了什么，他仰起脸对谢蕙丛说道：

“丛姨，那天晚上我回家的时候，听到了附近传来撕扯布匹的声音，我不知道是你，我不知道树枝挂破了你的衣服。”

谢蕙丛说：“东东，给你看一样东西，你想看吗？”

刘东东说：“什么东西？”

“你想看吗？”

“想。是玉吗？”

“比玉可好多了。”

“是连环画？”

谢蕙丛笑着，轻轻地在刘东东的头上拍了一下，起身脱掉了身上的一件丝绒坎肩。

九

陈邦彦是在这天的黄昏时分遇见乔日清的。其时，乔日清正在街口一带看别人打架。围观的人挤成一团，水泄不通。乔日清站在人群之外，只听到一阵打骂声，却找不到事情的真相，乔日清急躁不安地踮起脚尖，拼命想挤进人群里去。陈邦彦就是在这个时候把乔日清从人缝中拉出来的。乔日清愤怒地挥动胳膊，打掉了陈邦彦的手，大声地说道：

“别拉我。我还什么也没看见呢。”

乔日清说着，转身又要往人群里挤。陈邦彦在后面对他说道：

“乔老爷，我是陈邦彦。”

乔日清听到喊声，回头愣了一下，不再往人群里挤了。人群里忽然飞出两块砖头，众人作鸟兽散。陈邦彦拽着乔日清来到一个僻静处。

陈邦彦从口袋里取出几张照片，还有几册旧日的期刊。期刊是昔日的著名的《白虹》杂志。陈邦彦对乔日清说：

“乔老爷，我查访了许多地方，今天终于在这里找到你了。”

乔日清说：“说什么傻话，我不是什么老爷。”

陈邦彦说：“我知道你这些年不容易，与梁老爷的论战，使你身败名裂。”

乔日清说：“我饿了，我要回去吃饭。”

陈邦彦说：“梁老爷是什么人？那场论战，虽长达六年之久，但失败的当然只能是你，你太血气方刚了。”

陈邦彦说着，拿起那几张照片。照片上的十几个人全都穿着长衫与棉袍，一半以上的人戴着圆形的眼镜。陈邦彦说：

“乔老爷，这不是你么，后排左起第二个人是我，前排正中的是周先生。”

乔日清打量着照片上的那些人。这位昔日的诗人，白虹社的发起人，面对已逝的情景，显得有些不知所措。照片上的季节介于秋、冬交替之间，站在最后一排的丁永昌提前戴上了清朝时的兔皮护耳。耿一泓的小胡子威风凛凛……那是我吗？那就是我？乔日清看着昔日的照片，突然爆发出一阵大笑。

天色渐渐地黑了下来。陈邦彦收起照片与杂志，要送给乔日清，乔日清不要。摩托车与汽车从他们的眼前飞驰而过，街上的烟雾越来越厚，行人渐渐地稀少了。

陈邦彦对乔日清说："不久前我路过苏州，南庄的人正在虎丘聚会，他们还提起你，而你从前却不屑与他们为伍。"

乔日清说："你说完了吗？我要回去了。"

陈邦彦说："你怎么能这样？我好容易找到你，你不能这样对我。"

乔日清说："我告诉你，别惹我，惹火了我，小心我把你射出去。"

陈邦彦说："看你说的，你这个人，你怎么能射我，你又不是一张弓。"

乔日清说："谁说我不是一张弓？谁说的？我弯曲如弓，我能在最紧要的时候把你射出去，让你措手不及，溃不成军。"

陈邦彦说："那边有一个孩子，好像在听我们说话——"

"不管他。"

"你这个人——"陈邦彦说话的时候，突然感到口中灌满了夜晚的冷风。

十

老翁逾墙走，

老妪出门看。

……

刘东东刚读了两句，忽然听到隔壁的屋里传来了老太太的哭声。刘东东放下手里的书，出门之后，老太太的真切而凄婉的呜咽之声又传入他的耳中。街上，一个烧纸的女人在升起的烟雾中轻轻地咳嗽着。刘东东走进屋里后，看到老太太拥着被子坐在床上，老泪纵横。

刘东东说："乔奶奶。"

乔日清这个老不死的东西，趁老太太熟睡的时候，竟然扒光了她所有的衣服，然后像一个盗贼一样逾墙而走了。老太太醒来后，发现自己浑身上下一丝不挂，失声痛哭起来。她日常所穿的衣物全部被乔日清拎到了屋外。

老太太让刘东东去外屋找回她的衣服。刘东东看到老太太的衣服放在一只很高的柜子上面。刘东东踩了一只凳子，才将老太太的被束之高阁的衣服取了下来。老太太在被子里一边窸窸窣窣地穿衣服，一边流着泪。

刘东东劝慰道："乔奶奶，别哭了，他是和你玩儿呢。"

老太太说："有这样玩儿的么？他只图自己快乐，才不管别人呢。"

去年冬天，一个天色晦暗的日子里，刘东东跟随母亲去吉修园赴宴。在刘东东的记忆里，刚刚升任南城书局老板的宋伯伯瘦削得令人吃惊，他坐在一张椅子里，手边放着一册线装的《食货志》。刘东东的母亲与谢蕙丛见面后，则激动地拥抱在一起。她们都穿着十分近似的衣服，形如一对同胞姐妹。事后，由于饮酒过度，两个女人的脸色都变得一片绯红，目光迷离而散乱。谢蕙丛对刘东东的母亲说，"让东东做我们的干儿子吧。”谢蕙丛嘴里的酒气使刘东东不久便挣脱了她的怀抱。刘东东离开酒气与脂粉弥漫的房子里，来到外面。冬日的吉修园，景色十分荒芜，只有两三种耐寒的植物开着不红不白的花朵。视线所及之处，到处都是灰褐色的枯枝败叶，白色的墙垣在铜枝铁干般的树丛后面悄然逶迤。寒风吹着落叶，在藤萝遍布的园内簌簌作响，随意滚动。这个园子，共有六架秋千，十几处石桌石凳，眼下，它们的上面都不同程度地蒙满了灰尘。

刘东东荡了一阵秋千，冷风吹进了他的袖口。他捂着被冻得通红的耳朵从秋千上下来。这时，他发现不远处的亭阁里，有一个人正在望着他——在刘东东最初的印象里，那是一个不畏寒冷的人，一个面色灰白的女人。

此前，冬日寒冷的园景曾使刘东东放弃了继续游荡的念头。他从园中折了一根白树枝，兴冲冲地跑回大厅里的时候，发现宋伯伯正在与他的太太谢蕙丛争吵。刘东东的母亲坐在一旁，酒意使她看上去醉眼蒙眬。

当然，他们很快就不再吵了。

刘东东悄悄退出大厅，又来到外面。……

一个浇铸糖公鸡的民间艺人正在园门口窜来窜去。刘东东出来后，艺人说，小孩，要一只鸡吧。没等刘东东说话，艺人便蹲下来，打开微暗的炉火。艺人在浇铸黄色的糖汁的时候，说了一些“雄鸡一唱天下白”之类的话。

午后，天空里飘了一阵零星的雪花。仰望阴暗的天空，刘东东看到飘洒的雪花如同稀疏的米粒，从空中落下来以后便不见了踪影。刘东东在萧瑟的园内四处奔跑，从厨房的纱门里，不断地扔出一根又一根的肉骨头，一只狗在纱门外欢腾跳跃。那只狗像一名训练有素的球手，每一次都能将掷出来的骨头准确无误地接住。刘东东看了一阵，天空里的飞雪这时已停止了，但天色仍然阴晦不晴。一只白色羽翅的鸟落在园中的假山上，水道里的清冽的冷水发出一种铁器一样的声音。丑陋的假山，每年夏天的时候，常有一些女人由此向上攀登，彩裙飘舞，笑声缠绵而矫饰，犹如黏附于山上的植被。

不久之后，刘东东开始往家里跑。有一个人躺在那里。那个人熟睡的样子使刘东东感到害怕。

十一

如果不是大夫亲自上门来，宋从良这会儿恐怕仍然滞留在睡梦中。梦中的某些事情总是拖泥带水，常常令他不能自拔。一段时间以来，他对自身的感觉非常不好，越来越糟。与梦中的某些事物进行持久而松懈的搏斗，常使他感到力不从心，难以招架。谢蕙丛的话说得没错，江南历来盛出唇枪舌剑之士，而东晋王室的南渡，似乎是一切事物的开端。书局里少数人的马虎与别有用心，给宋从良带来了很大的麻烦。尴尬人常遇尴尬事，宋从良生平第一次卧病在床，即遇上了一位谈病色变的大夫。这位看上去文质彬彬的大夫，擅于用一种夸张的、有时甚至是极其玄奥的语言渲染人体的器官与内脏。他几次上门出诊，宋从良被他说得忐忑不安。白日里的言谈有时会投射到夜晚的睡眠之中，宋从良曾数次梦见自己的身体在如同咒语般的医嘱中变得分崩离析，不成体统。这个大夫，一脸的书卷气，没准也能写出几本书来，让他弃医从文，或许更接近他的秉性。

去年年初，书局里的一名姓倪的职员，擅自扣留了沈先生由上海寄来的一份急件。倪一直不吭不哈，没事人一般。事发之后，宋从良大为光火，将倪姓职员清除出南城书局。

二月底至三月初，宋从良的好友、“红学家”刘建昌的专著《东西二府》交付南城书局，全书二百八十页。

三月。川岛在《语丝》上发表《又上了胡适之的当》。

三月中旬，《济慈诗选》《飞鸟集》开始印行。

不久，刘复（半农）发表《徐志摩先生的耳朵》。周作人发表《狗抓地毯》。

三月二十日，外文组编辑徐勉被捕入狱。教育部助理谭退之莅临书局。

四月，许小屯（化名）由河西辗转来到南城书局，携二长篇《敌后》《边区的太阳》。翌日晨，教育部助理谭退之偕同燕京大学邵女士复来。

许小屯在宋从良的园中隐匿数日后离去。

五月端午节，书局三楼楼梯被暗中抽掉，戴近视眼镜的苏德培、韩玄山二人失足下坠，损面、折骨，伤势甚重。

五月底，周湘江在家中病逝，所译著作《复活》未竟，由其妻陈淑岩接替。

六月，《呐喊》重印。

流亡青年徐烨写成长篇小说《暗杀》，遭峰峰书局退黜，改由南城书局出版。南城书局出版的《暗杀》，其开本如同小型的墓碑。《暗杀》出版之日，宋从良携样书去光大旅社看望徐烨。徐烨在旅社中已溘然长逝。饥饿与肺部的阴影夺去了徐烨的生命。宋从良赶到光大旅社后，恰遇旅社老板命人将徐烨的尸体由房中抬出，徐烨被裹在一张苇席内。

徐烨时年二十三岁。

六月底，陈盛友将军派特使来南城书局。陈部为书局捐资五百大洋，发展文化事业，出版《陈盛友诗选》《陈氏兵法》《古代之阵地战与现代之游击战》《皇家火枪队》《手榴弹的几种不同的用法》。

以上著作均为陈盛友将军所著。

一个阴雨连绵的夜晚，陈部属下的一名姓汪的士兵翻墙进入宋从良的园中，被巡夜的家人截获。后该士兵被送还陈部。

连续几日，厨师一再向宋从良抱怨，厨房中的食物，常常在第二天早晨不翼而飞。宋从良起初并未留意，以为是几只家犬所为。稍后，厨师将几只家犬用铁链系在花房一侧，但丢失食物之事仍一如既往。

一天晚上，宋从良由书局回来，听到园内传来一阵琅琅的书声，是《历代文选》中的章节。宋从良在园中搜寻了许久，花木中未见读书人的身影，所到之处，都是风吹树影的声音。

七月，胡先生由海外致函宋从良。

八月十二日黄昏，宋从良首次面见萧才女。

稍后，谢蕙丛与宋从良大吵大闹。

八月下旬，宋从良在忧郁之中开始着手修缮荒败多年的吉修园。未几，一名木工与一名泥瓦工在蓬草丛生的园内走失，下落不明。

九月，园内的一株橘树突然开出黄、白两种颜色的菊花，张芸女士携其子东东来观看。谢蕙丛请来一位著名的妖人。妖人来自山东。

在此期间，宋从良曾数日彻夜不归。

那位著名的妖人，在重阳节的早晨，挥剑斩断蓬发的枯树，树下的蚁穴令人瞠目。

十月里的一天，“红学家”刘建昌在返回家园的途中偶感风寒。数日后，竟致卧床不起。消息传来之时，正值一个晚上，宋从良无比惊愕。晚饭之前，他刚刚送走刘建昌。整整一个下午，他们都在一起饮茶，眺望园中的寒烟枯枝。刘建昌直到日落时分才起身离去。

本月的最后一天，海派作家王玉王完成了《护光》一书。

这个王玉王的出现，仿佛是一个命中注定的偶然事件，宋从良至今都说不清其中的原委。虽然至今都无从解释，但对于宋从良来说，至少是不吉祥的，它在冥冥之中阴差阳错地使宋从良错过了一连串百年不遇的佳期。

时间进入腊月里以后，天气时好时坏。有一天午后，外面下着大雪，宋从良在睡梦中听到有人附在他的耳边，低声对他说：

“你走吧，已经没你的什么事了。”

宋从良睁开眼，看到谢蕙丛裹着玫瑰红的羊毛披风站在门口，外面的飞雪正越过谢蕙丛的身体，向屋里旋舞。宋从良从床上欠起身，对正在远眺的谢蕙丛说道：

“你刚才对我说什么？怎么只说了半句？你说的是后半句。”

谢蕙丛正在门前眺望外面的雪景，午后的一段难熬的时光使她感到无所事事，她没提防宋从良会在这个时候突然醒来。她刚进来那阵子，宋从良睡得正好，他的酣睡很使她惊羡。午饭之后，谢蕙丛睡不着觉，独自出来在外面闲逛。她在盲目漫步的过程中，听到宋从良的房间里传出了一阵热烈而亲切的交谈声，她以为又来了什么客人。她踏着雪走过来时，听到房中一片寂静。她推开门，看到宋从良一个人正在睡觉，脸冲着墙，姿势异常吃力。现在，对于那种隔着雪地传到她身边的亲热而密集的谈话声，她完全归咎于自己的耳鸣。

宋从良听完谢蕙丛的一番陈述后，脸上的神情像一个七八岁的孩子，他望着谢蕙丛被吹得略显蓬松的头发，低声说道：

“是这样。”

谢蕙丛说：“我近来时常耳鸣。我吵醒你了吗？你再睡吧。”

宋从良说：“我不想再睡了。”

谢蕙丛说：“咱们下一盘棋吧，好不好？”

宋从良说：“难得有这样一个既宁静又无事的下雪天，咱们饮茶吧，夫妻对饮，不用下面的任何人侍候，我们自己烧火，自己挑选茶叶，把红泥火炉开起来。”

谢蕙丛说：“大夫多次嘱咐我，这一段时间不能喝茶。”

宋从良讪讪地说道：“那就算了。”

十二

雨越下越大，从房檐上流下来的雨水如同一道垂悬下来的透明密集的帘子。刘建昌怀里抱着书，焦躁不安地在王谢书店的砖地上踱来踱去。刘建昌几次想冒雨赶回家中，但都被热情的店员挽留了下来。刘建昌是王谢书店的常客，这里的几个店员对他都十分熟悉。刘建昌几次欲走不成，倒是门前的雨水使他的眼镜变得水雾迷蒙，模糊不堪。当刘建昌将眼镜擦拭干净，重新戴上以后，忽然看到乔日清站在自己的身边。乔日清是来王谢书店购买万年历的，但这里没有。

一个店员对乔日清说：“我们店是面向知识界的，前面路

口那个 店里有各种历书，还有八卦、气功一类的书。”

乔日清说：“雨下得太大，看不清路，我走错门了。”

刘建昌对乔日清说：“我床下有一本历书，回头送给你。”

乔日清看着刘建昌怀里的书，说：“刘先生，你拿的是什么书？怎么这么厚？像城砖一样，有七八斤重吧？”

“没有那么重。”刘建昌笑着说，“这本书叫《红楼梦》。”

乔日清说：“是做梦的吗？”

“可以这么说。”刘建昌说。

乔日清说：“这一定很有趣。”

“比较有趣。”刘建昌说，“不，也许不如《水浒传》有趣。”

“太厚了。”乔日清摇着头说，“这样的书也不知几年才能看完。那么多有趣的字都集合在一起，恐怕比一座皇城都大。没准那里面有一块磁铁，把一切有意思的字都吸到一起了。”

刘建昌说：“没有磁铁，只有一块石头。”

乔日清听说，自顾自放声大笑起来。两个店员拨拉着紫红色的算盘珠子，正在核对账目。刘建昌伫立在窗前，圆形的眼镜片水蒙蒙的。书店门口，栽着两株三尺高的白海棠。

一个孩子在刘建昌的视线里奔跑着。

那个孩子拎着一只水罐，跑在雨中。缠绵不休的蛙声前后呼应。此情此景，使刘建昌情不自禁地重温了昔日的一种褪色的画面……

去年春天，刘建昌带着两名学生来到这里，他选择原织造府附近的一个地方，作为自己的下榻处，他想在这里做一次短暂而有目的的滞留。当天夜里，刘建昌冒雨拜会了另一位“红学家”桂永祥。桂永祥卧病在床，形容枯槁，刘建昌见状，不禁大为惊愕。一段时间以来，金陵十二钗的彩色的裙裾常在他的眼前飘扬，有时竟拂天而过。桂永祥原在私塾里教学，现在则终日躺在床上。有一次，他的女儿刚刚为他端来草药，桂永祥突然睁开眼睛，一把拽住了女儿的衣袖。由于用力过猛，女儿的衣服被撕破了，药碗碎裂在床前。那时候，桂永祥以为自己抓住了十二钗中的某一钗，突如其来的兴奋使他的喉咙里一瞬间塞满了东西，很快便昏迷了过去……

刘建昌在冬日的夜晚冒雨赶来，桂永祥奄奄一息的脸上竟释放出一种罕见而稀薄的光泽，桂永祥哽哽咽咽地对刘建昌说道：

“难得你还记着我。你看我如今这个样，只求速速一死，把那个风月镜给我——”

刘建昌说：“桂兄，我深夜冒雨来看你，不想从你的口里听到这种话。快吃药吧，我此番前来，有一件事……”

桂永祥摇摇头，苦笑着说：“建昌老弟，我不想瞒你，我这病与林黛玉林姑娘的病一样，岂是几服药能起作用的。”

刘建昌在登门之初，便早已看出来了。眼前的桂永祥，将不久于人世。桂永祥清贫一生，临终却又是这样的下落，刘建昌感到心内如焚，他像一个孝子一样站在桂永祥的床前。屋里的景象凌乱不堪，中药的气息四处弥漫。桂永祥仰卧在床上，他的正前方是他的视线能够所及之处，有一个书架，书架上整整齐齐地排列着十几种不同版本的《红楼梦》，包括早年间的《石头记》的刻本。……藤本……王本……金本……甲本……脂本……戚本……乙本……本衙本……刘建昌研究《红楼梦》，始于桂永祥的鼓励与引导。十八年前，一个桂花飘香的夜晚，书生意气的桂永祥告诉刘建昌，“兰桂齐芳”纯属谬言……

桂永祥在床上喘息了一阵，渐渐缓过神色，拉着刘建昌的手，问道：

“去过袁山了没有？”

刘建昌说：“还没有来得及去，刚住下，就来看你。过两天去。”

桂永祥说；“不去也罢，什么也不会看见。”

刘建昌说：“来一次，难过一次。”

桂永祥突然伸出一根手指朝刘建昌的脸前指了一下，刘建昌听到桂永祥的喉咙里又传来了一阵响动。桂永祥将身上的被子拉至头顶，盖住头脸，剧烈地咳嗽起来……

大雨中的袁山……才子佳人……工匠如云……刘建昌站在袁山的遗址上，昔日分布在其中的亭榭楼阁，包括那个印刷厂都早已不复存在了。附近的一个卖茶的老妪告诉刘建昌说，袁山一带如今时常闹鬼，每到黄昏或夜晚时分，就没有人了。曾有人望见那一带灯火闪烁，人影幢幢，有时还传来女人的矫饰的笑声和断断续续的丝竹之音，俨然再现了当年的情景。园中有众多的妻妾、女弟子们饮酒赋诗，骑射、歌舞……在大雪封山的日子里，寂静的雪景里会隐约传来萧萧辚辚的马车声。对于那种只闻其声、不见其形的车马之声，刘建昌记忆犹新。他曾几次引颈眺望，结果都是一无所获。

短暂而感伤的春日之行，使刘建昌心力交瘁，往事模糊而斑驳，有时又面目全非。去年十二月里的一天，西北风卷着一条色彩褪尽的裙子，在袁山的遗址上长久地旋舞……

一天夜里，刘建昌在睡梦中突然听到有人逾墙进入院中。他起来掌灯去看时，发现是自己的睡枕掉到了床下。

之后，墙垣上忽然露出乔日清的一张笑脸。乔日清笑着对刘建昌说道：

“刘先生，还没睡么？还在用功？鸡都叫了二遍了。”

刘建昌胡乱地答应了一声，回到房中，掩上门后，忽然打了一个冷战。

十三

张浚在前线战死的消息传来已经几天了，宋从良一直积压在心头，无法将这一消息告诉妹妹采春。前线的守军进行悼亡纪念，宋从良在一份阵亡军官的名录上看到了张浚的名字。妹妹宋采春与张浚从中学时代起即成为恋人，多年来一直书信不断。张浚曾来过吉修园几次，恰逢宋从良都不在家。宋从良第一次，也是最后一次见到张浚，是在去年秋天的一个晚上，张浚即将随军南下，前来向宋采春辞行。宋从良在那天晚上见到了张浚。晚饭之前，宋从良刚刚送走好友刘建昌，整整一个下午。与刘建昌饮茶、谈话，使他的良好心情一直持续到深夜。灯光下的张浚看上去英姿勃发，此前的一段时间里，他一直在楼上听采春弹琴。琴声如诉。宋从良在送走刘建昌，返回园中的时候，听到了妹妹的琴声，傍晚的花园，凤尾森森，龙吟萧萧。晚饭正在进行之中，外面下起了小雨，张浚穿着草绿色的军用雨衣，在宋采春的琴声中越走越远，渐渐融入无边无际的黑暗之中。

宋从良坐在园中，回想着近来所发生的一些事情。大约一个月之前，两名园工在梳理园内水道的时候，发现了一只被水泡得十分肿胀的脚。园工顺藤摸瓜，在园墙外面找到了那个死者。死者的脸上凝固着一种掩饰不住的笑容。两名园工的呼喊引起了谢蕙丛的注意，她一眼便认出死者是住在刘建昌家隔壁的那个姓乔的老头。谢蕙丛几次去找刘东东的下落，姓乔的老头都嬉皮笑脸地在一旁冷嘲热讽，还对谢蕙丛的衣着服饰评头品足，指手画脚。

此事过后不久，一条颜色褪尽的裙子蒙蔽了宋从良的眼睛。其时，宋从良刚从书局回来，坐在园中休息。在明亮的阳光下，那条裙子仿佛从天而降，落在宋从良的脸前。宋从良从脸前扯开，侧身向四周搜寻，谢蕙丛常爱搞一些这样的恶作剧。但四周没有人，只有一名花工在远处锄草，一丛白色的花朵怒放在他的身后。

谢蕙丛从外面回来后，宋从良已经在椅子上睡着了。谢蕙丛径直走过来后，忽然看到了旁边石桌上的那条裙子。谢蕙丛看了一阵，叫醒了宋从良，对他说道：

“这怎么会在这里？”

宋从良说：“是你的么？”

“是我的，难怪我一直找不见。”谢蕙丛说着，又里里外外看了一遍，对宋从良说，“可怎么成了这个样子？我一次都没穿过。告诉我，这是打哪里冒出来的？”

宋从良说：“从天上掉下来的。”

谢蕙丛听说，立即转身走去。宋从良的话使她很不高兴，她不喜欢别人这样说话，这算什么，僧不僧道不道，非驴非马，模棱两可。一段时间以来，她已变得毫无情调可言，心中仿佛长满了芜杂的荒草，藤萝攀缘，莠草丛生，记忆中美好的居所依次坍塌，土崩瓦解，秃头的夜鸟在无人驻守的窗户飞进飞出。成年的男人、有教养和无教养的男人都统统令她深恶痛绝，而一个未成年的童稚的男孩也同样不尽如人意。就在刚才不久，刘东东又惹她生了一回气。这个孩子，真把她气得够受。她期望他能够迅速长大成人，但又深为可怖。他一旦成长起来，会不会像所有的男人那样卑污而不可信赖？……临别之时，她亲了东东一下，东东忽然将头扭向一边。东东对她说：

“你的嘴里有烟味。”

园内如此寂静。宋从良坐在椅子里，突然听到了自己的微弱的心跳。往日里那些啁啾鸣声中栖落在树丛中的鸟雀如今不知哪里去了，阳光穿过空寂的枝丫，一览无余地照射下来。现在看起来，园内雇用的几名花工简直形同虚设，他们所侍弄出来的花圃常给宋从良一种莫名其妙的感觉，白花不像白花，红花不像红花，海棠不是海棠的样子，芍药没有芍药的气息，一切都那么不成体统。

眼下，园内缺少的正是采春的琴声，宋从良突然想起来，已经有很久没有听到妹妹的琴声了。张浚阵亡的消息使他深感炙手，难以倾吐，采春尚蒙在鼓里。谢蕙丛说，纸里包不住火，迟早她都会知道的，看你能拖到什么年月。谢蕙丛对他的指责不无道理。宋从良不难听出来，采春的琴声里充满了抑郁与不安的躁动。也许她已经知道了事情的真相？也说不定，要那样反倒省事了。采春住在二楼上，她的窗户极少有打开的时候。宋从良每次驱车从书局回来以后，都要首先向楼上张望一下，那里的窗户一直紧闭着。园丁龚大头暴死的那天早晨，乱哄哄的人声吵醒了采春。她推开窗户，站在那里打量着阴雨中的花园与园内的人群。

一名女佣端着茶走过来。宋从良接过茶杯后，随口问道：

“小姐这几天怎么样？有没有出去过？有什么人来看过

她吗？”

女佣说：“先生，不瞒您说，小姐已有好几天没下楼了。”

宋从良说；“病了吗，请大夫没有？”

女佣说：“我们都叫不开门。小姐的门从里面反锁着。”

宋从良说：“小姐这样，有多久了？”

女佣说：“三四天了。”

宋从良心里一惊，立即从椅子上站起来，边往里走边说，为什么不告诉我？说着，已进入楼下厅中。女佣跟在后面，喘着气说，我正要告诉来着，可您总是那么忙……

宋从良说：“我不在家，不是还有太太在吗？为什么不对她讲？”

女佣说：“太太说这事她管不着，‘嫂子管小姑子，纯属狗拿耗子’……”

宋从良来到楼上。女佣的脸变得煞白，她叫来几个人，随后也跟到楼上。楼梯上的一盆花被撞了下来，泥土撒在红色的地毯上。

宋从良命人打开门，走进房里。

宋采春吊死在房中。一条雪白的绫绢长长地拖至地上。

所有的琴弦都断了。

十四

前来吊唁的人很多。有的穿着雨衣，大多数的人打着雨伞，从高处望去，如同一块块漂浮在园中的礁石。连绵的阴雨从早上一直持续到午后，淅淅沥沥，无休无止。刘东东被夹在人群之中，慢慢地向灵堂前接近。许多表情木然的脸，像悄无声息的鱼一样，从一丛丛湿漉漉的花瓣前缓缓游过。那时候，刘东东在人群中闻到了浓烈的油漆的气息，雨水冲荡着宽大的叶片，树枝上一只鸟也没有。一个打着黑伞、身材瘦削的女人走在刘东东的前面。女人里面穿着裙子，外面穿着大衣，裙子下摆的莲叶状的花边暴露在大衣下面。

终于接近灵堂了。

刘东东看到灵堂的正中位置上悬挂着宋从良伯伯的两幅遗像，一幅穿着长衫，系着红色的围巾，另一幅穿着西装。照片上的宋伯伯一如既往。一张照片笑着，另一张没笑。灵堂里摆满了从各处送来的花圈。

这天中午的时候，刘东东在人群里看到了“红学家”苏德培。在灵堂里，苏德培的花圈与小周先生和钱先生等人送来的花圈摆在一起。苏德培走出人群中，向刘东东招手，示意他过去。刘东东走过去，苏德培说：

“东东，过这边来。”

刘东东对苏德培说：“苏伯伯，你告诉我，我爸爸和妈妈是不是都死了？”

“那是谣传。”苏德培说。

刘东东说：“苏伯伯，我去那里看过几次了，哨兵守着门，那里面响过枪声。”

“东东，”苏德培说，“东东是个乖孩子，等一会儿送走宋伯伯的灵柩后，跟苏伯伯回家吧，小寒妹妹经常念叨你呢，以后，你就住在苏伯伯家里，与小寒妹妹一起上学，好吗？”

刘东东点点头，对苏德培说：“小寒妹妹是几月的生日？”

苏德培说：“她生在冬天。你是七月生的，对不对？”

刘东东说："苏伯伯您的记性真好，我爸爸从来记不住我的生日。我妈妈常说他，他只能记住曹雪芹死在大年三十晚上。"

苏德培伯伯牵着刘东东的手，刘东东感到苏伯伯的大手此时正在细雨中颤抖不止，他的手背上淌满了雨水，眼镜片雾蒙蒙的。去年，苏德培伯伯左腿骨折，住进了医院。后来的一天，他突然拄着拐杖出现在一个残阳如血的黄昏里，他的笑容如同瓷器上的水饺……昨天夜里，刘东东做了一个梦，梦中的街道狭窄而冗长，衣冠楚楚的父母正在街上仔细挑选水果。杏黄色的街道，琳琅满目的瓷器，大雾中的日常用品形影幢幢，状如古代的兵器。一个袅袅婷婷的女人从雾中走来，在一道临街的窗户下面，女人的脸突然变得通红。

紫色的花茎在细雨中轻轻颤动。两名花工带着工具，从人群后匆匆跑过，开始疏理园墙下淤塞的水道。

一名女佣带着刘东东走进楼下的厅中避雨，谢蕙丛正在揩干被雨淋湿的头发。尽管丧事的阴影笼罩着她，但悲伤却使她显得比往日更加年轻。刘东东看着她的雪白的脸和身上的黑色的衣服，一种蛊惑人心的光斑正在眼前逐渐放大，仿佛睡梦中肿胀的十指。谢蕙丛擦干头发后，对刘东东说："是我让她们叫你回来的。"坐下后，刘东东又听到谢蕙丛说，你一个小孩子跟着闹什么。谢蕙丛说着，向后面叫道：

"翠花，领东东去洗澡。"

一名女佣应声出来。刘东东从沙发上站起来，对谢蕙丛说道：

"我不去——"

"为什么？"

女佣笑着对谢蕙丛说：“太太。您别看他小，他还怕羞呢。”

刘东东说：“我羞什么？我不羞。”

谢蕙丛说：“不去就算了，我真拿你没办法，你哭过了？”

前来吊唁的人在中午的时候，开始渐渐离去，只留下少数的一些人护送着宋从良的灵柩到达墓地。阴雨在一个时期停了下来，灰黑厚重的云层里出现了一片明亮的光线。整整一个上午，园中的花木在阴雨中失去了芳香，现在，一部分花瓣重新张开了湿漉漉的嘴，喷香吐玉。

一名女佣端着客人们用过的茶杯，穿过园中的花圃，向楼前走来。走上被雨水冲刷干净的甬道之后，女佣忽然抬起了头，她听到了一种声音：楼上的一扇窗户打开了。

“小……姐……鬼……”女佣突然失声尖叫起来。

十五

“好了，他终于醒过来了。”

刘东东睁开眼，一阵尖叫声将他从睡梦中惊醒。一位医生站在床前，刚才说话的正是这个人。刘东东听到母亲说，东东，你没把我们给吓死。母亲又问医生说，大夫，他不要紧了吗？医生拉过刘东东的手，把了一阵脉。

母亲见医生笑了，立即也笑着问道，“大夫，没事了，是吧？”

“没事。”医生笑着说。

父亲对医生说：“您笑什么？您说什么有意思。”

医生说：“不过是做了一个梦。”

"一个梦？"母亲抢着说道。

"是的，就是一个梦。"医生笑着，开始收拾器械。

医生的话使他们在惊愕之余又深感不安。母亲对行将出门的医生说，大夫，真的是一个梦么？我知道你是在说笑话。

"真的是一个梦。"医生说完话，笑着走出门外。

父亲在医生出门后，过来在刘东东的头上试了几试，之后，放心地走到一边。母亲坐在刘东东的床前。母亲告诉刘东东说，今天早上的时候，宋从良伯伯和谢蕙丛阿姨看他来了，外面下着雨，他们的衣服都被雨淋湿了。他们刚走进院子里的时候，隔壁的院子里突然升起了一架梯子，乔日清嬉皮笑脸地出现在墙头上。谢蕙丛看到乔日清以后，立即晕倒在宋从良的身边……

刘东东在母亲娓娓的叙述中拉上被子，蒙住了头。后来，雨停了，娓娓的声音消失了。

一九九三年十二月

带有五个头像的夏天

从前有一个人他很厉害，大家都很怕他。后来他死了。太阳亮亮地浮在打谷场上，一些很脏的蓝衣服在女人们的梦里堆起老高。女人们坐在水库边不断地洗衣服，米汤一样浑浊的水哗哗地从她们的两腿间流出。

那天的天空像一只无花的青瓷碗一样干干净净，圆圆地向下面倒扣着。

那天，房顶上不时传来猫的笑声。

猫在房上。

马这样想。

马这样想的时候，一点儿也弄不清有什么事令那些猫这样高兴。马那时站在长城以南的大片的西瓜地里。马望着满地滚动的西瓜，感到饥肠辘辘，身体内结满了鸡蛋大小的水泡。密集的水泡如一些晶莹、饱满的葡萄。马想完这些的时候，嘴里出现了一种湿漉漉、滑腻腻的汁液，就是那种类似水果糖一类的感觉。马曾经给村里的供销社拉运货物的时候，用嘴撕破过一个塑料口袋，马在那时就知道水果糖的味道了。所以，马在此时开始努力寻找记忆中的供销社的那一排红瓦的砖房。但西瓜地的尽头只有那一道破旧的长城。马并不知道它眼前的这个东西很重要，世界上有许多人都虚假地歌唱过它。马看见面前的长城像一排垒起来的破旧的棉帽子一样时，觉得一点意思也没有。长城上生长着厚厚的青苔和荒草。从墙上的一些豁口上出去，便到了内蒙古。那面有一些树，一些低矮的土房。人在豁口处一出现，那面的狗便在草垛旁汪汪地叫起来。

四周全是山。

山上没有树，只有一处一处的坟堆。在最远处的发蓝的山里，经常有一些木头杆子一样的炊烟悄悄地从山里竖起来。

那天，马的浑身散发着一种红油漆家具的颜色。所以，当收工回来的社员们远远地看见西瓜地里的红油漆颜色时，都以为是附近村里搬家的人路经西瓜地边时在停下来歇脚。那时候社员们并不认为那是一匹红油漆颜色的马，社员们在电影里看到的都是高大的枣红马或漂亮的雪青马。那是时候社员们就是那样，经常对许多的事情都吃不准。有的社员甚至认为那是一片不祥的云彩或一口准备运到山上去要埋掉的红油漆的棺材。

正是中午，社员们听到一种通通的声音，像是有人翻身落水的声音。于是，社员们都向村北的水库那边望去。那天中午，大家在水库边什么也没有看到，大家只看见长城下大片的西瓜地里有一种红油漆家具的颜色。大家是在一种很令人失望的心情下才看到西瓜地里那种红油漆颜色的，所以都觉得很不以为然。所以，那天中午始终有一种很寡的气氛一直笼罩着大家的脸部和心情。

马抬起头后，看见水库的大坝上用方方正正的石头拼出来的一些“人定胜天”之类的白色大字，石头上面都刷了一层厚厚的石灰水。马对这些白色的方块字一向不感兴趣，马觉得它们像铁砣一样很坚硬。马那时注意到水库里的水面上伸出几根细直的发绿的草，马看到这些的时候，顿时觉得喉咙里充满了一些类似痰或鼻涕一样的绿色汁液。

水面如镜。

有一种嚓嚓的洗衣服的声音不时从水面上徐徐升起。

其实汉子很早就听到那种嚓嚓的洗衣服的声音了，声音很响地从水库边传过来。但汉子只是一直躺在西瓜地里，懒得起来。汉子听到那种嚓嚓的声音时，脑子里立即出现了一些云鬓蓬松、衣衫不整的女人的形象。汉子知道自从这个水库修成后，村中经常有一些女人们来这里洗衣服。结了婚的女人们来，没结婚的女人也来。

那些女人们大都大敞着怀，坐在水边。稀松而漫长的乳房像瓦罐和面口袋一样从胸脯上垂下来，有的还能垂至裤腰边。汉子以前见到这些情景后，立即便能体会到一种深深的汗味、呛人的奶酸味和尿臊味。汉子看见女人们的胸前的瓦罐和面口袋垂下来后，觉得自己的皮肤里直往外冒油，就像村里唯一的那台手扶拖拉机的油箱经常滴滴答答地漏油时那样。那时，汉子觉得自己的身体就像那台手扶拖拉机一样肯定出了什么毛病。所以汉子经常总是穷极无聊地躺在西瓜地里看那些女人们通红的胡萝卜一样的手。汉子很少去注意那些没结婚的女人，这绝不是因为那些姑娘们的衣服都扣得很紧，汉子是觉得这不过是一个时间上的问题。汉子知道那里面至少有一个未来是他的女人，将来那姑娘的胸脯上也会垂下来像其他女人那样的瓦罐和面口袋。汉子一想到这些以后，便觉得活得十分没有意思，日子一点盼头也没有。那时候汉子实在想不出该盼什么才对。收工回来时，他总盼望供销社或供销社旁边的草垛起了大火。那时节村里会像过年一样热闹快活。一想到以后的那些日子里充满了深深的汗味和奶酸味，汉子便忍不住想扯开嗓子乱吼几声，或者将家里的菜刀砍进母亲的肉里。自从这个念头出现后，汉子在吃饭时总是很阴险地盯着母亲。

时光过得很快，汉子听到那种洗衣服的声音还在嚓嚓地响着。汉子想，这是谁家的女人呢，今天洗这么多的衣服。汉子知道村里有一些女人很能干。那些女人经常把院子收拾得干干净净的，像天空一样。

汉子这样想着，便从地里爬起来。汉子这时候有一种很强烈的欲望，想看看那个洗衣服的女人。汉子想，这女人真能干。

汉子从西瓜地里起身的时候，看见马的缰绳像一团蜷曲的蛇一样盘在发绿的瓜蔓里。汉子看见这情景后，脑子里立即跑过一阵不祥的东西，很像一些奇形怪状的乌云或六角形的纸钱。于是，汉子便咬着牙，做出一种恶狠狠的地主般的表情，用脚在那团蛇一样的缰绳上踩了许久。汉子这句话是忽然灵机一动想起来的，汉子顿时很兴奋。汉子觉得能在最穷极无聊的时候忽然想起这么一句有趣的话很不容易，很不简单。汉子那时发现自己原来很聪明。汉子从小一向羡慕那些能说俏皮话的人，汉子多年来一直觉得自己在这方面不行。

汉子觉得今天其实过得很有意义。要是在学校那阵，他肯定能写出一篇很好的作文或日记。“记一次有意义的劳动”，“记暑假里最有意义的一天”，随便什么题目。汉子在想象中将那些字一笔一画地工工整整地写进作文本里以后，忽然有了一种被人轻轻抚摸全身的感觉。汉子想永远记住这个日子，可一时又想不起今天是什么日子。一年前，汉子从中学毕业回来后，日子便开始混乱起来，像土豆一样翻来倒去，乌烟瘴气。汉子有一次问别人今天是几号，结果让人笑话了许久。以后，常有人时不时地问他今天几号。汉子十分后悔自己不该问了那么一句晦气的话，结果弄得落下那么个倒霉的绰号。汉子决定以后再也不问类似几号的蠢话了。管他妈的是几号，几号又能如何。汉子想，只有面临死期的人才会专门关心今天是几号，汉子自己不像要死的人。

汉子这样想着，满脸喜气地从西瓜地里站起来。

满地的西瓜圆滚滚的，像一个个卵子一样。汉子学着电影里大队支书的样子，将衣服披在肩上，满脸豪情地瞧着寂静的水库。

屋顶上回响着一种嘻嘻哈哈的笑声。

声音如同拥挤的瓦片。

汉子最初看到水库时，觉得自己的头变得像砖头一样，愣头愣脑的，很木。汉子一时觉得水库很古怪，大坝上的字像一排排白色的相框一样。

四周一个人也没有。

汉子觉得裤裆里滑腻腻的，一阵发麻。汉子听见他的大腿根传来一阵叽叽咕咕的小牛的叫声。于是，汉子便丢开马，迅速地跑上大坝，沿着水库的四周跑了一圈。汉子跑在大坝上的时候，不时听到头顶上方传来婴儿的哭声。汉子独自边跑边注意着水库，他看见平静的水面上伸出几根细直的发绿的草，像女人的头发丝一样。

后来，汉子便在大坝的一端停下了脚。汉子身子挺挺地站着，像竖起来的一根手指一样。

汉子站在大坝上支棱着耳朵听了许久，先前的那种嚓嚓的洗衣服的声音没有了。

汉子那时一个人自言自语地说了一些很难懂的话。汉子像是说给自己的腿听的，可是，汉子的两条腿一直迈不开。汉子用手去摸，发现两条腿像水泥一样。汉子看见他的腿部流淌着一些鲜红的东西，汉子那时能想起来的东西很少，汉子认为刚才他在坝上奔跑的时候，不小心将学校里的一瓶红墨水踢翻了，红墨水泼洒着溅到了他的腿上。

隐隐地听见几年前修水库时的一些隆隆的炮声渐渐稀疏了。

庄稼依旧林立。

一些红旗在远处呼啦呼啦地摆着。

阳光像面粉一样。

汉子站在坝上，有一种被扒光衣服后的感觉。浑身上下赤裸裸的，很冷。

于铁民从县里拉货回来时，老远便看见村外的一些烽火台上的草被风刮得摇来摇去。路上那时一个人也没有，于铁民觉得胸脯里空荡荡的，只有一些缭绕着的黑烟。于是，于铁民便将手扶拖拉机的油门加大，突突地往前开。于铁民是如今留在这里的唯一的一名知青了。刚来插队那时，于铁民一直看果园，后来开手扶拖拉机，再后来便成了村里供销社的售货员。一起来的二十几个知青都走了，于铁民便将行李搬到了供销社里。

那天，于铁民一个人开着拖拉机在村里转悠了许久后，才终于回到供销社里。每隔几个月，于铁民便去县里拉一次货。车子进村后，于铁民有一种十分生疏的感觉，虽然车子几次从供销社的门前经过，但于铁民一直没有看见。天黑得厉害，街上一个人也没有，不时有一些树枝划到车上，发出唰啦唰啦的声音。

于铁民听到从一些黑暗的地方传来碗筷的碰撞声，就是那种很老的大瓷碗发出的那种声音。街上流动着一种焚烧谷糠后的味道。

车子开到供销社的门口时，于铁民的脚下变得软绵绵的。

于铁民是看见黑暗的街上出现了一片昏黄的光以后才将车开过去的。车开过去以后，于铁民回头发现那片昏黄的光很快不见了，后面传来一声女人的哭声。于铁民很熟悉这种哭声，那是村里的女人们与男人打架后哭出的那种声音。

于铁民下车后，一抬头发现车正好停在供销社的门口，于铁民那时很激动，他结结巴巴地说了一些十分含糊不清的话。于铁民在从车上往下搬东西时，仔细寻找刚才那个哭泣的女人。街上静悄悄的，一点声音也没有。下午的风将树上刮得十分干净。

于铁民将供销社的大门打开后，将车开进院里。大门打开时，发出一种吱吱咯咯的声音，有一种很不舒服的东西迅速地从于铁民的身上流过。他从车上搬下一些麻袋和一些纸箱子。他听见对面房上的瓦发出一种哗啦哗啦的响动，于铁民认为那是风，风把房上的瓦片拨弄出一些很响的声音。那时候于铁民一点儿没有对那些响动的瓦片产生任何的怀疑。几年前于铁民便知晋北山区风大。

门闩在黑暗中响了几下后，于铁民进了屋子。那天晚上，于铁民没有生火，一个人吃了一些很冷的鱼罐头。那天晚上，于铁民一点睡意也没有。他熄了灯，锁好门，便去找村里的会计下棋。

会计住在水库附近的一片旧房子里，离西瓜地不远。

于铁民走到一个十字路口的时候，看见对面过来一个人。那人一瘸一瘸地走着。凭走路的姿势和身影，于铁民认出那人是学校里姓周的老师。一张黄脸，常年病着。

姓周的老师手里拎着一铁桶煤油，拐进北边的巷子里后，立即不见了。

北边的巷子很窄很长，两边都是一些高大的旧房子。巷子里有磨坊和一些马棚。天一过下午，巷子里便没人了。

经常有一些身材瘦小的老太太坐在巷子的尽头或某个墙角，烧化一些白色的纸钱，纸灰纷纷从巷子里刮出来。

学校里熄灯后，姓周的老师才开始回家。

走在路上的时候，两边有一些颜色暗红的榆树。姓周的老师戴着一只口罩，听到一阵嘹亮的读书声和一阵敲击脸盆的声音。姓周的老师感到两个眼眶跳动不止，口罩像一张被子一样覆盖着他的嘴巴、鼻子和两面的脸部。姓周的老师走路很慢，远远地落在学生们和其他老师的后面，所以，整条路上实际上一直只是他一个人在走，四周没有任何别的声音。

姓周的老师走在路上的时候，想到这个夏天和以往的那些夏天并没有什么两样。姓周的老师经常拿着一只梨与自己的脸色相比。姓周的老师教了好多年的书，从五九年高小毕业时就开始了。每年的夏天，姓周的老师便会发现学校里的黑板上流淌出一些湿漉漉的汗。最初，黑板上那些湿漉漉的东西沿着一些缝隙流进姓周的老师的故事里时，他便觉得它们是汗。他总是用粉笔在黑板上画出一些整整齐齐的字。姓周的老师在写字的时候，始终有一种做贼的感觉。以后的许多年，姓周的老师经常梦见那些红瓦的教室被风刮在一边，很像灵车上那些纸扎的房子。

姓周的老师想到那些房顶上的瓦片的时候，觉得脸上的口罩像一块铁皮一样。他闻到了一阵很浓的杏花花瓣的气味。太阳很亮的那时，姓周的老师走进了十字路口南边的那条巷子里。巷子的尽头有一堵墙，用浑圆的黑石头垒起来。那石头墙在姓周的老师的故事里总是密不透风，墙头上总是飘着一些白色的纸条。

姓周的老师在一个阳光很好的上午，看见一些没有院墙的人家。院子里都开满了无数的杏花。那些杏花都开得很完整、很规矩。姓周的老师在走进这条巷子以后，闻到了一种杏花和牛粪的混合的气味。巷子里很少有人，姓周的老师知道社员们都在水库上修坝。在一些很不起眼的角落里有几个白发小脚的老太太坐着，不仔细注意是不会发现的。

那天上午，姓周的老师在静静的阳光里还听到过一种什么东西破裂的声音，很像是水库工地上的红旗被撕破时的那类声音。

姓周的老师在这个阳光灿烂晴空万里的上午听到那种东西被撕破的声音后，忽然觉得自己的脖颈后面生长了一个红肿的脓包，脓包里面充满了白色的黏液。姓周的老师那时觉得这个上午其实并不美好，就像是有人用剪刀撕破了他的衣服后一样。这种不美好的东西整整一个上午一直自始至终紧紧地伴随着他，直到后来姓周的老师看见对面的石头墙上隐显出一张杏花般的女人的面孔为止。

姓周的老师的鼓励的灯光就是在个很晴朗的上午熄灭的，从此以后一直再没有人看见那灯光亮过一次。后来，一些颜色暗红的圆形的草垛开始出现了，风把石磨刮得轰隆隆地转动起来。一些羽毛颜色焦黄的燕子开始在故事中的一些巷子里飞进飞出。瓦房上雕刻着的一些猫头吃力而无声地笑着。

姓周的老师这样想着，一只手抬起来，轻轻地捂着脖颈后面的那个红肿的脓包。姓周的老师此时觉得杏花的气味像酒或煤油的气味。姓周的老师知道再过一会儿学校里就要下学了，学生们成群结队地走在大街上，姓周的老师知道这个时候不能让脓包里的那些白色的黏液流出来。

姓周的老师的故事里的那些燕子就是在这个时候飞出来的。燕子们拖着一种焦黄颜色的羽毛，带着一种熟肉的气味，从巷子上面飞过。一些金黄的油汁滴滴答答地滴着。

当时，姓周的老师抬起头以后，忽然看见对面的石头墙上隐现出一张类似杏花花瓣似的女人的脸。

姓周的老师直盯盯地望着隐现在对面石头墙上的杏花般的女人面孔时，听到刺啦一声。姓周的老师发现了，他的上衣被什么东西撕开了一个很大的口子。

汉子那天很晚才回来。

汉子那天牵着马，越过长城，到了长城以北的一些山上。汉子在那些山上一直走了很久。那些山上一直没有草。后来，汉子看见马的身上出汗了才终于停了下来。

四周全是光秃秃的馒头山。

汉子坐在黄色的山谷里时，觉得这里很僻静，是个好地方。汉子想将来老了以后就来这里住。汉子是想将来来这山谷里种罂粟。汉子一路上看到过许多红白的罂粟花。

天黑下来，汉子看到满天的星星都出来后，觉得牙根很痒，他感到了一种很粗糙的摩擦的声音，就是那种用碎石或沙子摩擦锅底时发出的声音。汉子听见无数的星星将天空摩擦得吱吱作响，汉子的脸上有一种无奈的消受不住的笑容。

天完全变黑以后，汉子已经牵着马越过长城回来了。长城上的豁口处如同一些深不可测的山洞。豁口处的风声，如一把铜号的声音。

汉子听见水库那面很寂静，但汉子还是听到了身后的水库里响起了“扑通”“扑通”的声音。

汉子那天晚上很激动。汉子边跑边想，天这么黑了，是谁往水库里扔石头呢?

是地主，富农，牛鬼蛇神和坏分子们！那些家伙每夜都不停地翻动着厚厚的变天账，声音像打算盘一样。

汉子这样想着的时候，觉得自己变得像雷锋一样高大起来。

当汉子牵着马出现在高高的打谷场上的时候，汉子远远地看见他家的大门口灯火灿烂，一片辉煌。汉子看见一些穿黑色紧身衣的人整整齐齐地站在灯光里，那些人的脸都很白，只是看不清眉目。每个人的手里都提着一只发红的灯笼。汉子还看见一顶绣花的轿子停在大门口的正中。汉子那天晚上远远地看见那轿子时，觉得自己一下子成了一个古人。汉子很兴奋，汉子觉得眼前他看到的情景十分有趣而热闹。汉子那时也想走上前去试试。

后来，汉子看见爷爷从院里出来了。爷爷穿着一身很亮的黑缎子衣服，爷爷被一些人左右搀扶着走进停在门口的轿子里。汉子这时才忽然记起了他家的成分。汉子想，爷爷这是要去什么地方，会不会是去台湾呢？

汉子这样想着，便牵了马由打谷场上奔下来。街上黑暗得厉害。汉子走到自己家大门口时，看见大门口也一片漆黑。汉子在黑暗中站了半天，似乎闻到一些爆竹燃过后的硝烟的气味。

汉子想，他们走得真快，一转眼就没了。

汉子回到家里，父亲告诉他说爷爷死了。汉子听了差点笑起来，他觉得父亲这人可真能瞎编。

吃饭的时候，汉子看见爷爷躺在东屋的一张门板上像以往睡着后一样，身上盖了一件破烂的大皮袄。

汉子仔细地回忆着那些红灯笼。汉子一想起那些红灯笼，就觉得身体里的那些黑暗的部分很冷，像是墙上的一些窟窿。

会计是吃过晚饭从家里出来的。

会计从家里出来后，听见附近的农神庙里传出吵吵嚷嚷的声音。会计知道农神庙是村里存放粮食的仓库。会计赶到农神庙门口时，从门缝里看见仓库里亮着灯。

会计看见仓库里面的灯光后，便开始急急忙忙地回家。会计以为是大队要分粮，会计那时一点儿也没以为是什么。会计想，一定是支书很忙，忘了通知他。白天社员们都在工地上劳动，没有分粮的时间，一般分粮都在晚上。

会计这样想着，回到家里。会计带了算盘和账簿急急忙忙地出来。会计觉得还应该叫上保管，保管是称粮食的。于是，会计便绕了一片瓦房来到保管家。

保管那天晚上不在。会计出来后想，这家伙消息倒灵，早早地去了，我怎么就没有听说呢？会计今天晚上出来，有一种如临大敌的感觉。会计隐隐地觉得今天晚上的分粮与以往的任何一次分粮都不同，社员们一点儿动静也没有。会计心里盘算着，会计首先想到是很有可能要打仗了。会计那天晚上一直以为是苏联人从北边杀过来了。会计参加过许多关于备战、备荒、反修防修的会议。会计一路走着，脑子里不时地出现着电影里看到过的那些粮秣委员的形象。会计显得很激动不安，走路趺趺撞撞的。会计那天晚上像一个血气方刚的年轻人，有一种视死如归的气氛。会计在黑暗的街上趺趺撞撞地想，宁可粉身碎骨，也不能给苏联人留下一粒玉米或黑豆。

会计来到仓库大门外的时候，已经听不到先前的那种吵吵嚷嚷的声音了。会计一推大门，听见门上的锁子哗啦啦地响了一下，门还锁着。会计那时很生气，于是便从裤腰带上解下几十把大小的钥匙开了门。院里静悄悄的，从仓库里透出来的一些亮射到院子里。会计走进仓库门口，见仓库上还有锁子，里边亮着灯，一点儿声音也没有。

会计从门口看见仓库里边的墙上画着一些无头的古代武士的画像。仓库地上的玉米一直堆至那些武士的胸口上。

会计觉得呼吸有些困难。

于铁民摸黑来到会计家里时，发现会计不在。

会计的女人说，你来得真不巧，吃过饭他就出去了。后来回来过一下，没有一分钟就又走了。

于铁民笑笑说，命苦，不能怨政府。

会计的女人听了，发出一种很温和的笑声，于铁民听到这笑声后，觉得有一双很细很热的手放在他的胸脯上。于铁民来的时候，发现月亮像一把小镰刀一样挂在一棵年老的榆树上，做出一种砍树的架势。于铁民想起以前的一些很琐碎的事情，那些事情都变得越来越远了，只有一个纸扎的月亮一直高高挂在他的记忆里，月亮上涂了很多的奶油。

会计的女人坐得离于铁民很近。于铁民闻到这女人的身上有一种劣质胭脂的味道，类似荞麦的花瓣或动物的舌头。会计有不少个孩子，于铁民以前经常来会计家下棋，却一直搞不清是六个还是七个。女人的脸很白，眼睫毛长长的，身段也很动人，于铁民的身体渐渐变得发硬。于铁民想到，很多个夏天以来，他一直生活得像一口水井，幽深而平静。于铁民现在很少向别人谈起北京，谈起家中的父母和以前的一些事情，于铁民觉得所有这些举动都十分荒唐可笑。夏天以来，于铁民日益感到嘴里的牙齿正在出现松动的情况，于铁民在这个夏天里觉得嘴里的牙齿变得像风中的栅栏一样摇摇晃晃，似乎很危险，但于铁民却一点儿也不在乎。于铁民现在对任何事情都不怎么在乎，所以他还是坚持每夜临睡前要吃一些水果糖。

在于铁民不吃水果糖的夜里，于铁民经常会被一些什么响动从睡梦里唤醒，于铁民那时常听到外面有拨弄门闩的声音，是一种很小心的动作。于铁民听到这种很礼仪的声响后，恍若置身于北京的家中。最初，于铁民一直认为是半夜来买东西的社员。于铁民其实认为社员们在半夜里来供销社买东西十分正常，社员们白天都在地里干活儿，那时候社员们连抽空撒尿的时间也不多，所以这样一来社员们匆匆忙忙的样子时，老有一种尿紧的感觉。于铁民想，他们真忙，他们日理万机，披星戴月。于铁民多年来一直想与他们聊聊风水和坟地问题，可一直没有这样的机会。

于铁民与会计成为棋友以后，于铁民认识了会计的哥哥。于铁民很早就听说会计的哥哥是个通晓阴阳的人。村里其他的一些阴阳先生平日里见了会计的哥哥时总要低下头回避到一边。那些人都觉得会计的哥哥在一个很深很远的地方做着很大的官，他们有时会看见他坐在一个高高的殿堂上。

所以，于铁民第一次见到会计的哥哥的时候，一下子便体会到了灵魂两个字的真正的意义。于铁民一直觉得会计的哥哥长得极像一个灵魂。那时候于铁民看见这个灵魂后，一直觉得浑身冰冷，周围有一股冷森森的风刮来刮去。于铁民看到灵魂发青的牙齿十分整齐，脸上有隐隐的七八种不同的颜色。那时候于铁民一点儿没有把灵魂的脸上的七八种不同的颜色想成是一块调色板，那时候于铁民只觉得灵魂的脸部的所有气色都很灿烂。灵魂的一双黑布鞋走起路来十分轻巧，一点儿声响也没有。所以，于铁民一直认为灵魂善于飞檐走壁。

于铁民记得灵魂那天的金牙很灿烂。灵魂知道眼前的知青是会计的棋友，灵魂那时很大方地从怀里摸出一支烟递给于铁民。于铁民清楚地闻到灵魂递来的烟有一种深深的檀香味。于铁民闻到那种檀香味后，脑子里立即出现了一些门面破败的庙宇、灵堂以及牌位的形象。于铁民站在灵魂的对面，觉得自己的头变得很大很空，身体里空荡荡的。于铁民看见灵魂摸出一盒式样古旧的硫黄火柴点烟，火光将灵魂脸上的一片紫色弄得十分鲜亮。那时候于铁民认为不该让灵魂这样的人当一名普通的社员，那时候于铁民便认定灵魂这个人十分厉害，神通无比，后来发生的一切都证明于铁民在当初很有眼力。于铁民是把灵魂这个人当作一个灵魂来对待的，所以多年来于铁民一直受到灵魂的无比周到的关照和庇护。

在于铁民站着与灵魂说话的时候，于铁民听到从灵魂的身体里传来阵阵铜锣的声音，于铁民看见灵魂的土布衣衫在微微起伏，灵魂的脸上出现了一些很绚丽的气色。于铁民那时记得灵魂手掌内的纹路密密麻麻的，十分复杂，如一张世界地图。

于铁民那时很谦恭地问灵魂可会下棋，灵魂听了，客气地说，棋可以下。灵魂告诉于铁民说他有一副自制的棋子，不免粗糙些，却总可以下，有空可过来摆摆。于铁民听了很激动，连连致谢。于铁民想到灵魂这人蛮义气，全北京也难找这样的人。于铁民当时便想到第一次去灵魂家一定不能寒酸，免得损了各自的面子。于铁民想应该带些水果罐头和白酒一类的东西去，灵魂自小吃素，从不近荤腥。

后来的一年夏天，当于铁民决定整理一些抽屉的时候，于铁民翻出了他与灵魂第一次见面时灵魂递给他的那支有深深的檀香味的烟。那时于铁民一直吸去了半支，后来于铁民说咳嗽，便熄灭了烟，随手揣进口袋里。

现在，于铁民翻出那半支烟时，发现那原来是一支质地很硬的铅笔。铅笔的一半被折断了。于铁民手里握着半支铅笔时，又闻到了那种深深的檀香的气味，还有一种旧家具的浓浓的气味。

于铁民握着半支铅笔的时候，看见一些很粗糙的草沿着外面的窗户探头探脑地爬上来。

夜里，月亮把四周的一些房顶照得很平静。姓周的老师走在路上的时候，看见房顶上层层的瓦片像那些大寨梯田一样。姓周的老师那时边走边嘴里哼着一种很抽象的小调。姓周的老师观看房顶的时候，听到一种轰隆隆的泥土塌方的声音，后来响起了尖利的吹哨子的声音。姓周的老师到达家门口的时候，觉得有几个人共同推着一辆小平车朝公社卫生院的方向跑去。姓周的老师不知道他们这么晚了还跑那么老远去干什么。姓周的老师松了松脸上的大口罩，觉得外面很冷，便赶忙又将口罩捂得很严实。四周的一些矮树林很像一些人，姓周的老师那时看见这些树以后，忽然有了一种医生的感觉。姓周的老师那时觉得自己像一名医生一样，远远地看着一群群的黄脸病人向他走来。

姓周的老师推开家门的时候，随手从脸上摘下了那只大口罩。姓周的老师把口罩拿在手里，觉得整个口罩滑腻腻的，上面透出一种鼻孔的气味。

那天上午，晴空万里阳光灿烂红旗招展的过程中，姓周的老师站在巷子里杏花边的石头墙下，眼睛望着隐现在对面石头墙上的杏花般的女人面部。姓周的老师在那天上午一共被撕破过二十几次衣服，从衣领一直到袖口。所以，那天上午，寂静无声的阳光里不时地响起那种刺啦刺啦的撕破布的声音。姓周的老师回到家里后，立即脱下身上的衣服丢到自己的女人面前让她缝补。

女人将那件破破烂烂的衣服左右上下翻阅了一阵，女人显得很生气。姓周的老师看见女人翻阅衣服时就像翻阅课本一样，姓周的老师觉得女人真像一个功课优秀努力学习的好学生。姓周的老师想到这些后，身体忽然有些莫名的兴奋和冲动。

女人将衣服翻过以后，当时觉得这衣服真不经穿，刚穿上没几天就破成了现在这种样子。女人那时一点儿也没有朝别的方面去想，女人以为是姓周的老师与学校别的老师因为粉笔或墨水的分配问题不合理而双方发生了争执以后，姓周的老师的衣服才被撕成现在这样。女人觉得那个撕破她男人的衣服的人一定十分蛮横，阴险而歹毒。女人觉得她应该在一个蒙蒙的细雨天去专门见见那个蛮不讲理的老师。女人要告诉那个老师的是她自己的男人多年来一直有病，脸色像黄梨一样，阴虚肾亏，因而一年四季总戴着一个大口罩像一名电影里的特务一样每日来往于学校和家之间的土路上。

女人在想完这些的时候，觉得很解气。女人一点儿也不知道姓周的老师在那天上午所发生的那些事。许多的女人都喜欢用自己的意念和想象去安排她身外的任何事情，那会使她们的身体和心情都很满足。事实上许多女人连最基本的即自己的身体本身也把握不住。这些道理直到许多年以后的某一天女人才逐渐搞清楚。

所以，女人认真翻阅完那件破烂的衣服后，问姓周的老师今天去什么地方了把衣服弄得这样破。姓周的老师说今天他奉校长的指示带领一大群学生们去山上砍柴时被山上的树枝划破的，还有好多的学生也都被树枝挂破了衣服。

在姓周的老师仔细向女人回忆和描绘山上的那些坚硬而多刺的树丛时，女人觉得有一些很粗糙很坚硬的树枝扎进了她的肉体里。女人那时觉得浑身上下很疼。

女人看见姓周的老师摘去大口罩以后的脸部如一张供奉时的黄纸一样轻飘飘的左右摇摆不定，女人想起了一些以前的事情。

女人说，夜里，她常听到院子里有抬木头的声音。在女人说这话的过程中，姓周的老师觉得那木头被放在地上后，发出一种嘭嘭的闷响，如同一些空桶。

姓周的老师说，我经常听见碗橱里有很嘹亮的读书声和考试时各种响动。姓周的老师让女人抓紧一切时间把破了的衣服尽快补好，以免第二天到了学校里让学生们和其他的老师看笑话。姓周的老师深知作为一个老师，仪表整洁端庄是一个十分重要的问题，这些地方绝对不能忽视。

在女人开始一针一针地缝补衣服的时候，姓周的老师忽然觉得身上的皮肤像被针扎一样，十分疼痛。女人停下针重新换线的过程中，姓周的老师感到那种针扎的疼痛正在消失。在女人重新用针缝补时，姓周的老师又一次感到了那种针扎的疼痛。

姓周的老师想，这种事就得忍一忍，否则明天没法去学校。姓周的老师看见女人像一名兽医一样为他缝补衣服，觉得十分不好意思。

所以，夜里睡下的时候，当女人向姓周的老师靠拢过来时，姓周的老师做出一种女人般的怕羞的样子。姓周的老师怕女人看见他身上的骨头。这样，姓周的老师一直忸忸怩怩地躲避着女人的手。后来，当女人猛地掀开他的被子时，女人看见姓周的老师的身上布满了无数个红肿的针眼。每一个针眼都像一只小小的嘴一样。女人吃惊地看着。女人发现姓周的老师的身体比昨天整整瘦下去一圈。

一些发白的骨头在姓周的老师的身上裸露出来。远看像山上的一些岩石。

唢呐从半夜里就吹开了。

从附近山里雇来的吹鼓手们闭着眼睛，一直看着汉子他们一家人稀里呼噜地吃完早饭才住了嘴。

汉子这天早晨很早就醒了。汉子知道今天是爷爷发葬的日子，汉子昨天夜里发现爷爷曾向他暗示过一些什么。汉子一早就听见瞎子们坐在一间席棚子里，自始至终都在吹着同一支曲子。汉子知道这支很著名的曲子叫《欢迎八路军》，瞎子们一遍又一遍地反复吹着“猪啊，羊啊，送到哪里去?”的旋律。汉子想，这些瞎子们把爷爷弄成猪了，汉子知道今天就要把爷爷送到北山上去，那里有许多的坟堆。

汉子在吃饭的时候，看见母亲的下身，汉子不由自主地想起了厕所墙上的一些粗糙的漫画。汉子记得那些生动无比的漫画分别用燃过的黑木棍和石灰块画出来，那是一些非常随意的东西。汉子十分羡慕那种极其随意的笔法。

汉子以前经常一个人蹲在临街的厕所里仔细分辨街上过来的各种声音。汉子在爷爷去世的前一天夜里便从中分辨出一种喊口号的声音。汉子在爷爷的灵前看到一盏发绿的长明灯时，汉子觉得被什么东西卡住了脖子。汉子在爷爷去世的当天夜里梦见爷爷将身下的门板尿得潮湿不堪。汉子忍不住说了那么一句，爷爷便像孩子一样哭个没完，躺在地上一直不起来。

汉子一个人躺在黑暗的屋子里的时候，汉子听到空中传来一阵轻轻的棋子的敲击声。四周飘起一些鹅毛般的歌声。

汉子看见家里的一些钥匙都是零七碎八地挂在墙上。钥匙们在墙上睡得很安静，汉子那时一点儿也不想惊醒那些熟睡的钥匙们。钥匙们的铜枝铁干十分暗淡无光，有一些窸窸窣窣的脚步声在钥匙的四周爬来爬去。汉子想起村北大片的西瓜地里曾经流淌着鲜红的西瓜的汁液。汉子在一个人仔细回忆这些往事的时候，家里的案板上冒起了如烟似雾的一片墨绿色的青苔。一些筷子上布满了黏稠喑哑的水果糖的气味，风在瓦罐里面呜呜回响。

起丧的时候，汉子的肩上扛着一根巨大的阴魂幡。汉子看见一些人龇牙咧嘴地将爷爷的棺材抬起来后，原来停放棺材的地方出现了一系列红肿而饱满的粉刺和脓包。汉子问父亲用不用去请一个医生来，父亲没有说话，父亲的一顶帽子如一张纸片一样在头上晃来晃去。汉子看见父亲比较恼火，便放弃了原先的一些打算。

汉子想，这些人他妈的真难操，实在不好多打交道。汉子觉得自己十分孤单。汉子在想父亲等的脾性时，并没有意识到他的肩上还扛着一根高大的阴魂幡。汉子是偶然听见高大的阴魂幡上传来轻轻的叹息声时，才想起肩上的木杆子的。汉子看见高大的阴魂幡上面飘扬着一些白色的纸条，像爷爷的胡须和面条一样。

汉子说，这杆子真沉，我实在扛不动了，我想喝水。

没有一个人理会他。大家都觉得听不懂他的话，大家那时觉得汉子就像一个操着陌生口音的外地人一样。大家一致问他从什么地方来，来这里要做什么，养蜂、裁衣服、修表或是弹棉花。

汉子说，我是看风水的。

汉子说这话的过程中，看见对面的房顶上流动着一种轻轻的岚气。汉子不知道再过多久才要过年，汉子决定在过年的时候，到对面的原子里和房顶上去看看。那时候那些房顶上都铺满了几寸厚的白雪，瓦安安静静地睡在下面像一些年老的白牛一样。汉子在那个夏天的早晨还远远没有意识到世界上有些事情其实是说不清的，结果反会弄得越说越糟。后来的一些结果证明汉子在这方面的确不行。汉子要是能及早地认识到这一点，汉子的年岁便会在十六岁到六十一岁之间徐徐前进，汉子也会在五十九岁的那一年辛勤种植下无数红白的罂粟花。可是汉子没有那样做。汉子没有那样去做，他的年岁就不会在十六到六十一岁之间徐徐前进。所以，汉子在这一年的夏天总是十六岁。

汉子的年岁在汉子十六岁的这一年夏天结了很厚的冰。

所以，汉子总是经常在梦里被冻醒。汉子住在一些老房子里，老房子十分的不暖和。

汉子在十六岁这一年的夏天里梦见长城以南大片的西瓜都破了，鲜红的西瓜汁液无边无际，漫过了一些房顶。一些瓦片被涂染得血红。

水库上传来嚓嚓的洗衣服的声音。

会计那天回到村里，拧开村里的高音大喇叭要说话的时候，会计才猛然记起他早已把刚从公社带回来的指示和通知全忘了。

会计那天一个人无声地在大喇叭面前站了许久。会计的心跳和喘息通过喇叭传到空中后，人们都没有察觉。那时候人们都以为是天要下雨了，那时候人们谁也没有想到会计一个人会站在大喇叭面前发呆。

会计在努力回忆那些指示和通知的下落。会计想起那些路上一个人也没有。会计在从公社回来的路上，边走边掏过一些口袋，很有可能就是在那时候把那些从公社里听到的指示给弄丢了。会计在这一天的早晨起来时便凭空有了一种不祥的感觉。会计吃饭前坐在院子里抽烟，从烟袋里摸出来的全是一些发霉后的烟叶。会计想起那天晚上发生的那些事感到十分惊惧，会计没有向任何人说起过那事。会计吃惊地看见自己的十个手指一夜之间变得像一些乌黑的烧火棍那样。

后来，会计站在大喇叭面前说了一些那年冬天修水库时所说过的话。会计说，一年不行二年，二年不行三年，三年不行五年，十年八年总可以了吧。

会计在说这些话的过程中，听到在自己的舌头下面轰隆隆地滚动着一些小平车车轮的声音。一些石头滚下去了，另一些哨声很尖厉地响起来。漫天的尘土中飘过来女人裤裆的味道。会计那时觉得很恶心，心里反反复复地念叨着一些陌生的人名和地名。有一种类似腌酸菜的东西弥漫起来，弄得磨坊里、仓库里到处都是。

会计说话的声音通过大喇叭传到村里的各个角落以后，人们都觉得是听到了一种羊羔的叫声，就是傍晚时的羔羊要找母羊吃奶时的那类叫声。所以，社员们听到会计在大喇叭里发出羔羊般的叫声时，都以为村里要杀羊了。社员们那时都完全被蒙在鼓里，大家一点儿搞不明白为什么会在夏天里杀羊。那时，社员们觉得四周山上的草全光了。

后来，会计又在大喇叭里发出一系列结结巴巴的声音，听起来像是弓着腰咳嗽。会计是在努力回忆那些指示的内容。在公社开会的时候，会计发现新来的公社书记是个外地人，操一口外地话。公社书记说的话会计一句也听不懂。会计愣愣地坐在一边，如一个伙夫。会计看见公社书记一边讲话，一边挖鼻孔。会计眼见得一些亮晶晶的东西被公社书记有力地甩到地上。会计想，他甩的是些什么东西啊，像是一些粉条。会计不知道公社书记为什么要把一些粉条甩到地上。会计那时对公社书记这人很感兴趣，觉得很有意思。这以后，会计又亲眼看见公社书记将一些类似绿图钉一类的软物用同样的方法甩到脚下。

会计坐在下面想，他真有钱啊，不大的工夫就将那么多的东西全扔了。

会计看见公社书记毫不心疼那些东西，脸上一点也不在乎时，会计就想自己真寡，咸吃萝卜淡操心。会计那时候就是那样，经常对许多的事情都想不开，老为一些身外的东西魂牵梦萦。

会计在这个夏天到来之前，发现自己的大腿上生了一层类似鱼鳞般的东西。夜里睡下的时候，会计常把手伸进被子里去摸，去抠。会计发现那些鱼鳞很结实很坚硬，许多天下来一点变化也没有。每当看到对这些鱼鳞无济于事时，会计便忍不住想放声痛哭。整整一个夏天会计老觉得自己身体的各个部位上都有一些生锈了的铁钉。会计在梦里时常听见那些褐色的铁钉摩擦皮肤的声音。

会计遗忘了公社指示的这一天，会计的头发出现了很厉害的脱落的现象。一片片的头发如牛毛一般唰唰地脱落下来，会计疼得两眼生泪。会计以前从来不知道脱头发会带来这样钻心的疼痛。会计在这年夏天以来，经常梦见以前的一些旧人纷纷来找他下棋。那些来往的旧人的棋艺都十分了得，因此会计经常被旧人们杀得一败涂地，十分凄凉。那些旧人们的口袋里时常都满满当当地装着一些杏花。所以，每次下棋的时候，会计都能闻到一阵杏花的气味和一种烧布条的气味。会计每次下完棋后总是接连几天不能吃饭，一口饭也吃不下，会计只觉得很恶心，像是怀了孩子一样。那些旧人们一边下棋，一边津津有味地吃着口袋里的杏花。会计觉得那种烧布条的气味是从十字路口南边的那条巷子里飘过来的。会计有好长时间没有南边的那条巷子里了，会计不知道那条巷子里如今发生了什么事情。会计一般很少去那里，除非去通知那里的社员们开会时才去。会计记得那条巷子里有一些没有院墙的人家，那里的杏花每年都开得很好。巷子对面的那堵石头墙上有一些很厚的青苔。巷子的角落里只有一些白发小脚的老太太坐着，巷子里时常有焚烧谷糠的气味。

会计想到石头墙上的那些很厚的青苔时，觉得自己的手掌和额头都湿漉漉的很难受，一片冰凉。

会计的体重在这年夏天里迅速地飞流直下。因此，会计在这年夏天走路的时候，裤裆和裤腿总是显得很空，像是弄了两条假腿，衣服如纸片一样飘来飘去，叮咚作响。

于铁民那天晚上其实并没有吃饭，但当于铁民提着一包水果罐头和白酒来到灵魂的家里，灵魂很客气地问他吃过没有后，于铁民显得很老实地说吃过了。于铁民在说这话的时候，脸上一阵一阵地发烧。于铁民那时便觉得说假话很没意思，很不好说。于铁民还觉得对灵魂这样的人说假话更不对，很有可能灵魂已经看出来了。

灵魂将于铁民领到一间厢房里坐下，灵魂那天晚上的气色很一般。当于铁民打开挎包取出随身带的水果罐头和白酒时，灵魂显得很生气，灵魂的眼睛里有一种黄澄澄的东西，于铁民一直不敢看。灵魂让于铁民带上东西走，于铁民说东西是送给孩子们的，于铁民后来又断断续续地说了一些冬天的话，灵魂这才不再赶他走了。在于铁民断断续续地说着那些冬天的话时，于铁民看见灵魂的耳朵后面响起了一片白茫茫的风雪之声。

于铁民从进门的时候就开始闻到灵魂家里所拥有的各种味道了。于铁民那天晚上在灵魂家里一共闻到了二十几种不同的气味。其中，最有影响的是一种很浓的木头的气味。其次，是一种很强烈的中草药的气味。这以后还不断地有羊皮的气味，帽子的气味，解放鞋的气味、酱油的气味、檀香的气味、酸菜的气味和袜子的气味以及许多无法分辨的气味。灵魂屋里的灯光是一种深深的紫色和蓝色，如同复写纸那样。

于铁民在到达灵魂家里的这个晚上，一个人吃了大约二斤多的水果糖，因此于铁民觉得自己血气方刚，很壮胆量和声色。

灵魂给于铁民端来一杯茶时，于铁民闻到茶杯里有一种他十分熟悉的檀香气味。在此之前，于铁民偶然看见灵魂将几个发黄的指头伸进茶杯里擦去茶杯上的一些奇形怪状的污秽的图案。

灵魂问于铁民可喝得惯这茶，于铁民点头说，可以，可以。于铁民第一次发现灵魂笑的时候，脸部如同花瓣一样。

于铁民慢慢地喝茶，与灵魂交谈一些很随意的话。后来，于铁民看见灵魂跳下地，打开一个紫色木柜后将头伸进里边认真地摸索什么。于铁民端了茶杯，细细地看。外面的一些树枝映在窗户上，像一些画。有一种很古的东西在于铁民的茶杯里升起来。

于铁民眼见得灵魂手里端着一个方方正正的杏黄色布包重新上得炕来。灵魂伸手打开杏黄色布包的时候，于铁民看见灵魂手背上的筋络很乱很明显，如山坡上的一些七拐八拐的小路。小路上软软地刮着一些风。

灵魂将杏黄色的布包完全打开后，于铁民看到一副异常精美的棋子。于铁民以前在北京那么多年都没有见过如此绝伦的活计。于铁民望着棋子，嘴里不住地吸溜着一些气，于铁民战战兢兢地伸了手去摸。摸了一会儿，却一点儿也没有体会到是什么感觉。于铁民小心翼翼地问了灵魂这棋子是如何做成这样，灵魂淡淡地说，没有摸出来？这是眼睛，羊的眼睛。

于铁民那天晚上在灵魂家里一直如同置身于遥远生疏的梦里一样。灵魂的棋子的确是用羊的眼睛做成的。每只羊被杀之前，预先将那眼睛挖出来，用针扎破眼睛的一个小孔，除去里面的黑水，再将很细的沙子灌入，弄成各种的形状，存放一些日子后便可在上面刻字了。

再仔细看看。灵魂说。

两人小心翼翼地将棋子摆好，一连下了几个回合，于铁民败得一塌糊涂。

于铁民那天晚上一直在棋盘上听到一些小羊的叫声，于铁民想那些小羊一定饿了，到处要找食吃。于铁民看见灵魂端然坐在对面，丝毫不动声色，于铁民觉得灵魂这人绝对有一种仙风道骨，最不济也是一种阴阳之气。灵魂并不催他，于铁民那天晚上却一直慌不择路，摸黑而逃。

眼见得夜已很深，灵魂轻轻地将棋码到一起，用杏黄色布包了。灵魂说，不可太晚，晚了伤神。

灵魂今天晚上要带于铁民去那个世界里转转。因此，于铁民一直觉得今天晚上是一个不可思议的晚上。万一出了事，后果会变得很麻烦。这事几天以前就说定了，灵魂一直推辞说他近来身体不大好，比较虚弱。办这些事情，需要有很好的精神和体力。

于铁民其实在来灵魂家以前，便一个人在供销社里偷偷地写好了遗书。万一真的回不来时，也毕竟在这世上留下了一些东西。于铁民在世上已没有任何亲人了，只有一些以前的同学。所以，于铁民那天晚上将遗书写得很客气很委婉，像诗一样。于铁民在写完遗书的这个晚上有一种十分轻松舒适的感觉，心情很好。

灵魂招呼于铁民洗了手脸后，将铺盖打开。灵魂告诉于铁民两人睡同一个被窝，于铁民的身体要贴住灵魂的身体。

于铁民与灵魂一同躺进被子里后，于铁民有一种坐飞机的感觉。灵魂吩咐于铁民拉着他的手。之后，灵魂便迅速熄了灯。

于铁民躺在被子里后，显得有些激动不安，腿肚子上的肉哆哆嗦嗦地乱抖。于铁民红着脸问灵魂到那地方不知有多远，几时才能到达。灵魂没有理会，灵魂很认真地嘱咐于铁民说到了那里不要大声喧哗，不能随地吐痰，不能乱扔果皮和烟头，不能在墙角处大小便，不能在墙上乱写乱画。

于铁民想，那地方原来与北京和所有的大城市都一样，那地方也会有警察和邮局。

于铁民这样想着，怀了一种千里探家的心情，紧紧地拉住了灵魂的手。

姓周的老师形容枯槁地出现在讲台上的时候，学生们都认为他近来是在很厉害地闹肚子。

学生们看见姓周的老师用一只发黄的手捂着肚子的时候，学生们那时也都各自觉得肚子里很不好受，一些肠子很抽象地扭到一起，形成一种十分生疏的图案。

学校里的其他老师们眼见得姓周的老师这些天神色恍惚，衣衫破烂，学校里的老师们便都以为姓周的老师回家后与他的女人不断地打架。老师们请求校长从学校里专门腾出一间房子来让姓周的老师住到学校里来，这样可以避免一些冲突和争战。

校长那天早上起来后，看见姓周的老师一瘸一瘸地来到学校。校长看见姓周的老师身上破烂的衣衫时，校长觉得他是看到了一只灰褐色的羽毛凌乱的麻雀正向学校里走来。于是，校长当天上午便让人打扫出一间房子来。校长那天变得十分细心，校长还吩咐人将那间房子的窗户用一些砖头堆起来，这样一般人是绝对搞不清里面还会住人的，即使姓周的老师的女人贸然闯到学校里来，也不会被发现。校长那时觉得他这样做很保险，很有责任感。校长那天上午一直为自己将这件麻烦的事情处理得井井有条而激动不已。于是，校长不停地在校园里走来走去，校长觉得这个学校还是很有前途和希望的。校长那天上午还左顾右盼地想起了以前的一些事情，校长觉得应该把所有的事情都处理成类似今天找房子这样的一种美好的效果。校长那天上午一边踱着步，一边兴致勃勃地将脚下的一些碎石踢出老远。校长看见这天上午的阳光十分灿烂，于是，校长便在一些教室的外面走来走去。校长是在等待姓周的老师下课后出来，校长要告诉他房子已找好了，就在学校最后那一排。校长在回忆起那间房子窗户外面堆起的那些砖头时，校长觉得那些堆起来的砖头就像书上的一些建筑物一样美好而漂亮。

校长在最初听到下课的钟声响起以后，校长做出了一种蠢蠢欲动的姿态。校长的意思是想一个箭步冲上去将姓周的老师紧紧地抱住。校长这样想的时候并没有其他任何的意思，校长只是觉得这天上午是他有生以来最激动最有意义最难忘的一天。校长那时觉得只有一个箭步冲上前去将姓周的老师紧紧抱住才能体现他这种特殊的心情。所以，当学生们从教师里涌出来看见校长时都被吓了一跳。学生们吃惊地看见校长站在那里如一只展翅欲飞的鸟一样，做出一种冲上前去的姿态。

校长那时看见学生们像蜜蜂一样从教室里挤出来时，校长的心跳得很不一般。

快了。他妈的。

校长这样想着的时候，一只脚的鞋底已离开了地面，那只脚在空中不停地抖动着。

学生中有一些朝校长这边走来。

校长看见一些学生很认真地向他走来的时候，校长感到十分恼火，校长觉得这些学生们很没有礼貌和教养，这么多年的书全部白念了。校长这样胡思乱想的时候，学生们已经全部走到了他的面前。

学生们说，姓周的老师大约又在闹肚子了，上课时一直用手捂着肚脐眼以下的一些地方。

校长最初表现得很木，愣愣的。校长一点儿也没有听清学生们说的话。校长觉得实在听不懂这么多学生的话，这些学生似乎用一种很侉的口音和文字与他说话。总之，那天上午学生们说的话，校长一句也没有听懂。

后来，校长看见姓周的老师如一只麻雀一样从教室里出来后，校长一直绕着姓周的老师转了许多圈子。校长那时像一只勤快的公羊一样，大声地哼哼着，转来转去。校长这时才意识到这年的夏天他并没有虚度。

校长向姓周的老师说明一切后，校长看见姓周的老师眼泪汪汪地对他说，多少年来他们两口子关系一直很好，好得如同一个人，有时还伙穿同一条裤子。姓周的老师眼泪汪汪地请求校长千万不要在他们夫妻之间造成那样一种南北对立的分割的局面。姓周的老师在向校长说完这些话以后，迅速地为校长背诵了一段语录：

> 我们都是来自五湖四海，为了一个共同的革命目标，走到一起来了。

校长听见学生的弹弓在远处发出很脆的爆玉米花般的响声。校长那天上午一直弄不清姓周的老师为什么会那样眼泪汪汪。校长认为姓周的老师很有可能是在课堂上时让一些捣蛋的学生气的，校长那天上午一直后悔自己没有陪着姓周的老师共同将那堂课上完，校长觉得自己有些失职。

校长后来发现姓周的老师有离去的意思时，校长立即果断地伸出手拉住了姓周的老师。校长认为是姓周的老师怕附近的学生们又来欺负他，气他。于是，校长便挺着腰对姓周的老师说要为他做主，对谁也不必那么怕，同在一块天空下活，绝不能有怕字当头的思想来作怪。校长说完话以后，很严厉地向四周的学生们扫了一眼。校长觉得他这一眼扫得很厉害，目光像火药一样，一些学生们被他扫过之后，一定在腿上或什么地方负了伤，伤口正在流血，流红墨水一样的血。

姓周的老师那时觉得自己浑身一点儿力气也没有。姓周的老师想，如果再让校长这样无休止地纠缠下去，他一定会马上昏倒在地。所以，姓周的老师想趁校长不注意的时候悄悄地溜掉。

姓周的老师显得很困，脑子里乱哄哄的。姓周的老师在那天上午一直很想睡觉，姓周的老师想随便找个狗窝睡一觉也可以。姓周的老师想睡下后再也不醒来了，可还有许多的事情都在等着他去做。所以，整整一个上午，姓周的老师都显得心神不定，六神无主，一直拿不定主意。

姓周的老师那时感到有一些类似粉笔头一样的蚂蚁正爬进了他的裤腿里面。姓周的老师便一个人极不自然地笑了一下。他笑得很迅速，谁也没有注意他是在笑。这以后，姓周的老师一直感到那些粉笔头一样的蚂蚁正沿着他的大腿，向小腹一带挺进。

姓周的老师听到一首意气风发斗志昂扬的歌。姓周的老师想，这歌声真感人，如同痛说革命家史一样。

歌声渐渐远去，一些尘土飞扬起来，吹动姓周的老师满身破烂的衣服。一种哧啦哧啦的撕布条的声音传过来，姓周的老师感到很难过，一个人自言自语地说，还要撕，都破了，还要撕。

姓周的老师那时感到阳光像胶布一样在扒他的皮。他的皮肤从身上一层一层地被卷起来，如同叠被子那样。姓周的老师看见他皮肤下很细的一些肉黄黄的、如油漆的颜色。

姓周的老师抚摸着他的皮肤的时候，手中滑过一种十分生疏的感觉。他想，这是一些什么东西呢，这样结实地贴在我的身上。姓周的老师觉得很有可能是一些窗户纸。

校长那天上午一看见姓周的老师时，便感到十分害羞。校长像一名女教师一样羞羞答答的很难为情。校长看见一些灰褐色的麻雀落到附近的树上，校长那时一点也搞不清姓周的老师为什么要到那些树上去。校长那天还忽然想起学校里的粉笔和墨水都不多了。校长在后来的一次十分偶然的机会里，发现姓周的老师常趁人不注意时，将一些红蓝的墨水大片大片地涂到身上的各个部位。校长看到这些的时候，感到很生气。校长觉得姓周的老师不应该那样严重地浪费国家的墨水。校长想找一个机会单独与姓周的老师谈谈。

校长这天上午还刮过一次胡子。校长是在很灿烂的阳光下发现自己的胡须像草一样后，才起了刮胡子的念头。校长在刮胡子的过程中，始终闻到一种冒烟的气味。校长觉得这天的胡子像神经一样，刮一下疼一下。校长忍着疼，含着泪，刮完了最后的一片胡子时，觉得下巴处冒起了一缕一缕的青烟。

姓周的老师那时也闻到冒烟的气味了。姓周的老师闻到烟是从杏花的深处冒出来的，拖着一条很长的尾巴，如一些风中飘曳的阴魂幡。姓周的老师无端地想起教室里的一些课桌上面有一些很亮的冰块。姓周的老师看到这些的时候，嘴里产生了麦芽糖稀的味道，很黏的汁液滑动在黄色的舌苔下面，发出叽叽咕咕的声音。姓周的老师那时以为是谁家的一群刚会走路的小鸡，姓周的老师觉得除了那些小鸡之外，不可能是别的什么东西。

灰褐色的麻雀像一群衣衫破烂的孩子一样站在学校大门口的阴影里，凌乱的羽毛如同被撕破后的布条。

汉子一个人站在西瓜地的一端，附近的一些烽火台被夕阳涂染得一片血红。

汉子是被一种很响亮的唢呐声吸引到这里来的。汉子那时正在村里闲逛，汉子听到从水库那边传来一种十分响亮的唢呐声时，汉子首先想到的是有人在娶亲，唢呐吹得很热闹。汉子一向对娶亲的热闹场面很感兴趣，汉子经常不放过任何一次观看娶亲的机会。汉子在观看那种热烈而红火的场面时，老觉得自己是那天要娶亲的人。所以，汉子经常站在人群里努力想象新娘的肌肤和花瓣。汉子在想这些的时候，觉得自己是站在一堆面粉里面。

所以，汉子听到唢呐声的时候，汉子便急急地向水库这边奔来。汉子一路跑着，一路还听见唢呐吹着：猪啊、羊啊，送到哪里去的旋律。汉子的身体很激动，两条胳膊跑起来像两串很暄的馒头一样胀鼓鼓的。

汉子来到水库边时发现四周什么也没有，汉子听见刚才很热烈的唢呐声消失了，只有风吹瓦罐的声音。风把瓦罐弄得像圆号一样，汉子觉得眼睛里有无数匹马在跑，粗大的马尾扑打着他的眉宇和鼻孔。汉子从那时起就有了夜间流鼻血的习惯。汉子的鼻孔里的血常常如两支很长的红油漆筷子，没完没了地从里面流出来。有一种无穷无尽的意思。

汉子在流鼻血的那时，一手撑在墙上，听到自己的身体传来敲击木桶的声响。汉子看见满地的西瓜膨胀不止，西瓜们发出一种猪一样的哼哼声。汉子听了觉得很舒服。

汉子目前是村里唯一上过中学的人，所以，汉子在一个阳光灿烂的上午被村里的干部轻而易举地截住了。村里弄回一台抽水机一直没人会弄，始终放在水库的附近。村里的干部第一次发现汉子长得很像一名工人。村里的干部让汉子去水库边开抽水机。汉子那时觉得这是对他的信任和考验，汉子便痛痛快快地一口答应了。干部亲切地拍拍汉子的肩膀说好好干，干好了不会亏待你。汉子没有听懂他的话，汉子觉得好像是有一群黄蜂从耳边飞过，汉子那时只看见干部的两排牙齿像排骨一样很整齐。汉子那天上午对这干部很有好感，所以这样一来，汉子的两只眼睛里自始至终都在滚动着一些亮晶晶的鱼鳞片似的东西。

汉子那天一个人在那台机器旁一直观看了许久。汉子在看着那台机器时，像看着一些陌生的砖头一样。汉子觉得那机器很古怪，有一种蚊子般的嗡嗡声。机器上淡淡的油腻味使汉子不由自主地咽了几下口水。汉子缓缓地用手掌抚摩着机器上的各个部位，汉子那时一点儿不明白那机器为什么一直不转，连轰隆隆的声响也没有。

汉子在一筹莫展的时候，听到附近传来刷刷的一串脚步声。汉子的心里亮了一下，汉子想终于有人来了，有人来就会帮汉子的忙，这就会使那机器转起来，发出很响很激动的声音。汉子想来人最好是供销社里的于铁民，于铁民曾经开过许多年的手扶拖拉机。于铁民一般情况都能听懂机器说话的声音。汉子想到这里的时候，情不自禁地哼了几句这一带流传的一种小调。

过了许久，汉子看见那脚步声还一直没有下来。汉子想，这是谁啊，他妈的这样磨磨蹭蹭，半天下不来。汉子忍不住站起身去看，眼前一个人也没有，一些草被风吹得东倒西歪，歪歪扭扭。

汉子觉得很困。

在汉子发困的时候，汉子听见水库里通地响了一下，像有一块大石头被抛入水库里，被激起的水花溅得老高。汉子想，这是谁这么捣蛋。汉子看见水库四周空荡荡的，一片寂静。

汉子最初听见水库里通地响了一声后，汉子便觉得肚子里忽然一阵奇怪的疼痛。后来，又有一块大石头被抛入水里，汉子的肚子便自此以后一直疼痛不止。汉子觉得这事很邪乎。汉子那时觉得很多事情本身其实并不重要。

远远地看见有一个旋风如砖塔一般自天地间旋来，一些白色的纸片和碎布条在里面上下舞动不止。汉子发现一些飞舞的碎布条很像是学校里姓周的老师的衣服和皮肤。汉子那时觉得姓周的老师很可怜，常年戴着一只大口罩，脸色如黄纸一样。汉子小时候听过姓周的老师讲课。姓周的老师讲课时，汉子总觉得像在下雨，滴滴答答的声音使汉子觉得心里长了很厚的一层绿毛。一些青蛙在绿毛上跳来跳去，发白的肚皮将汉子的骨头磨得嚓嚓发痒，汉子的牙根里直冒酸水，冒水果糖一样的酸水。

汉子后来回忆起那天的旋风后，总觉得有些不可思议。汉子一向认为旋风是一种很邪门的东西，所以，汉子那天看到旋风后，立即便解开裤子朝旋风撒起尿来。汉子以前知道每当见到旋风后，第一个动作便应该是向它泼洒激流般的尿。汉子在那天上午做完这些的时候，浑身上下有一种如释重负的感觉，如同刚从河里湿漉漉地上来，头发软软地贴在脑门上，四肢冰凉如水。

汉子在一个月光冰凉的夜晚想到以后应该去开一个豆腐店。汉子想到一块一块的雪白的豆腐时，觉得身上的骨头很软，像被油锅炸酥后一样。汉子闻到自己的骨头很香，是那样一种煮肉的香味，汉子想到自己已经很久没有闻到过肉味了，所以，汉子在此时表现得很不成熟，很不冷静。汉子在那一瞬有些无力承受的样子。汉子稀里糊涂地抚摸着自己的胸脯和一些扣子。扣子在汉子的手掌内哗啦哗啦作响，如洗牌时麻将的声音。汉子听到这些声音后，眼睛变得很硬，两道眉毛像两把鞋刷子一样扫来扫去。

水库上一片平静。

嚓嚓的洗衣服声很嘹亮地传进汉子的耳朵里。

汉子看见豆腐店的门敞开着，一些白气从里面涌出来。

于铁民跟着灵魂站在一些粗大的圆形柱子下面。四周飘满了杏黄色的酒旗。

于铁民好半天才发现这原来是一座古老的历史十分悠久的城池。青褐色的街道上布满了蓝色的房子和店铺门面、临街盛开着一些金黄颜色的窗户，又细又窄。在那些高而窄的房顶上，许多硕大的红白的罂粟花冷静而无情地开放着，放射出一种沥青的气味。

于铁民到处东张西望，他发现一些无头的警察如一个个绿色的信筒一样在街上走来走去，裤线里透出一些不太强烈的灯光。警察们的胸脯宽阔而红润，如巨大的猪肉模型。

于铁民在到处东张西望的时候，听见灵魂对他说，拉紧我的手，不敢走散了。

于铁民如梦方醒般地拉住了灵魂的手。于铁民一点儿也不知道他与灵魂的手是什么时候松开的。于铁民拉住灵魂的手以后，觉得灵魂的手滑腻腻的，十分冰冷，像一团凉粉。

于铁民借着警察们裤线里透出来的一些灯光，看见灵魂的脸上出现了一种十分罕见的高贵而威严的表情。于铁民那时感到灵魂如一位身材高大魁梧的领袖一样竖在他的面前，使他感受不到风的危险。

于铁民与灵魂走过一些青色的栅栏，栅栏的缝隙处隐现出一些山羊的面孔。山羊雪白的面孔纸一般贴在栅栏上。

在一种巨大的花朵下面，灵魂对于铁民说你先在这里等着，我去办点事就回来，千万不要到处乱走。灵魂说完话以后便迅速地离去。于铁民看见灵魂在这里如入无人之境一般，不觉敬意油然而生，有一种很亲切的东西温情地流动起来。

灵魂去了不一会儿便回来了。于铁民远远地望着灵魂边走边往怀里揣了一种什么东西，于铁民一直不敢问。于铁民是怕弄不好问出乱子来，那样就永远也回不去了。

灵魂问于铁民这会儿肚中是不是有些饥饿，灵魂一直举着一只手说话。于铁民听灵魂一问，也觉得肚内有辘辘的水声。于是，两人便去吃了一些里面拌有花生的饭。于铁民第一次觉得花生具有一种很强烈很浓厚的气味。灵魂不断地嘱咐于铁民说，不要喊他的姓名，不要喊任何人的姓名。于铁民觉得灵魂的一系列话像一些密密麻麻的订书钉一样，整整齐齐地钉在他的记忆里，纽扣边。

这后来，于铁民便遇见了汉子和姓周的老师。

最初，于铁民和灵魂两人看见在城门口附近的一些砖墙下新出现了一家不太大的豆腐店。豆腐店的门敞开着，一些白色的气流从里面涌出来。

当于铁民跟随灵魂走过来的时候，于铁民十分吃惊地看见汉子从豆腐店里面走出来。汉子的腰上那时系了一条白布的围裙。汉子在用毛巾擦汗的过程中也看见于铁民和灵魂了。汉子热情万分地将于铁民和灵魂两人请进他们的豆腐店里。

于铁民那天一直感到十分不可思议。于铁民做梦也没有想到会在那样的一个地方遇上汉子，而且汉子还在开着一个生意很好的豆腐店。但这些在当时都显得很不重要。

汉子那天将于铁民和灵魂两人领进豆腐店里后，使于铁民惊骇万分的是店里还有另外一个人。于铁民一眼就认出那人正是学校里姓周的老师。

姓周的老师脸上的大口罩湿漉漉的，姓周的老师用一种嗡嗡的车轮般的声音与于铁民和灵魂说话。姓周的老师吩咐汉子端来一盘豆腐给于铁民和灵魂吃。于铁民在汉子用刀切豆腐的时候，听见豆腐如书本一样哗哗作响。

姓周的老师声音起伏着说，他和汉子，还有会计三个人开了豆腐店以后，一直忙不过来。姓周的老师的意思是想让于铁民留下来大家一起干。于铁民痛苦万状地说自己从来没有做过豆腐，那时候于铁民只认为豆腐就是从水里捞出来的一种食物，那时候于铁民还没有想得很远。

姓周的老师说会计一早就出去了，去街上收账，估计不久的将来便可回来。于铁民在姓周的老师说话的时候，特别地看了看灵魂。于铁民知道会计是灵魂的亲生弟弟。当于铁民看见灵魂正襟危坐，脸部平静如水的时候，于铁民觉得自己的小腿上布满了黏稠的汗液。于铁民那时一直悔恨自己的书念得太少，知道的东西实在不多。

在于铁民和灵魂起身告辞的时候，姓周的老师和汉子两人几乎在同时扑上来，死死地拉住了于铁民不让走，汉子那时还表现出一种要打架的姿态。于铁民那时觉得一切都很无奈，于铁民便目光很软地望着灵魂。

灵魂阴沉着脸对姓周的老师和汉子说，老于是北京人，来村里这么些年不容易，赶快放了手，让我们走。

姓周的老师和汉子听到灵魂的话以后，同时都松开了于铁民。于铁民整整衣服，感到头发和皮肤都火烧火燎的。

灵魂那天对于铁民说了很多的话，于铁民一句也没有记住。于铁民对灵魂说，以后再也不来这地方了，以后我们就在供销社里下棋，喝酒，吃水果糖。

于铁民那时觉得灵魂真像自己的父亲。于铁民很想把一些牙齿印像按图钉一样按到灵魂可亲可敬的背部。

当于铁民意识到这些以后，于铁民发觉自己的满嘴牙齿都变得像一些陈旧的玉米粒一样了。

于铁民歪歪斜斜地走在灵魂的身后，于铁民看见沿街的路上铺满了亮晶晶的硬币一样的碎片。

临街的一些金黄色的窗户里，传出咔嚓咔嚓的织布机的声音。

唧唧复唧唧，
木兰当户织。

于铁民远远地听见了中学课本上的一些机器声。

姓周的老师在一个闷热的夜晚，被撕破了身上所有的衣服。

姓周的老师在这年夏天里，经常被一种很有力的东西推进十字路口南边的那条巷子里去看杏花。

姓周的老师在这年夏天发生了一种奇怪的现象，有一阵闻不到杏花的气味时，他的呼吸便会变得十分困难。

隐现在对面石头墙上的杏花般的女人脸部夜夜都在用很温热的舌头将姓周的老师的皮肤舔出一些粉红的痕迹。姓周的老师在这年夏天里瘦得皮包骨头，摇摇晃晃。姓周的老师在被舔时，老有一种十分舒服的快感迅速地传遍全身。这以后，他便会准时听到空气中响起的哧啦哧啦的撕布条的声音。

所以，在姓周的老师拖着红肿的身子，衣衫破烂地往家里走时，老觉得这年夏天他在丢失一些什么东西。

天上的月亮像一只浸满猪油的清瓷盘子一样，被狗舔得斑斑驳驳，十分难看。姓周的老师那时觉得把这样的东西挂到天上，很不雅观。姓周的老师经常在学校里把教室中的黑板擦得干干净净，一尘不染。姓周的老师在做这些的时候，内心中始终涌动着一种很崇高的汁液。紫色的汁液，使姓周的老师经常回忆起一些发青的眼眶和眼角。姓周的老师这年夏天很喜欢研究一些煤油。姓周的老师觉得只有用煤油才会将自己帽子上和口罩上的斑斑驳驳的猪油彻底清洗掉。

当姓周的老师闻到一阵煤油的气味后，姓周的老师首先想到的便是一种维生素和高蛋白。所以，姓周的老师在这年夏天以来总是利用一切的机会，寻找煤油的气味或杏花的气味。

夜里，姓周的老师抚摸着满身红肿的针眼和粉红色的印痕时，不禁万般伤心。姓周的老师想，他们把我弄成什么了？外面的一切都很无奈。姓周的老师想起小时候学唱过的一些歌曲时，便一个人躺在被窝里蒙上头仔细哼哼。

姓周的老师在哼哼那些歌曲时，油然想起自己小时候真傻。

姓周的老师小时候一直在山上放羊。姓周的老师那时对放羊很不感兴趣。因此，现在想起来那些羊大都奇瘦无比。姓周的老师记得在一个寒冷的冬天之夜，父亲和叔叔们狠狠地教训了他一顿。

那天的月光如羊奶一样。

姓周的老师听见自己的父亲指着他的鼻子说，你要好好放羊，多用心。要是以后再不好好放羊，明年就送你去学校里教书，当教员。

姓周的老师如今十分悔恨自己那时不听话，没有好好地放羊，结果弄得当了一辈子的教员。姓周的老师在想起这些的时候，觉得自己十分命苦。

远处，长城以北的一些烽火台上，摇晃着无数的瘦草。姓周的老师在这个心情很坏的夜里听到村北的水库上，有人用石子轻轻地敲击水面。石子像一些生锈的铜钱一样，一下一下地打进姓周的老师的肉里。

姓周的老师身手抓过一只油腻腻的枕头时，看见自己的女人在睡梦里笑得很开心。姓周的老师反复地一遍又一遍地想，有什么事情令她这样高兴呢？姓周的老师觉得这女人近来很反常，经常把一些生米放到锅里用火煮，还把一些土豆用火烧熟后给别的孩子们吃，有时还把一些布弄成衣服后套在身上。在夜里睡觉铺炕时，这女人总是先把褥子都铺在下面，然后把枕头和被子都放在褥子的上面。姓周的老师无论如何也不明白这女人为什么竟会这样做事，姓周的老师觉得一切都十分的不可思议。他不明白情况为什么会变得这样糟。早知如此，哪如当初好好地放羊呢？姓周的老师经常回忆小时候的那些空荡荡的大山和山谷里的羊群。羊群像银元宝一样，乖乖地跟在他的后面。

所有的这些，姓周的老师现在都不那么在乎，也不太重要。要命的是天空中那种刺啦刺啦的撕布条的声音。

姓周的老师抚摸着自己骨瘦如柴的身体时，觉得自己像一个旧社会里的吃不饱穿不暖的揽工人。姓周的老师在这个闷热的夏夜里，想起收租院里的一些泥塑像。姓周的老师那时认为自己应该被塑在村北的水库大坝上。

姓周的老师听到十字路口有嘀嘀咕咕的说话声，姓周的老师认为是村里的民兵在夜里出来巡逻。墙头上的一只水桶里面很久以来就灌了大批的蚊子和风。

姓周的老师想，从前有一些很厉害的人，大家都很害怕。后来，他们都死了。一些很不厉害的人扛起铁锹将他们埋到了很远的一座山上。

夏天里发了一些水。一些房子被冲塌了，另一些房子还留在那里。刮风的时候，那些留下来的房子都倒了。

姓周的老师现在最希望的就是所有的大街小巷里都飘满了浓浓的杏花味或煤油味。姓周的老师在这年夏天里花了几个星期的时间，把自己的这些想法用一些图案表现了出来。姓周的老师那时保存了许多半截的粉笔和白纸。刮风的时候，姓周的老师便开始在白纸上画。每画完一条线时，姓周的老师便忍不住要察看一下自己的身体。他的身体上出现了一些杂乱无章的隐形的黑色线条。

那些夜里，姓周的老师经常发现自己的皮肤像条绒布一样。

后来村里很少刮风了，姓周的老师便一直没有动笔。

三更天的时候，姓周的老师非常想喝水。姓周的老师摸到水缸边时，一个人喝了好半天之后，他便躺下了。

姓周的老师躺下以后，便一直开始不停地咳嗽。先是大声地咳嗽，以后逐渐慢慢减弱下去。

到了四更，姓周的老师只在小声地咳嗽了。口罩湿漉漉地搭在炕沿上。

外面的月亮很圆。

会计那天早上起来得晚了。

会计那天早上起来后，看见家里一个人也没有。一位陌生的白发麻脸小脚的老太太坐在会计的枕头边，很慈祥地望着会计。

会计睁开眼看见白发麻脸小脚的老太太时，会计觉得身体变得很硬，大腿如树墩一样。

白发麻脸小脚的老太太声音呜呜地对会计说，她已经出来好多年了，一直在寻找儿子。她的儿子在十八岁那年一个人出门去寄信，信寄出去以后，人再没有回来。

在老太太说话的同时，会计闻到一种很强烈的煤油的气味。会计想到家里已经有半年多的时间没有用过煤油了，所以，会计便一直很使劲地望着老太太。

老太太显然也感觉到了。老太太可怜巴巴地对会计说，你一看我，我的心里就哗哗地冒汗。你那么样看我，使我的头很疼。

会计想，这个老太太一定是听到某种纸张的声音了。会计一听到有纸张的响动，就禁不住想睡觉。

于是，会计便让老太太脱下衣服歇息一阵。老太太在听到会计的话时，感到很难为情。老太太说我不能脱，我一脱下衣服时就觉得外面很冷很刺眼。我的身体里有无数发干的黄土，经常总是纷纷扬扬的。

老太太说着话，有几滴很白的东西从眼睛里掉落出来。会计看见后，立即觉得心里湿漉漉的。会计想，那是些什么东西啊，像眼药膏一样有一种很黏的味道。

会计那天给老太太喝了一些水。老太太喝完水以后产生了一种很温润的东西，老太太对会计说，你是个好人。

会计那时听完老太太的话时，忽然吓了一跳。会计觉得老太太的语言很耀眼，带有一些毛边。老太太说完那些话以后，提出要看看会计家里的一些信件。会计说这么多年从来没有人给他写过信，他也没有向任何人写过信。会计在十分没办法的情况下，翻出一些县里和公社上的指示、通知一类的纸条，还有一些发黄的报纸。会计说这些就是他家里所有的纸张了。会计平日总把它们藏到一个很深的地方，会计一听到那些纸张的响动声便昏睡不止。

在老太太哗哗地翻阅那些纸张的时候，会计早已昏昏地睡去。老太太用食指蘸着一些唾沫翻阅纸张，所以，会计在睡梦里一直湿淋淋的，会计觉得那天的雨很大，雨浇在身上后，会计的衣服被紧紧地贴在身上，显出一种类似椅子腿一样的奇怪图形。

后来，会计看见天晴了。会计那时听见一种婴儿的哭声，会计觉得那婴儿是害怕洗澡才大声哭喊的。会计觉得心里很难受。

一些红布远远地挂在山坡上。

会计醒来后，发现老太太已经不见了。会计看见老太太在他的墙上留下了许多血红的汁液，会计感到很气愤。会计那天四处追了许久，始终没有看见老太太的影子。

会计回到家里后，觉得今天这一天很不美好，会计那天连放声哭一哭的机会也没有。会计找来一把铁锹，将那墙上的血红的汁液连同墙皮一起都铲去。会计在铲除过那些墙皮之后，觉得自己身上的皮肤很新鲜，只是没有将大腿上的那些鱼鳞般的东西去掉。

夜里的时候，会计吃惊地发现被他铲过墙皮的那些墙上，正在迅速而无声地渗出一些血红的印迹来。会计眼巴巴地望着那些血红的东西又重新将墙壁全部布满。

半夜里的时候，会计忽然有了一种强烈的冲动，会计非常想去井边挑水。会计那天夜里觉得挑水是一种最美的事情。会计那时其实已经听到了一种哗哗的水流声。

村里的井不多，大都很浅。会计从炕上爬起来，携了水桶和扁担，一直向井边跑去。会计那天夜里大约一共挑了四十几担水。会计挑上水以后，便在村里的大街小巷各处转悠。会计那天夜里把村里到处都泼上了水。会计那时觉得十分开心，他边挑水边一个人激动不已地笑着。

会计那天夜里把村里所有井里的水都挑得所剩不多了，会计还一直觉得远远不够。他心情很好地微笑着，肩上的扁担咯吱咯吱在黑夜里十分醒目。

会计在做这些的时候并不认为是在一趟一趟地挑水。所以，当第二天早晨村里的人都起来后发现井里的水不多了时，会计也感到十分恼火。会计那时觉得有少数人就是和大家过不去，会计整天都在气愤中郁郁而过。到了那天的半夜，会计又挑着水桶奔向井边，一趟接一趟地往村里挑水、泼水。

一些纸灰从十字路口南边的巷子里刮出来，在大街上洋洋洒洒地飞舞。

会计将桶里的水泼完后，听到一种用手抚摸纽扣的声音。

会计那天夜里挑着水，最后一次经过十字路口时，正好踩到一些破碎的布条上面。会计踩着软塌塌的破布条，意识到自己正踩着了一个人的发黄的皮肤。会计在同时听到了一种受伤后的痛苦的呻吟声。

会计想到村里这年夏天里死过几次人。每次都是一男一女，有时候是四个。会计那时觉得这世界很整齐，大家每个人都不过是墙上的一块砖。规规矩矩地来，整整齐齐地去。会计那时候满脑子都是一些整整齐齐的印象和概念。青色的灰砖整整齐齐地遮挡着一些窗户。

街上黑得厉害，有女人的笑声从南边的巷子里轻轻滑落出来。

在姓周的老师的女人听到院里有抬木头和锯木头声的那天夜里，汉子看见从水库那边的西瓜地里露出一只巨大的白木棺材。

汉子那时看见白木棺材像一只正月里的旱船一样，平滑而优美地徐徐前进。白木棺材在经过一些墙头时，墙上的石头碰了一下白木棺材。白木棺材发出一种清脆的玻璃般的声响。

汉子一直悄悄地跟在白木棺材的后面。棺材像漂在水面上一样，一直轻轻地向前飘着。汉子从小就听人说过这一带有不少的金银宝贝藏在一些棺材里，常在夜深人静时趁人不注意而从一个地方转移到另一个地方。所以，汉子这天夜里看见飘动的白木棺材，汉子一点儿没以为那棺材里面会有人，汉子只认为那些金银宝贝在进行迅速的转移。

汉子那时十分希望那棺材在中途停下来，或者撞到一个什么地方上后将里面的那些宝贝抖搂出来，汉子那时候一直就是这样想的。除此以外，汉子再没有向其他的地方想过什么。

白木棺材徐徐而行，一直没有停下来的意思。偶尔碰到一些什么上面后，也能很快绕道而行，继续前进。

汉子跟在白木棺材后而一直转了大半个村子后，汉子感到十分疲乏。汉子跟着白木棺材从十字路口南边的巷子里出来后，一直又向十字路口北边的巷子里飘去。

棺材在北边的巷子里如鱼一样滑得很快。

后来，汉子忽然看见棺材在一处草垛前停下了，汉子那时听到一种“吁——吁!”的吆喝牲口的声音。

汉子向四处看看，见眼前只有一座房子。汉子认得这房子是学校里姓周的老师的家。汉子当时看见姓周的老师家里已熄灭了灯，一片漆黑、寂静。汉子那时还忽然想到姓周的老师在学校里劳累了一天后一定很疲劳，很可怜。

汉子在黑暗处等了一会儿之后，看见棺材又起动了。汉子想那些宝贝真他妈的神秘，想看见它出现一次真不容易，要不然怎么就叫作宝贝呢，随随便便地出来的东西不会是宝贝。汉子在想到那些宝贝后，第一次觉得自己很贱，很不值钱，汉子自己经常随随便便毫无光泽地出现在人们的面前，在大街上转来转去。

汉子跟在白木棺材的后面一直向前飘动。汉子感到路面上很滑，仔细看时，发现街上到处都泼洒了很多的水。汉子不知道这是谁干的，他的身上糊满了很脏的泥巴和水珠。水珠吧嗒吧嗒地滴在衣服上，脚下的稀泥和积水发出很滑稽的叽叽咕咕的声音。

汉子一直跟着白木棺材来到村里的仓库前后，汉子看见白木棺材又一次轻轻地停下了。

汉子听见仓库门上的锁子哗啦哗啦地响了几下后，仓库里面亮起了灯光。汉子那时觉得很吃紧，汉子搞不清是会计还是保管进到了仓库里，只有会计和保管两个人才拥有仓库门上的钥匙。汉子仔细听了一阵，发现里面一点声音也没有，静得厉害。

后来，汉子忽然看见附近的会计家的房顶上冒起了土黄色的炊烟。汉子觉得此时大约已过了三更，会计家一片漆黑。汉子伸了伸舌头，觉得嘴唇和牙齿都很苦，有一种很浓的中草药的味道。

那天夜里，汉子被白木棺材弄得十分疲惫。汉子跟着白木棺材第二次进入路口南边的巷子里后，白木棺材闪了一下不见了。

汉子看见白木棺材忽然消失后，便觉得一切都完了。

汉子站在一些没有院墙的人家面前，问到杏花的气味很浓厚地钻进他的鼻孔里。

一个拐腿的人像青蛙一样，一下一下地跳着从十字路口上跑过去了。

汉子听见从一些黑暗的房子里传出裁剪衣服的声音。衣服的布料如一些哗哗作响的纸张一样，翻来翻去。

汉子那时忽然非常想家，想念一些里面装有谷糠的枕头和红油漆筷子。所以，汉子很想马上就回到家里去。

汉子那晚觉得空气很不正常。

汉子在抬腿的过程中，听到身后响起一种蘑菇般的笑声。

两人走到一座褐色大房子前，灵魂对于铁民说，你在这里等我一下，不要乱走。

灵魂说完话向门边走去。灵魂从怀里摸出一个类似腰牌样的铁片，朝站在门口的两个人晃了一下后便进去了。

一阵叮当叮当的马车声从街上驶过来。

于铁民看见车上坐着几十个鲜艳而丰润的女人。女人们坐在车上相互嘻嘻哈哈地笑着，如一树麻雀。

于铁民最初看见在车上有两个曾与他一起插队时的女知青

时，于铁民觉得十分不可思议。于铁民一点也不知道那两个女知青是怎样出现在这里的。于铁民一时觉得这世界原来很小。这以后，有一种亲切无比的杏黄色的东西迅速地从于铁民的心底升起。

马车上的女人们不断地向于铁民飞来温情的媚眼，女人们纷纷招呼于铁民上车与她们一起走。于铁民那时看见女人们向他张开鲜艳温润的红唇时，产生了一种十分强烈的冲动。于铁民多年来一直远离着白杨树似的女人。自那天晚上从会计的女人身上看到一种特殊的女人的东西时，于铁民便一直耿耿于怀。于铁民的身体膨胀得厉害。所以，于铁民常在夜里的时候将一些枕头或别的什么东西压在身下。

于铁民那天在脖子外围了一条雪白的毛巾，于铁民自插队以来一直便是这样。

在于铁民踌躇不前的时候，一些温柔的女人的手臂已将他拉上了马车。于铁民掉到女人的怀里时，有一种十分幸福的感觉。于铁民那时觉得女人堆里涌动着一种粉红的东西，所以，当马车重新走开后，于铁民并没有意识到什么，于铁民体会不到任何的一种感觉。

灵魂后来从那座大房子里出来后，发现于铁民不见了。灵魂很焦急，于是便向周围的人细细打听。

周围的人告诉灵魂说于铁民那小子坐上刚才过来的一辆马车走了。灵魂更加焦急。灵魂是听说于铁民坐上了一辆装有女人的马车离去后才变得焦急万分的。

灵魂不安地说，糟了，糟了，这些猪们，尽坑人。

那天夜里，天近五更的时候，灵魂浑身大汗淋漓地醒来了。

灵魂将灯点亮以后，发现身旁的于铁民身体僵硬，身上一点动静也没有。灵魂便很快地穿了衣服，开了门，直奔一个猪圈而去。

十几头猪哼哼叽叽地挤在一起。灵魂到来的时候，发现果然刚刚出生了一群小猪。灵魂俯身在那些小猪里找了半天，后来便将一只小猪拖了出来。灵魂仔细地将小猪端详了半天后，一眼便发现那小猪的脖颈上有一条类似白毛巾一样的白道。灵魂这时候觉得一切都很放心，便伸手将小猪用力摔到墙上。

小猪立即便死了。

在灵魂将小猪摔死的那时，于铁民的身上渐渐有了动静。

所以，当灵魂重新回到屋里时，于铁民已经醒过来了。于铁民满身大汗，气喘吁吁。于铁民告诉灵魂说他很累，灵魂笑笑，让于铁民将脖子上白毛巾解下来。

于铁民感到有些轻松。于铁民想到自己与那些女人一起离去时，有些不好意思。灵魂告诉于铁民说世上的猪都是女人投胎。于铁民那时混在女人堆里，便错投了猪胎，灵魂一直没有将于铁民当作本地人。于铁民那时听见灵魂讲了许多自己前所未闻的事情。灵魂说一个人的生死都与出生地有关，正所谓落叶归根，老干部和军队干部年老以后要回到老家一样。

在灵魂说这些话的过程中，于铁民想到了北京的一些幽深的胡同，红墙的里面传来一些太监的轻轻叹息。

于铁民在吸烟的时候，闻到自己的嘴里有一种很强烈的花生的气味。于铁民对这种味道印象很深。一颗一颗的花生像一些结实透明的珠子一样，凌乱地挂在于铁民的记忆里。于铁民在想到这些珠子的时候，觉得自己的舌头下面生了一些类似的粉刺。所以于铁民从这一天开始，一直发觉自己浑身上下的皮肤像麻袋片一样，舌头下面十分沉重。

于铁民在天亮以后才忽然发现自己的手指上还残留着一些雪白的豆腐。于铁民在看见残留在手指上的这些豆腐时，觉得十分恶心，胃里面翻来覆去地传来一种混沌无光的雨水声。声音像一些豆浆水一样轻轻地漫出一些瓦盆和瓷缸，漫过一些金顶的房子。

于铁民将手指上残留的那些豆腐用力弹去以后，于铁民听见一声清脆的碎玻璃的响动声，声音十分尖锐。

于铁民那天觉得自己整整喝了一夜的豆浆。

所以，于铁民在那天醒来后，有一种很倦慵懒散的东西布满他的全身。于铁民觉得肚子十分发胀，脑子里不时跑过一些马车，马车的铃声叮叮当当地响着，无数鲜艳丰润的女人挺着健壮的身子，笑得开心而放荡。

于铁民在马车上的那时，体验到了一种很淫荡的东西。

灵魂那天晚上一直都听到一种猪反复哼哼的声音。坚硬而多刺的黑色猪鬃将灵魂弄得很不舒服，甚至疲惫不堪。灵魂那天晚上拿那些猪一点办法也没有。后来的时候，灵魂还听见一种哼哼叽叽的紫色的猪的汁液，沿着茶杯的表面一直深深地滑落下去，像是落叶归根时的情景。

房顶的四周传来一种踢踢踏踏的声音。

于铁民那时觉得浑身上下一阵奇痒。于铁民那时觉得是一种类似虱子一样的东西在身上滚动、滑落。

当于铁民将手伸进后背去仔细触摸时，于铁民感到身上布满了一些类似花生米一样的小肉瘤。

于铁民将手抽出来，手掌上沾满了无数密密麻麻的粉红色肉瘤。

那天早上，太阳像谷糠一样。

那天早上，有许多的女人都非常想洗头。太阳像纷纷扬扬的谷糠一样，将大家弄得很不舒服。大家那时都感到自己的头发像猪鬃一样乌黑而发痒。

大家是听到了一阵哗哗的水声后，才各自萌发了洗头这个念头的。在此之前，大家都没有这方面的意思。

那天早上大家就是那样一种焦急渴望的样子，大家就是非常想洗头。

世上的许多事情其实就是这样十分简单，没有一处空白。

所以，那天早上便显得很单一，很冷清。大家各自就是都怀了那种非常渴望想洗头的心情，站在谷糠般的阳光里，谛听着一种嘻嘻哈哈的流水声。

一种事情的结果，经常是由于另外的一些与其不关联的事情拼接成功的。这道理就像一根绳子一样，最初是由于另外的一些线团形成的。

这道理大家那时候都很懂，那时候大家却都不愿意想起类似绳子这样一种缠人的东西。那时候大家都觉得事情越简单越好。

所以，那天早上，大家站在谷糠般的阳光里时，大家都有一样类似刚出生后的浑身一丝不挂的赤裸裸的感觉。

那一瞬间，大家才如梦方醒地发现自己身上的四肢、耳朵和鼻子甚至眉毛头发都是那样的多余而乏味，大家觉得这些所有的东西实在不很重要。大家在那天早上不断地想象一些简单的标志和代表，—— 一些简单的木棒和村里的光棍。

大家站在谷糠般的阳光里时，都产生了一种粉红色的连体婴儿的感觉。

大家挥舞着粉红的小手，眼泪汪汪奶声奶气地喊着：我要洗头！我想洗头！

谷糠般的阳光里面，鸡声四起。

村里的公鸡在那天早上一直啼唱不休。

大家时常觉得那些公鸡像一些名气很大的久唱不衰的戏剧名旦一样，声色动人。

那时候大家听见公鸡叫，大家都以为是公社或县里的兽医来了。以前的那些日子里，远远地看见公社或县里的兽医出现在村外时，村里的公鸡便齐声合唱起来。后来，大家经常在那种大惊失色的合唱中，感受到一种很强烈的皮革的气味。

兽医那天并没有来。

兽医早上起来后，看见这天的太阳像谷糠一样。兽医看到空气中有一种烧谷糠的烟光，兽医看到这些后，觉得事情有些不妙。

于是，兽医心情很不美好地返身进屋。

兽医在推门的过程中，听到一种合唱般的鸡声。兽医那时候认为是附近学校里的学生们在上音乐课。

兽医那时候就是那样，一直什么也没想，脑子里空空的，飘着一些凌乱不堪的鸡毛。

兽医在这天早上起来后，无端地觉得自己的身上少了一些什么部位。因此，兽医便很机械地想到，女人在这年夏天里身体一直很不好。全身红肿，经常会在夜里的时候梦见一些积雪的深山。

兽医重新抬起头以后，忽然发现女人嘴里的牙齿如一些亮晶晶的图钉。

兽医想起了早上起来后，听到的一种哗哗的水声。

女人说，夜里她老听见供销社里的售货员在不停地撕扯一些很响的布料。早上起来后，那些布料便发出一种很大的焦煳气味。

在女人说这话的过程中，兽医感到那种布料就是那种经常做蓝衣服时所用的布料。

女人背靠着墙壁站了一会儿。

之后，女人问兽医说，你今天不在兽医站里打针了？

兽医那时正用一只手按着自己的眼眶。兽医感到自己眼眶上的骨头已经不多了，里面有一种类似玉米穗子似的东西，发出沙沙的声音。

兽医听到女人的问话后，感到很害羞。

兽医声音低低地说，我今天很难受，不想去了。打针的时候，我经常听见自己的骨头在响。

兽医说完这些话时，很想随便翻个身睡去，但兽医马上便看到自己一直是站在地上的。因此，兽医此时觉得心里很麻烦，非常想哭。

女人听完兽医的话以后，感到兽医的胳膊上出现了一些黑黑的小洞，蔓延得很厉害。

女人觉得就是被蛀虫蛀空以后的那种黑黑的小洞。

姓周的老师在天亮的时候，听到一种低沉而短暂的卖豆腐的吆喝声。

姓周的老师在听到外面的这种声音后，感到已经有大批的雪白的豆腐方方正正地堆积在家门口前。一些赤黄色的味道十分陈旧的豆瓣在磨眼里弄出一种很拥挤的响动。石磨那时候被一些憔悴不堪的毛驴拉着，如车轮一样转来转去。

姓周的老师的女人醒来的时候，听见一阵石磨压碎黄豆的声音。姓周的老师的女人是被一种很浓的豆浆味弄醒的。

姓周的老师那时感到有大批雪白的豆腐堆积在他的门外时，姓周的老师并没有想到那是豆腐，姓周的老师认为自己一向与任何的豆腐都没有关系。姓周的老师那时只以为是公社给学校发钱了，学校里买回大量的学生课本和纸张都整整齐齐地码在他的门口。姓周的老师感到这些的时候，觉得学校对自己十分信任和看重。所以，从这天天亮以来，姓周的老师便一直躺在被子里无声而吃力地笑着。

姓周的老师感到很激动，身体抖动得如一种鹅黄的鸡皮。

姓周的老师笑起来时，脸部如同一种杏花。女人看到这种情形后，一时被十分感动。女人从来没有见过姓周的老师笑得能像杏花一样。于是，女人便认真地俯下身去，深深地呼吸着从姓周的老师的破破烂烂的袖筒中传出来的杏花的香气。

女人在认真呼吸的同时，还努力地将胖胖的几根手指伸进姓周的老师的嘴里，很费力气地从他的牙缝中抠出一些杏花的碎末来。女人看见那些被她用里抠出来的杏花的碎末，颜色褐黄，很像一种浓稠的豆瓣酱。女人将这些东西放到自己的手里看了一阵，然后便放到嘴里嚼化了。

女人在这天早上还从姓周的老师的牙缝中扯出一些湿漉漉的蓝色布条。蓝色布条在牙缝里塞得很深，女人拉出来后，布条已变成一缕一缕的碎片。这以后，女人便一直坐在墙边，用那些蓝色布条仔细地擦拭脚上和腿上的一些水珠。水珠滑溜溜地在女人浑圆的腿肚子上跑来跑去。女人吃吃地笑着，女人笑得很吃力。女人感到这一切都很有趣。

女人在将腿上的那些水珠擦完以后，女人听到一种圆滚滚、滑溜溜的声音立即消失了。女人转过身的时候，看见姓周的老师嘴角上流出一些白色的汁液。

女人最初看见那些白色汁液后，感到很生气，她十分恼火。女人觉得姓周的老师这人原来很不正经。

那时候，会计便把那些事先串好的算盘套在了自己的脖子上。会计这样做，只是觉得在睡觉时很安全。这样，会计用一只手护着那些褐色的算盘珠子，很快便睡去了。

半夜里的时候，会计忽然感到浑身上下很热很烫。嘴里热辣辣的，仿佛刚嚼过大批的辣椒。于是，会计便吃力地用两手撑着枕头慢慢爬起来。

会计那天那半夜从嘴里吐出许多发红的东西，会计仔细将那种红色端详了许久。

会计觉得不像是辣椒。

会计那时一直认为他吐出来的是一些西瓜的汁液。会计想到这年夏天以后，地里的西瓜经常不断地出现一种嚓嚓的破裂的声音。会计以前一向对这类事情很关心，只是在这个夏天里会计觉得自己实在无能为力，一点办法也没有。

会计嘴里的红色汁液一直叮咚叮咚地往地下滴着。地下那时已经形成了一种十分复杂的现象。红色的汁液在地面上歪歪斜斜地弄出一种陌生的图案，会计感到很吃惊。

会计想起一些结婚的场面。会计是因为看到了眼前的红色才想起了结婚的场面。那时候会计觉得自己的头部有一种钻心的疼痛。会计那时便觉得自己今天晚上的感觉很不好，身体的什么部位一定出现了溃烂的现象。在会计忽然想到那些将要在自己身体上发生的事情时，会计感到很伤心。会计想起自己在今年夏天以来没有给村里的社员们带回一条完整的指示或通知时，会计感到自己十分不行。

有一种很浓烈的血腥味在屋里一圈一圈地扩散着。会计那时只感到这种气味很不好，于是，会计便用被子将头紧紧地蒙住睡去了。

这以后，会计一直睡得很安稳。

那天早上天亮以后，会计的女人从睡梦里被一阵隆隆的磨豆腐的声音弄醒。会计的女人醒来后，伸出舌头舔舔自己的嘴唇，女人尝到了一种年久的豆瓣的味道。

女人伸手将会计蒙在头上的被子扯去，女人发现会计早上很安静。女人在看到这些的时候，觉得自己的心情变得很好。

会计脸上盛开着一种很硬的笑容。女人觉得那种很硬的笑容像冬天里玻璃上的冰凌花。

于铁民那天一直显得心不在焉。卖东西的时候不断出现一些差错。

于铁民那天一直听见一种很响亮的算盘珠子滚动的声音。

汉子看见窗户外的月光下站着一个人。姓周的老师戴着一个大口罩，不断地一下一下地伸出发黄的指头敲打汉子的窗户。

汉子感到胸腔处发出咚咚的回音，被姓周的老师敲打得很疼。

姓周的老师说，他现在觉得教书原来十分没有意思，他以后再一点儿也不想去学校里了。汉子在姓周的老师说话的同时，始终听见姓周的老师站在讲台上刷刷地擦黑板。

姓周的老师后来捅破窗户，将一块方方正正的豆腐递进来。汉子看见豆腐上印着几个姓周的老师的发黄的指头印。

汉子听听外面没了动静，汉子便以为是姓周的老师走了。于是，汉子便寻找一些筷子准备将豆腐吃掉。汉子那天一直翻出了许多支筷子，发现每支筷子都油腻腻的，像是从来没有洗过。汉子吃了一半豆腐，便感到困了。

那天早上，大家看见汉子的背部深深地插着一些削尖了的筷子。

十六支筷子，如一片年幼的树林。

夜里，灵魂将自己的那副精美的棋子随意地抛向空中。

于铁民看见天空里亮晶晶的，闪闪烁烁。一辆满载女人的马车穿越长城以南大片的西瓜地。

一九八八年十月

在十二月漫长的黑夜里

火生着以后，我把剩下的那些木柴抱出去，在墙角里码好，又苫上油毡，这样，下雨或下雪的时候，木柴就不会湿了。有一年，父亲在屋里生火，也是因为他当时懒了一下，火生着以后，没有把堆在旁边的木柴抱出去，结果着了火。那一次，我们家被烧得很惨，一片黑灰，只是没有人受伤，父亲的头发被烧焦了一些。父亲说，头发烧了好说，可以不花钱再长出来，这要是把帽子烧了可怎么办，还不得重新花钱去买帽子么？帮助我们救火的人们说，别的都不要紧，只要人没事就是最大的胜利。父亲听了人们的话以后，哭丧着脸说，这也叫胜利吗，这是多么大的胜利啊！分明是老天爷看我们不顺眼，不想让我们活啊！村主任在一旁说，胡扯什么！是你自己不注意，怎么成了老天爷的事？不要什么都怨老天爷。老天爷很倒霉呢，经常总是断不了做冤大头，替别人背黑锅，无论谁做错了什么，都不从他们自身找原因，反而首先都要怨他。村主任这样说的时候，看上去显得很委屈，很忍让，很能忍辱负重，仿佛他自己就是那个经常蒙冤而又无法昭雪的老天爷。

几年以后，父亲去世的时候，天正下着雨，家里阴暗得像一个晚上。他看了一会儿墙上的母亲的遗像，又看看我，然后十分不放心地对我说：

“千万千万要记住，一定不要把木柴放在火旁边。”

我朝他点点头，告诉他说我记住了。

“你以为我真是病死的吗？”接着，他又说，“我完全是被那场火给活活烧死的。要是没有几年前那场火，多了不敢说，我再活五年，绝对没有问题，这个把握我是有的。”

那时候我还不太懂事，我对他说，你放心地去吧，我保证不会把木柴放在火旁边。

有一天，我在放学回来的时候遇见了村主任，村主任把我叫住，很关切地问我父亲临死前都说了些什么。我就把父亲临死前说的那些话，包括什么再活五年啊，有把握呀之类的话都告诉了他。村主任听后，半天没有反应。后来，他嘴里念念有词地好像在算一笔账。五年？他看看我说。五年也就是一千八百多天。就那么几天，依我看，活不活也寡淡。多活五年又能怎么样，不能怎么样，也没什么意思，是不是？一辈子都没有意思，剩下短短五年又能有什么意思？就算是拼命活，又能活出什么来？

我觉得村主任关心的不是这些，而是担心父亲在临死之前有没有骂他，是不是还在记恨他。这是一个活人的担心。一个现在还在活着的人，要是知道自己被一个要死的人临死之前骂过，甚至把那种记恨永远带走，带到另一个世界里去，心里肯定会非常不舒服，也许在以后的日子里会一直不舒服下去，甚至影响他活着。我是这么想的。

火着起来了，蓝白两种颜色的烟渐渐地变成了红黄的火光。我坐在一只小凳子上，听见锅里的水慢慢地响了，发出阵阵咝咝的声音。

又过了一会儿，丝丝缕缕的白气像传说中的妖一样从里面袅袅娜娜地钻出来。它们看上去真的很像妖精，有的一出来就不停地扭动，有的一直向上而去。

我想起学校里的林老师经常也是这样坐在一只小凳子上，一边等待水在锅里翻滚，一边低着头想心事，有时候水开得哗哗的，她也注意不到。

学校里的操场是用红黄的胶泥铺垫出来的，是学校里的每一个人一点一点地把它踩平踩实的。我们没有钱请轧路机来将它压平、夯实，校长就发动学校里所有的人都到操场上去踩。红黄的胶泥地上站满了人，在校长的带领下，每一个人都在原地踏步，四周一带回响着均匀而又此起彼伏的脚步声，在旁边地里干活的人们不时地停下来看我们。我们没有机器，但我们有腿，还有脚，这两样东西都是可以不花钱的，动用它不需要请示任何人，不必看谁的脸色，因为那是我们自己的。这是校长说的。人们站在黄泥上，有的边踩边望着头顶上面的蓝天，天上不时地有鸟飞过，甚至还有鹰在盘旋。“同志们，不要到处乱窜！能把自己脚下的那一块地踩平就很好了，就已经很不错了。”校长用嘶哑的声音一遍又一遍地告诉大家。“是的，不要到处乱窜，不要到处瞎跑，跑来跑去只会让我们的脆弱的操场变得越来越糟，变得更加脆弱。”

“李世民，你看你把你那边的操场折腾成什么啦！像什么？像雨天里的牛栏。”

“同志们啊！我们的操场是经不起折腾的，无论如何都经不起，一点儿都经不起，难道不是这样吗？从某种意义上来说，它比林黛玉还要脆弱许多！”

初一年级的一位老师突然呼起了口号，他大声地说：

“我们能够到处乱窜吗？”

“我们不能够到处乱窜！”他的学生们齐声附和道。

接着，他又说：

“是啊！我们难道准备要在操场上折腾吗？”

“我们没准备要在操场上折腾。”学生们又说。

“为什么？”

“因为操场是你们的，也是我们的，但归根结底还是你们的，归根结底还是我们的。”

校长停下来听了一会儿，脸上的困惑渐渐变成一种谁也听不清的喃喃自语。他马上想起了距此不远的一家医院，那里的病人对医生们说，医院是你们的，也是我们的，但归根结底还是你们的。

星期六下午，我在操场边上的篮球架上面坐了一会儿。正要离开的时候，忽然看见一块石头下面压着一张纸条，纸条的另一半正在风中抖动、飞舞。将纸条从石头下面抽出来以后，看到上面写着孤零零的一行字：

等你，你不来，我先回去了。

我看了一下，又将纸条放回到石头下面。我不知道是谁写的，但明白是一个人写给另一个人的。我很快就离开了那里，又穿过学校南面的那片小树林子。

走在回家的路上时，那个像一根羽毛一样的纸条还在我的眼前不住地抖动、飞舞，甚至跳跃，它像是寒冷所致，又如同受到了极度的惊吓，恐惧万分，既然一个人没有等到另一个人，那个人也不一定会去石头下面把那张纸条取走。没有人会去取，最终它一定会被风刮走，吹上天，吹得无影无踪，下落不明。

我在想，要是在城市里，这样的一个意思，只需不留痕迹地打一个电话就行了，完全没有必要用自己的手把它写在一张纸上，又跑到操场的边上，找一块石头把它压住，把自己的一腔情感，也可能是一厢情愿，压住。还不能完全压住，还得留一点儿在外面露着，便于发现。完全压住了，反而就等于什么也没有压住。

在我们这个相当闭塞的小地方，可怜的人们只能用这样的笨办法来表达自己，进而再随着时光的流逝，慢慢地一点一点地暴露自己，闪现自己。

最终，让自己像一座孤独的坟墓一样完全凸现出来。

晚上，我正在吃饭，光宗来了。光宗是我的同学，也是村主任的儿子，并且是村主任唯一的一个儿子。为此，村主任给他起名叫光宗，不久，又给他起了字，叫耀祖。现在，人们光有名，没有字了，但村主任非要这样做，非要和别人不一样。这样，光宗实际上就等于有了两个名字。名光宗，字耀祖。我记得有一次在村主任家里，村主任曾经很激动甚至很冲动地对我们说：

“我认真地了解过了，从古到今，可以说还没有哪一个人能同时拥有光宗耀祖这四个字，没有过，从来也没有过！这个名字我算是起对了。”

见我们都看着他，他解释道：

“有的人叫光宗，但不一定同时还叫耀祖；有的人叫耀祖，但不一定同时又叫光宗，是不是？但是现在，在这里——在我们这个家里，这种千年一成不变的僵死的令无数人都十分难堪的局面终于被打破了，终于被一次性地突破了，终于被改变了！”他停顿了一下，马上又接着说道：

“不是我今天在自己家里，在你们面前跟你们吹，这个名字我算是起对了，可以说是空前的，它填补了我们国家姓名史的空白。但不一定是绝后的，有的人也许会用荣华富贵给孩子作名字，名荣华，字富贵，也说不准。”

“不可能的事。”光宗说，“现在的人再也不可能叫荣华富贵，没有人会傻到那种程度。”

我不禁有些钦佩村主任，他轻轻一下就将自己从前的一次行为上升到了理论学术的高度，并在不经意之间又模模糊糊地有了一种其他的色彩和意味。我对他说，现在很时兴四个字的名字，不如去派出所办理一下，把光宗的名字改成四个字，直接让他光宗耀祖。村主任听了我的话，一开始还不住地点头，并有些兴奋地看着我，觉得也许还不错，是个好主意。但过了一会儿，我就看见他的眉毛有些痛苦地拧到了一起。他紧张地思索着。

“不行，这样恐怕不行。”他看着我和光宗说，“你们想想看，光宗耀祖本身就已经是四个字了，如果再加上我们的姓，那就是五个字了。五个字会怎样呢？会引起别人的误会，以为他是个日本人。而日本人也不全是五个字，有的就只有四个字，甚至只有三个字。”

“可以不要姓。”我说。

“不妥。”他看着我说，“姓怎么可以说不要就不要？你这个孩子什么也不懂，姓不可以不要，不要名也得要姓。一个人怎么能没有姓呢？”

这时，光宗对他说：

“日本人怎么啦，日本人难道不好吗？我巴不得别人把我认成日本人呢。日本人现在很有钱，世界各地都有日本人的影子。为什么？因为人家有钱，有很多很多的钱，可以想去哪里就去哪里，想干什么就干什么。美国人在世界上尿过谁？谁都不尿，谁都不在他们的眼里，但美国人就尿日本人，就在乎他们。”

“我的儿，你是想让美国人尿你，在乎你？”村主任说。

“我不是那个意思。”光宗说，“我只是说，日本人没有什么不好，日本人的名字也没有什么不好。比如说，我的名字叫田中喜一、桥本太郎，甚至龟田、丸尾，我在学校会是什么样子？我敢肯定我会和现在完全不一样。”

说着话，光宗朝我挤了一下眼。

“这事好像有些复杂，让我考虑考虑。”村主任对我们说，“你们放心，我是一个很民主的人，在支部内我是一贯讲民主的，在自己家里更得讲。”

光宗来告诉我说，他的姐姐明天就要出嫁了，作为唯一的弟弟，他要去送亲，将姐姐送到男方家里。光宗要我与他一同去送他的姐姐，并且已征得了他父亲——村主任本人的同意。我对他说，有一个弟弟去送还不够么，我去又算什么？光宗对我说：

“傻瓜！主要是为了让你去吃饭，也省得你一个人在家里做饭了。你自己能做出什么来？不过是瞎鼓捣一气。你应该去看看大厨师是怎样做的。”

他伸过头来看了看我碗里的东西，对我说：

“吃的是什么？乱七八糟的！就这还不想去呢？一言为定了，明天我们一起坐车去。我听我爹说，他们家要来三十几辆小车呢。”

送走光宗后，我想起了我的姐姐。

姐姐要比光宗的姐姐大，但她的婚姻至今还没有着落。父亲和母亲去世后，我们家里就剩下我和姐姐两个人了。姐姐一直在城里，但我一直不知道她在干什么工作。有一年暑假我去城里看她，姐姐把我安排在一个旅馆里住下，她天天来看我，有时候和我一起在旅馆里吃饭，有时候就在街上。我曾经几次想去她工作的地方看看，但每次都被她拒绝了。“那有什么好看的？”她说，“反正走到哪里都是些人，你没见过人吗？”有时候吃饭的时候，她坐在一旁长久地看着我。她对我说，你好好学习吧，什么也不要想，等你考进城里的重点中学来，我们就能经常见面了。我说，到那时候，我们能住在一起吗？我要你给我做饭，我还没有吃过你做的饭呢。姐姐说，恐怕不行，重点中学都管得很严，学生都得住在学校里。我现在就一直住在镇上的初级中学里，周末的时候回到家里看一下，自己给自己做几顿饭吃。姐姐问我都会做什么饭了，我把自己会做的那几样都告诉了她。姐姐说，不管做什么饭，不管做得好赖，首先一定要保证煮熟，吃生的或半生不熟的可不行。我向她保证我每次都能把饭煮熟，姐姐笑了。她对我说，等姐姐在城里有了家，那时候你就可以经常来了。我说，姐姐，你快点儿有家吧。她有些疲惫地看着我，她的那种笑容里也满是驱赶不去的倦意。

我在想，光宗的姐姐无论如何都是幸福的，因为他们有他们的父亲和母亲在呵护着一切，而且还有三十几辆车来隆重万分地迎接她，男方那边看样子也很把她当回事。而我和我的姐姐则无论如何都不行，我们没有父母。等我姐姐将来出嫁的时候，我们或许连一辆车也弄不到，我不可能也没有任何办法像光宗的父母为光宗的姐姐操办婚事一样为我的姐姐操办婚事，我拿什么能和村主任比？光宗临走的时候还说，等将来我姐姐出嫁的时候，他也和我一起去送我的姐姐，也做一回我姐姐的弟弟。我对光宗说，我们可没有那么多的汽车，也许连一辆也没有。光宗说，那我们就走着去，谁规定结婚就一定得有汽车？什么也没有也一样结。

姐姐，我们走着去行吗？

姐姐，我们可以走着去送你吗？你会感到难过吗，为自己的简陋而不像样子的婚礼？

入睡前的最后一个印象是一缕奇怪的阳光，明亮、纯净而又蓬松，仿佛刚刚被雨洗过。

你不应该想这些事情，这不是你应该考虑的。林老师对我说。知道你的父母都不在了，但尽管这样，你姐姐的婚姻也不应该像一个包袱一样成天背在你的身上，你才有多重，敢承揽那样的事情？你担不动的。就是我们周围的那些成年人也常常承受不了，被压得苦不堪言。就说我们的校长，他的头发为什么一下子就白了那么多？愁的，吓的。校长比你坚强吧，比你能承担事情吧，但生活仍然让他感到发愁，感到害怕，感到活着心里没底。学校里一摊子，家里一摊子，无论哪一摊子都让人发虚。又对站在我旁边的光宗说，你姐姐结婚是好事，但你还是个孩子，你不应该在她的婚礼上喝酒，而且还喝得像一个不省人事的醉鬼。赵光宗啊赵光宗，你听我说，一个东倒西歪的醉鬼，将来是不可能光宗耀祖的，无论如何都是不可能的，怎么说也是不行的。这样的人对他的国家和社会也没有什么用。

锅里的水在不断冒泡，有时甚至像滚滚的怒涛。林老师一边往锅里削面，一边轮番批评着我和光宗。削好两碗以后，她捞出来，又分别浇上卤汁，端到我和光宗面前，对我们说：

“吃吧，吃完再和你们算账。”

“我不吃。”我说。

“我也不吃。”光宗说。

“为什么不吃？必须吃。”她举起手里那块削面的铁板朝我们晃了晃，“我命令你们吃掉。”

一道明亮的弧线从我们的眼前掠过，很快又回到她的手里。白色的水汽将她罩住了。

雾气中传来她的声音：

“他说不吃，你马上也说你也不吃，你们什么意思？听着，都乖乖地给我吃了！”

看不见她隐在雾气中的脸和眼神，但能从声音中听出她是冲着光宗说的，因为光宗是跟在我后面说的，又比我多说一个字，林老师就记住他了，林老师最不能容忍那种附和别人的人了。

站在黄泥的操场上，能看到隐现在树丛后面的一段微微发红的围墙和几辆藏头露尾的自行车，但那些自行车里没有林老师的自行车。林老师住在学校东面的宿舍里，因此她不需要骑车。尽管有人说她“这个女人不寻常”。但我们都认为她是一个很好的人，还是一个端庄秀丽的女人。学校里任何一位女老师都不能用端庄秀丽来形容，只有她能名副其实地配得上这个词。端庄秀丽这个词并不是所有的女人想配就能配得上的，有的人即使强行把它加到自己的头上，也等于穿了一件借来的衣服。有的人美是美，但与端庄无关。

在我们的记忆里，在我们的幻觉里，学校里红瓦的教室和宿舍时常在风中被吹得歪歪斜斜，有时甚至好像要向远处飘走。

有一天我又梦见那些红瓦的教室和宿舍在风中变得歪歪斜斜，摇摇晃晃，又摆出一副要飘走的样子。我忽然想起林老师还住在那些红瓦的宿舍里，不知道她这会儿正在干什么。接下来，我听见校长用他的嘶哑而惶恐的声音喊道：

“快拦住那些房子，不要让它们跑了！一定要想办法拦住！是的，我这就去报告上级！”

“不行啦，恐怕来不及了！”

“一定要想办法拦住它们，坚决不能让它们跑了！是的，必要时可以请附近一带的农民兄弟来帮帮忙。告诉他们，我们不会亏待他们的！是的！我以校长和支部书记的双重身份来担保，一定不会亏待大家的！”

“校长，我们穷得一无所有，食堂里连筷子都没有，我不知道你拿什么酬谢人家？”

“笨蛋！先把房子救下来再说！那些教室和宿舍要是都跑了，你我就都成了没有庙的和尚。”

“校长……”

“别他妈的这么叫我，我不是什么校长！赶快去准备绳子和杠杆，一定不能让它们跑了！明白吗？”

“明白，不过绳子还差得很多……这真让人头疼。”

“快去找呀！站在这里不动，绳子能自己爬过来找你吗，绳子又不是蛇。”

“听见了没有，校长说了，绳子又不是蛇，别指望它们自己爬过来找你。快去找绳子！”

“这些狗日的房子！最近一个时期以来，真是越来越捣蛋了，越来越不像话了，真让我操碎了心！”

“校长……”

“又怎么了，像死了娘似的！绳子呢？真伤脑筋！”

“已经找了不少了，但看样子还是不够。”

“可以考虑把那些牛和马身上的缰绳解下来……”

“这些办法都已经试过了，都不行。老乡们把他们的牛和马护得紧紧的，根本不让解。”

“做工作呀，给他们做工作呀！牛头不烂大火煮，只要把工作做到家，群众是会理解我们的，是会支持我们的。要记住，任何时候都一定要记住，只有落后的干部和落后的工作方法，没有落后的群众。这还没有让你去发动群众呢，仅仅是让你们去向群众借一下他们的牛缰绳，就把你们愁成这样！要告诉群众，要向大家讲明白，让他们心里有底。缰绳呢，我们只是暂时借用一下，因为关系到教室和宿舍的去留问题，生死存亡的问题。用过以后呢，我们会及时地还给大家的，我们也不可能留下来据为己有嘛！我们要那么多牛缰绳干什么，没有用嘛！我们也没有养牛，即使养牛，牛缰绳也应该由我们自己想办法解决，总不能指望占老乡的便宜吧。再说，养得起牛，应该配得起绳。因此，要让大家有放心感和强烈的安全感，请一千个放心，绳子一用完，马上就给大家送回来。”

……

风停了，人声还在嘈杂。

那些树叶都落了，操场南面的小树林子里被铺得又厚又软，致使原来的几条又白又细的小路都不见了，人走在里面的时候，脚下颤颤的，飘飘的，簌簌作响。光宗说，要是把很多的钱铺在地上，让人在上面走，很可能就是这样的一种感觉。这样的事情很难进行试验，因为不可能有那么多的钱铺在树林子里让我们走，而且真的走在那上面也很难说会怎么样，它给我们的感觉或许远不及那些随风而来的树叶，树叶上面有自然形成的纹理和脉络，像是人的神经和感情，树叶又时常散发出清香的苦味。头顶上面的天被分割成一小块一小块的亮色，如同镶嵌在树林上面的玻璃。光线强烈的时候会以伞状的形式直接照射下来，然后又在树林子里拐弯抹角地穿行、摇晃，有时候会在某一棵树上突然不小心撞得粉碎，纷纷扬扬地在人的脸上或身上留下众多斑斑驳驳的阴影。

小树林子里以前有猫头鹰和一些彩色的像羊那么大的鸡，人一走进去，它们就会发出阵阵怪声怪气的叫声，像是用一种很特别的圆润的铜号吹奏出来的。曾经有人说那些彩色的像羊一样大的鸡是凤凰，但人们都不信。人们都学精了，谁也不相信谁，有时候会连自己也不相信。

我有时候想，一个人要是连自己也不相信，那还活着有什么意思。

后来，不知从什么时候开始，小树林子里的那些东西都没有了，都不见了，人再走进去的时候，再也看不见它们飞舞时的影子了，再也听不见它们那怪声怪气的叫声了，只有太阳的光线在里面沉睡或乱舞。

不知道它们都到哪里去。

远远地看见一个身材颀长的女人站在旧日的一道土墙前面，身边立着一只皮箱。又跑了几步，终于看见是姐姐。真的是姐姐！

我的眼泪一下就涌了出来。

姐姐穿着一件黑色的大衣，手套也是黑色的，身边的那只皮箱也是黑色的。

但是她的脸白得让我感到吃惊。

来到姐姐面前的时候，我早已擦干了自己的眼泪。男人不能也无论如何不应该在女人面前这样，尽管眼前的这个女人是我的亲姐姐。

姐姐没有家里的钥匙，她回来后一直站在这里等着我。我想起去年夏天的一个午后，我穿过那片小树林子，从学校里回来的时候，看见姐姐正站在她现在站着的这个地方，用一只手遮挡着夏日午后强烈的光线，朝学校通往故乡的路上眺望着。

“姐姐——”

我仿佛真切而清晰地听到我在去年八月骄阳下的那声呼喊……时至今日，它仍在通往故乡的路上回响着。

我们打开寂静而熟悉的家里，屋里回荡着一种往日灰烬的气息。在此之前，屋顶上摇晃不止的枯草像一丛丛、一簇簇令人悲恸的往事一样使我们感到伤心而难过。尤其是不常回来的姐姐，屋顶上的荒草在她的眼里似乎摇晃得更加异乎寻常，遥远而又清晰。在我的感觉里，那些已逝的往事就是这个样子的，就是眼前或身后那一蓬一蓬的荒草，就是那些枯枝败叶。

姐姐放下手里的箱子，又脱去大衣。我从井边挑水回来的时候，她正在清扫屋子。她的头上罩着一块毛巾，在她弯着腰的时候，很像是村里一位勤劳的妇女。

“我们吃什么呢？”

“你想吃什么？”姐姐看着我说。“我来做。”

院子里也长满了荒草，有的还在支支直立，有的齐刷刷地向一边倒去，能看出风吹过的痕迹，过度的倒伏使那些草都露出了它们的苍白而杂乱的根部。我们不在的时候，不知有多少风曾经在这个院子里刮过，呼啸而来，呼啸而去；不知有多少鸟在这里飞过，叽叽喳喳地叫过，辛辛苦苦地在这里搭窝，筑巢，哺育出一代又一代的小鸟；不知有多少只凶残的野猫曾经在这里大模大样地穿行，秘密地等待，居心叵测地埋伏；不知有多少雨落在这里后，并没有顺着门外流去，而全部渗入到青草的根茎之下，使那些青草不断地向上猛长，发疯似的猛长，滋生出旺盛无比的活力和不可思议的朝气。

半夜里，姐姐在噩梦中突然哭醒。

黑暗中，我看见了她的起伏的身体和抽搐不止的肩膀，我就是在她的那种嘤嘤咽咽的哭声中睁开眼睛的。黑暗使我得以近距离地仔细地注意我的姐姐，黑暗又使我感到我们相隔万里，仿佛她此时此刻正在另一个遥远的世界里哭泣，垂泪，让人，尤其是我爱莫能助。我束手无策地看着她侧躺在那里的影子和轮廓……不久，她的抽泣停止了。她爬起来看了我一会儿。

再躺下去的时候，她变得无声无息。

外面呜呜的风声如同一个人大声哭着，向远处走去。那人哭得捶胸顿足，悲愤不已又无可奈何。

我在想，如果我比现在再稍大一点，很有可能我就是那个人，一路哭着，完全不清楚自己要到哪里去。

我醒来的时候，姐姐早已起来了。姐姐站在门口，看着初升的太阳，阳光照在她的苍白的脸上，使她一动不动地站在那里。小的时候，她也常常这样站在家门口，弯下腰，曲起双腿，跳着往前走，清脆的笑声回荡在院子里或很多个清晨黄昏里。现在，无论从哪个方面来说，那样的一种姿势和声音都显得过于遥远了。我不知道姐姐站在那里想什么，更不知道她是否想起了那些。姐姐像是家里来的一位客人，又像是一个揣着地址追寻故旧的人，地址也许对了，但要寻的人却早已不知去向。

上午，于兆龙从我们家门前经过的时候，走了进来。本来我看见他已经走过去了，但很快又返了回来。我对姐姐说："于兆龙。""什么?"姐姐抬起头望着我。本来我要告诉她，刚才过去的那个人是于兆龙，但就在这个时候，于兆龙从外面走了进来。

"于兆龙，怎么是你?"

姐姐有些惊讶地看着于兆龙，她站起来，用手将自己的头发向后撩了一下。

"是我。"于兆龙笑着说道。

"你这是要干什么去?"姐姐说。

"昨天我就看见你了。"于兆龙说。"虽然那时候天快黑了，光线也不太好，但我还是一眼就认出是你，我敢肯定那就是你，一定是你回来了！别的女人不可能有那样的身材和背影，尤其是在这个鬼地方。"

于兆龙的脸上充满了笑容。

"于兆龙，你这条'死鱼'，知道是我回来，也不来看我，还装着没看见。”

我知道于兆龙是姐姐从前的同学，平时我也不怎么见他，隐约听说他如今手里也有了一点儿钱，因此，人看上去也活得很有精神。“死鱼”是他上学时候的一个绰号。现在，听见姐姐这样叫他，他的眼睛竟有些湿润，先前的那种很灿烂的笑容慢慢地凝固在他的脸上。他看着姐姐，说：

“莉莉，再叫我吧，再叫我一声‘死鱼’吧！已经有很多年没有人这样叫过我了。”

“你怎么样，还好吗？”姐姐说。

于兆龙先是点点头，接着又将头摇了几下。

“已经结婚了吧？”姐姐说。

于兆龙又点了一下头。“你知道么，莉莉，”他说。“他和你一样，也叫莉莉。老天啊！”

“孩子也有了吧？”姐姐说。

于兆龙仿佛愣了一下。迟疑了一会儿后，他慢慢地又似乎有些难为情地伸出两根手指头让姐姐看了一下，很快又十分慌乱地收了回去。

他的脸有些红。

“于兆龙，没想到你已经有两个孩子了。”

“没办法，莉莉，我真的没办法，我在很多事情上全都没办法。很多人以为我活得很愉快……很多人都以为我在这个世界上活得很舒服……”

“难道你不好吗，可是你看上去很好。”

“唉，莉莉……”

姐姐和于兆龙像两个不期而遇的路人，遍地摇曳的荒草成为他们此刻谈话的主要背景和依托。我听见于兆龙对姐姐说：

“你看，你看，你再看这儿。”不知道他让姐姐看他的什么。他们的谈话我并不是都能听到的，有些话如同草丛里的虫子一样，一旦钻进那茂密的深处以后，就再也没有下文了，无论如何也再也不可能把它们逮回来了，即使逮回来，也已往往不再是当初的那些了，更何况我从来就没有想过要逮什么回来。看到有人和姐姐认真地谈话，我的心情是高兴的。我在我们这个时常荒芜破败的院落里看到一种曙光和生机。我喜欢看他们谈话，但我并不想倾听他们在谈什么，不想弄清楚他们谈话的内容。对于我来说，只要有人在这个多年寂寥的院子里说话，就已经足够了，就已经感到非常满足了。在那样的时候，连那些荒草和断壁都是美的，人世间的一切都充满了令人眷恋的柔情。

当我后来从外面回来的时候，我看见于兆龙正神色黯然地坐在那里，对姐姐说：

“……困难就在这里。麻烦的是，她一向总是对我很好，可以说百依百顺，我的一切也就是她的一切。正是这些，才让我无论做什么都有些于心不忍，无论做什么都下不了最后的决心。她要只是一个坏女人，甚至一个泼妇，事情也就没那么复杂，也就简单得多了。问题是她不是一个那样的女人！莉莉，我几乎很难找出她的毛病。有一个时期，我一直在找，一直在那样做。”

“于兆龙，我觉得你该知足了。一个男人有那样一个女人，你还要什么呢?”姐姐说，“你还在一直瞎找什么呢，还有什么不满足的。”

“莉莉，你听我说……”

“你现在是不是特别希望能抓住她的一些什么把柄，希望她能犯一些错误，从而给你留下口实，好让你理直气壮，名正言顺，顺理成章？”

“莉莉……”

“于兆龙，你这条从前年代里的‘死鱼’。”

“莉莉，我现在真正感觉到自己是一条死鱼，日夜都翻着苍白的肚皮，浮在水面上。水是脏水。”

“……”

“莉莉，是脏水！我日夜都浮在脏水上。”

午后，我们从家里出来，我去学校，姐姐回城里。我看了一眼身后那个院子，我们一走，它又重新归于荒芜和寂寥，恢复了往日的凄冷。走在路上的时候，那遍地的枯草还在我的眼前一遍又一遍地摇晃、倒伏。我替姐姐拎了一会儿她的箱子，不久又被她接了过去。

“省点儿力气，用到学习上吧。”姐姐对我说，“不要为这种没用的东西消耗你的力气。”

我问姐姐，于兆龙是不是想要和他的女人离婚？

姐姐说，你听谁说的？你操这个心干什么？姐姐似乎很生气地看着我。她对我说，不要管什么于兆龙李兆龙的事，他是不是要离婚，他无论干什么，都和你没有关系，半点儿关系都没有，明白吗？我点点头。姐姐又说，你真让我生气，你竟然会去想这些事情。我对她说，我并没有去想，我不过是随便问一下。她说，这种事情连问也不应该问，尤其是你不应该问。你要是在学校里也还在想这些乱七八糟的事情，我们这个家就真的彻底完了。我向她保证我从来没有想过这些事情，几年来，我也是今天才第一次看见这个叫于兆龙的人，哪里有时间去想他和他的那些事情。我们慢慢地走着，午后的风吹在身上和脸上，远没有傍晚那样寒冷。有一会儿，我从脸前感觉到它很像是春风，是三四月里的那种风。

我看看姐姐的脸，她好像已经不生气了。风吹拂着她的大衣，使她看上去飘飘欲仙，使她变得轻柔而灵动，似乎要随风远去。我对姐姐说，姐姐，你还记得陈丹华吗？姐姐说，怎么不记得，我们曾经是好朋友，不过，自从她结婚以后，我们再没有见过。怎么啦？我说，现在轮到我和她的妹妹是同学了，她的妹妹和学校里的一位老师好上了，可能就要准备结婚了。她已经不上学了，但经常还到学校里来，帮那位老师洗衣服，收拾房间。有时候，我们看她腰里扎着花围裙，在那里认真地晾晒衣服，完全是一副典型的家庭主妇的模样。听说他们每天都在纸上谈兵，在地图上做艰苦而又愉快的，复杂而又简单的长途旅行或远程奔袭，期冀将来有朝一日能够亲自去——实践。

“她才多大，”姐姐说，“她和她的姐姐可完全不一样。”

姐姐的脸色变得凝重起来，她一边走一边有些出神地看着远处。一些发红的树叶映入我们的视线之中，树叶稀疏而零落，有的树上只有寥寥无几的几片，在早晨的霞光里，它们有时完全接近透明。

分手的时候，姐姐又给了我一些钱，她没有嘱咐我要省着花，她知道我会节省的。我对她说，姐姐，你什么时候还回来？她说，你好好念你的书吧，只要一有空，我就会回来看你。又说，在学校里千万不要想什么乱七八糟的事，所有的事情都不要去想，只想你自己的事，只想读书的事和读书有关的事。我不住地点头，告诉她我会听她的话的。我这样说的时候，我看见姐姐笑了，她的笑容让我想起了我们早逝的母亲。姐姐。母亲。从侧面的轮廓上看去，姐姐很像母亲。

连续一个多月，每天都有一个人在我们的操场边上坐着，那是一个罩着一脸愁容的四十多岁的男人，一声不吭地长时间地坐在那里，从来也没有看见他舒展过一下。有时候，我们从操场的另一端，沿着宿舍后窗下面的小径走过时，远远地看见他像一只受伤的黑鸟一样蹲伏在那边的一道红黄的土坎上。天气晴朗的时候，他就是这样的一种形象。天阴的时候，他如同一堆土，像一块从远处运来的石头。

有一天，校长从自己的家里出来后，绕到他时常坐着的那里。一开始的时候，对于校长所说的话，他似乎一句也没有听懂，只是有些困惑不已地看着站在他面前的人，甚至注意着别人的口型或表情。后来，校长对他说，老兄，你不能再这么干了，无论如何不能再这么干了。你知道么，你的那种样子，让我们这里的孩子们吓得不得了；另外，老师们也感到很不安，尤其是女老师，长相一般的还好说，还不要紧，她们自知自身没什么危险，因此也不惧怕什么。只是苦了那几个有几分姿色的，她们甚至不敢独自一个人去给学生们上课，连回宿舍也像做贼似的，你看这事闹的！她们总是刺溜一下钻回去，又哧溜一下钻出来；有的慌张得出门的时候连衣服都来不及换，连头都来不及梳，甚至连饭都顾不上吃，没心思吃；有的坐在办公室里惊魂未定，心神不宁，心既不在曹营又不在汉，不知在哪里；有人甚至忘了自己姓什么，叫什么，有人叫一个人的名字时，一下子会有好几个人都同时面无人色地站起来……你看这事闹的，你看你把她们吓成什么啦！

听完校长的一番话以后，那个人似乎变得比以前更加困惑。他用一种十分茫然的表情看着校长的因激动而变得通红的面孔，对校长说：

“你说完了吗？你说完了我再说两句。”

“你说。”校长喘息着说。

“我不知道你在说什么，你到底在说什么？”

“说什么？说我们从前的很多规律和传统在不知不觉中被你搞乱了。自从你一来了，就把什么都弄乱了。你是谁？你到底是从哪里冒出来的，成天不声不响地坐在这里干什么？”

那个人的表情像是快要哭出来了，他有些难过而又天真地看着校长，说：

“我做过什么吗？我觉得我没有做过什么。”

“还没做过？”校长说，“你整天坐在这里，本身就已经让我们非常受不了啦，你还要做什么？”

“我好像有些明白了。”他说，“我原以为你们不曾注意我，我原以为你们不在乎。”

“在乎，我们什么都在乎。”校长说，“我们是一群斤斤计较的人，工资里少一个子儿也要难受好几天。”

那个人朝校长笑了一下，那种软性的笑容几乎可以像水一样流动。校长最后的一句话仿佛使他受到了重重的一击，使他站起来的时候有些踉跄不稳，头重脚轻。他慢慢地向远处走去，粘在鞋底上的红黄胶泥以一种斑斑驳驳而又崎岖曲折的形式留在他的身后。那样的一种印迹，有时很重，很显眼，有时又什么都没有，仿佛他从来不曾走过，仿佛他像一种随风而逝的声音一样不留任何痕迹。

这以后，他终于消失了。

大约两天以后，我们在距离学校不远的粮站附近又看见了他，一场车祸使他死于非命。没有人认识他，没有人知道他是谁。我们在那里站了一会儿，后来，有人用席子将他盖了起来。我们看到他的脑子，光宗形容说像是辣椒拌豆腐，这个印象深深印在了我们的记忆里。那一团黏稠的东西就放在他的耳朵边，像是自己从头颅里跑出来的。

在他的身上，人们找到一张纸，上面写道：

> 我不在乎千里迢迢，忍辱负重，也不在乎倾其所有，但我不能不惊异于你的变化无常。活了这么多年，我第一次明白所谓的现实生活原来竟是这样的虚假，虚伪，飘忽，不可靠，是如此的不堪，让人永远无法相信！它远不及一篇虚构的故事真实。此外，故事本身还有一种美感，而现实生活除了丑恶和肮脏，它还有什么呢？
>
> 这些天，看到你生活得似乎很好。又看到你面对我时的那种冷酷和无情，我想，一切都已经死亡了。我总算明白了。
>
> 我要回去了。我也该走了，早就该走了。

校长说，早知道这样，还不如就让他一直在那里坐着呢，其实他并没有妨碍我什么。

又说，他要是一直坐在那里，或许会成为我们生活中的一个伴，我们没事的时候可以和他聊聊，说说话。

唉，真是一个可怜的人！

校长这样说的时候，很自然地想起了那几个神经兮兮的自以为有几分姿色的女人，接着又想到了隐藏在那封信中的那个变化无常的女人。校长想，女人啊！真他妈的！一般人们只说男人没有一个好东西，其实女人也一样！这些变化无常的妖孽们，千百年来不知道先后埋葬了多少人的情感和生命。

可怜啊。校长说。真是可怜！越想越可怜！

站在校舍后窗外面的小径上，越过黄泥的操场，能看到那个人曾经长久地坐过的那道与田地相连的土坎。现在，那里灰蒙蒙的，蓬乱的荒草摇来摇去。

现在，一只瘦削的白猪正在那一带狂奔，看上去像是一名正在拼命锻炼身体的干部或知识分子。

到了晚上，街边上的血已经完全被尘土盖住，看不见了。几只狗在四周转来转去。

那天夜里，一直有一种隐隐约约的哭声在幽暗无边的空气里飘走，游荡。

那样的一种哭声，如同一些被人为扯断的线头，短短的，茸茸的，纷纷扬扬而又若有若无地伴随着我们走进梦里。在漆黑一团的梦里，在行走的过程中，凭着脚下不断传来的响声，我知道遍地都是枯枝败叶。

有一天，村主任到镇上开会，来学校里看了看光宗。我们送他出来的时候，村主任悄悄地对我说：

“我们家光宗在学校里有没有交女朋友？”

“没有。”我说，“我敢保证没有。我们都还这么小，怎么可能会有那种事情。”

“别说小，现在的孩子可不比以前。”村主任说，“从前像你们这么大的孩子懂得什么呀，成天挂着两股鼻涕，只知道捣蛋，只知道傻吃傻睡。”

“我们现在也还不懂那些。”我对村主任说。

“这么说，光宗没有?”村主任紧盯着我，仿佛我在说谎。

“没有。”我说。

“真的没有吗?”

“真的没有。”

“唉，没有就好，那我就放心了。有就麻烦了。”

“真的没有。”

“唉，你知道么，你和光宗不一样，别看你们是同学，又是好朋友，不一样就是不一样。你是苦寒的孩子，懂得生活的艰难，又知道用功，但光宗不懂这些。他的身上老有钱，当然，这也主要怨我，一个人老有钱也并不是什么好事，根本不值得得意。我活了大半辈子，现在总算悟出一点秘密：钱是会说话的！有时像先生一样语重心长，有时像女人一样柔情蜜意，娓娓动听，有时又在你不经意之间吱吱地尖叫，甚至呐喊。那是在干什么？那是在提醒你，别忘了它的存在。不管语重心长也好，不管柔情蜜意，娓娓动听也好，不管吱吱地尖叫还是大声地呐喊，所有这些声音，中心意思只有一个，就是让你拿着它去胡闹！钱的作用是什么？除了少部分用于生活开支外，很大程度上是用来让人胡闹的。个人拿着它胡闹，国家与国家之间也拿着它胡闹，只是说法不一样，提法不一样罢了。你要是不去胡闹，你要它干什么？它对你是完全没有用的，一点儿用也没有，半点用也没有。话说回来，生活是什么，生活本身其实也是在胡闹。是的，正经的也好，不正经的也好，事实上所有的一切都是在胡闹。”

“你是怕光宗拿着钱去胡闹?”

“是的，我说了这么多，我担心的正是这个。”

尽管村主任把自己的声音尽量压得很低，但他的那些话还是被走在我们后面的光宗差不多全听到了。光宗来到村主任面前的时候，村主任似乎被吓了一跳。

“爹，你悟到什么了？”光宗十分生气地对村主任说，“我不知道你在胡说什么！你怎么能那样不负责任地胡说？”光宗指的是村主任担心他有女朋友的事。我知道光宗，他很在乎别人说他这个。

“我是怕呀！我实在是担心呀！”村主任停下来，很无奈地看着我们。他说：

“女人，你不到那个年龄的时候，千万不能去沾，沾上就麻烦了。就是到了那个年龄，也不能像愣头青一样。愣头青往往是会被那些精明得快成精的女人从心里笑话的。”

接着又说：

“你想有烦恼吗？那就去沾女人，并拿出你的真情。用不了多久，保证烦恼和痛苦会源源不断地滚滚而来。这一点没有问题，不会有偏差。”

我以为这是他的经验之谈。村主任这个人其实也很不寻常，很不简单呢。

“不是都告诉你了么，我没有。”光宗说，“我再告诉你一次，我没有。”

“你就是有，我们也不能答应。”村主任笑着说道，“告诉你们，我现在还不想这么早就做爷爷呢，谁要是突然叫我一声爷爷，我会非常难过的，我目前还根本不能适应这个非常特殊的称呼。还有你妈，她也非常不愿意听见有人管她叫奶奶，她这会儿正美得滋滋的。奶奶是那么好做的么？活了大半辈子，突然发现自己挺美，就像讨吃的捡了个金元宝，不知该怎么办才好。”村主任停顿了一下，对光宗说：

“对啦，你妈昨天穿了一双鞋跟又高又细的新鞋，兴致勃勃地刚出去没多久，就让石头绊了一下，摔了一下。”

“不要紧吧？”光宗说。

“脚有点儿肿，不太要紧。”村主任说。

“她就不能穿稍微低一点的么。”光宗突然又说。

“她要是知道你这样说她，她会伤心的。”村主任对光宗说，“她其实也有点后悔穿那么高的跟。”

“你说她了么？”光宗说。

“我没有说她，她已经摔了一下了，还用得着我来说么。”村主任说，“女人啊！永远都是那么让人头疼。”

“她回来的时候，是不是特别垂头丧气？”光宗问。

村主任点点头。那还用说么。

我们来到操场边上，一只鹰正在那片小树林子的上空一遍又一遍地来回盘旋，许多褐色的树枝、棕色的树枝呈现在我们的视线里。四周的灌木也是那样的一种色调，只不过更密集一些。村主任说，上午在镇上开会的时候，忽然听说白庙的一个女孩子，刚上初中一年级就怀孕了，一开始的时候，大家都不信，以为是镇长在和大家开玩笑。又听说南园的一位七十四岁的老太太也是那样的情况，而且最要命的是还不知道何人所为。后来，镇长就生气了。镇长十分恼火地对大家说，你们他妈的别不信，别以我在和你们说笑话，我没有那样的心情和闲工夫！你们要是不信，下午就带你们去看看，就当是一次集体组织的参观学习，让你们看看，让你们亲眼见识见识那是怎么回事。看见镇长这样气呼呼地一说，大家于是就都相信了。人们很吃惊，也很兴奋，每个人的表情都不大一样。镇长说，这些事情让我在县长面前很没面子，让我丢尽了脸，无论我走到哪里，都有人看我，好像是我……为什么那种事都出在我们这里？一定要找找原因！今天叫你们来，就是为了找原因的。这时，有人对镇长说，在我们身上找原因？你不会认为是我们这些人干的吧？镇长说，那也难说！怎么，你以为你就不可能吗？先别忙着洗刷自己，别把自己洗刷得那么干净，似乎一尘不染，这个狗日的世界上，又有几个人是真正干净的！不是吗，难道我说得不对吗？

镇长说得对。村主任说，这个世界啊，已经被人们折腾得越来越不成样子了，一年不如一年，一天比一天糟糕。你现在还能经常见到那种一说话就脸红的人吗？已经很少了，已经十分罕见了，已经没有了。这种人的数量只会比大熊猫少，不会比大熊猫多，眼看就要完全灭绝了。

村主任有些心情沉重地和我们分了手，我们看见他一个人走进那片小树林子里去了。在一条又细又白的小路上又走了一会儿以后，树枝把他挡住了，我们终于看不见他了。光宗对我说，不知道你发现没有，我爹这个人好像和以前完全不一样了，变了很多，变得很厉害，不像是我从前的那个爹了。也许是开会开的。前些天他还告诉我，他每开一次会，就等于接受了一次教育，接受一次短期训练。

小树林子里静极了，只有那些蛛网在阳光下闪闪发亮。

回来的时候，在小径尽头的那道白色的月亮门附近，我们看见了陈丹华的妹妹，仅仅几个月以前，我们还是同学。现在，她站在那里，看上去似乎很无聊。让我感到惊讶的是她现在的形象，她穿着一双拖鞋，嘴里噼噼啪啪地嗑着瓜子，整个人完全是一副已婚妇女的形象。她朝我们这边望了一眼，看见我们后，很快又把脸扭了过去。

“这个小贱人不是怀上了吧？”光宗朝那里看了一阵后对我说，“你看她那腰，好像已经不对了，好像比以前粗多了。你看她那样子，懒懒的，看上去呆头呆脑的。我听说所有怀孕的女人都是这个样子的。”

我想起了姐姐曾经说过的话。

“校长最痛恨这种事情了。”光宗对我说，“他要是知道了，一定饶不了他们。”

我想，要是她真的怀孕了，她还敢像现在这样凯旋的英雄一样大摇大摆地在学校里到处出现吗？连我们都能看见她那种样子，难道校长看不见么？校长又不是瞎子，校长在某种意义上也是一个十分精明的人，又是过来人，知道的也比我们多得多，他肯定知道应该怎么做。校长是一个有勇有谋的人，不但这样，在很多事情上往往还能使出某些令人意想不到的，令人惊叹不已，甚至令人叫绝的奇招，我们私下里常把校长的这种谋略称之为“中华一绝”。校长很能喝酒，但从来没见他醉过，不像某些人那样一喝醉就头上扎着手巾，手里敲着脸盆，在学校里扭秧歌，猪啊羊啊，送到哪里去。也不像某些人那样哭哭啼啼，伤心欲绝，或者把裤子脱下来拎在手里，挨着屋子去串门，见人就热情地打招呼，大声地寒暄又答非所问。校长对我们的林老师很好，很尊重，但有时也会说她几句。有一年，食堂里既没有钱又没有粮了，校长就领着我们所有的人去医院里献血。去了那里以后，他第一个就率先把胳膊伸出来；不久，又第一个率先昏倒过去……现在，我在想，一定有比这更麻烦的事情堆积在校长的心头，使他懒得去理睬他们，无心去顾及他们。

我对光宗说，我们走吧。

几天以后，在回宿舍的路上，光宗又遇到了陈丹华的妹妹。他看见她的时候，她又正在那里噼噼啪啪地嗑瓜子。光宗正想走开，她却摇摇摆摆地迎了上来，站在他回宿舍的那条必经的路上，对他说：

“别人笑话我，你也想笑话我吗？我不怕你们笑话！我要是在乎，就不会这么做了。”

看见光宗愣在那里，又说：

“回去好好想想去吧，你妈当年怀你的时候，肯定还不如我现在这个样子呢。你要是不信，就回去问问她，当年还不定怎么邋遢呢。”

“我们那天说的话，一定被那个小妖女听去了。”光宗对我说，“要不她怎么能一看见我就问得那么准确呢？真正让我措手不及，又哑口无言。你知道么，她不但说了我，连我妈也给捎带进去了。”

我看着光宗，想起了那天的距离，想起她站在那道白色月亮门附近时的那种样子。按距离她不应该能听见，但光宗那天的声音现在想起来却并不算小，他从来就不知道怎样小声说话；而且她也是个聪明的姑娘，或许那天她所处的位置又正好是一个顺风的地方，这样，光宗的那种毫无遮拦的说话声随风传入她的耳中也是十分自然和有可能的事情。

“听到就听到了。”我对光宗说，“谁让我们不小心呢，谁让人家的耳朵那么好呢！反正已经被听去了，反正她也已经说过你了，还能怎么样呢。”

“你没有看见她的那种样子。”光宗说，“她看上去很生气，好像要把我一口吃了。嘴上说不在乎，可脸都气白了，像纸一样白。”

我对光宗说，用不了多久，她可能就真正变成我们的师母了，她会突然变大，一下子比我们大一倍。

光宗被我的话吓了一跳，他瞪大眼睛，用一种十分困惑而又有些愣怔的神情看着我，似乎在认真地掂量师母一词的含义和重量。他的喘息声飘在我的脸前，让我感到很痒，仿佛一只绿色的蚂蚱正在缓缓地爬行。天快黑了，那些红瓦的房子里有的已亮起了灯光，从白色的月亮门里面传来阵阵嘤嘤咽咽的声音。我听了一会儿，是胡琴的声音，是胡琴在嘤嘤咽咽地响，有人正沉浸在其中，似乎越陷越深，似乎只剩下一双眼睛还露在外面，其余的一切都已经不见了。

校长说，谁是我们的敌人，谁是我们的朋友？这个问题原来一直是革命的首要问题，现在不是了。注意听着，并不是说我们现在就没有敌人，全是朋友，而是说人们不应该主动去为自己树立敌人，敌人这种现象可能永远都是存在的。我们打算与任何人都和平共处，互相尊重，而绝不应该为自己去争取敌人。至于友谊，那是当然要缔结的，一定要缔结，要广泛深入地与各种各样的人缔结各种各样的友谊，能缔结多久就缔结多久，能缔结多深就缔结多深。月亮已经编西了，树木的影子停留在墙上，像是一种久远的烙印，偶尔才会轻轻地移动一下。说吧！轻轻地说，慢慢地说。有一次我梦见一道似乎是这样的考题：月亮在后半夜的时候是什么样子的？有人看完后十分生气，谁他娘的想出这种题目，这是谁干的？想想就会明白，后半夜的时候，我们大部门的人都还正在梦里呢，谁能去关心月亮在那个时候的情形？除非整夜不睡，坐在那里，或者中途突然爬起来，披着衣服悄悄地出去。是的，悄悄地出去，并不是怕惊动了月亮，当然另有原因。原因不能说呀。人生在世，有些话可以对所有的人讲，有些话只能对少数人讲，有些话只能对某一个人讲，还有一些话不能对任何人讲，只能说与你的手，只能让它倾听。不是吗？亲爱的同志们，朋友们！真话好不好？当然好！但历史的经验值得注意！人生的经验也在一再频频地告诉我们，真话好是好，但没有几个人爱听，愿意听，你要是从小至今一直坚持对任何人都说真话，你会得罪所有的人，所有的人也都会无一例外地成为你的敌人。你若不信，从下半生开始试试。我知道，这是在冒险，当然是在冒险，是在出生入死，从来还没有人这样试过呢，这当然是在拿着鸡蛋碰石头，这当然是在拿自己与整个世界开玩笑。同志们，朋友们！这样的玩笑是开不起的。孩子，我们不会让你去送死的，世界那么大，又那么厚，那么硬，你能硬过它吗？你拿什么去和它较量？较量这个词用在这里是非常不对的，应该叫胡闹。是的，是胡闹。你就是一时冲动也好，真的犯傻也好，我们都不会让你去胡闹的，不能眼看着你去送死。为什么我们常常会泪流满面，心如死灰？某些时候就是因为太过于冲动，太过于激烈，甚至几近于残酷，也不能排除我们因一时的不慎而说了真话。现在已经是后半夜了，我也看见了有关月亮的大部分情形，可那又有什么意义呢？说实话，我真没看出这里面有什么意思。意思，意义，你听见了么，你听见你在说什么了么？我要说你是一个不自觉的人，你又犯了说真话的老毛病，我真拿你没办法。听着，收起你的那套丧气话！没人愿意听！什么叫意思和意义？每天活着就是意思和意义，就这么简单，一点儿也不复杂，不深奥。与一个不算陌生的男人或女人一起吃饭，睡觉，出入，与一群孩子开玩笑，给他们说笑话，让他们感到幽默而开心，与一些无关紧要的人在一起共事，并时常抱之以笑脸或点头摇头，等等这些，难道还不算意思或意义么？人们需要被鼓舞和感染，需要在一定意义上被欺骗，生活多么美好啊，多么有意思啊！活着多么有趣啊！不能给他们像轮胎一样撒气，就目前抓得这样紧还时常有漏气现象发生呢。我们不要求你所说的每一句话都是宣言或口号，警句或箴言，甚至好听的甜言蜜语，那样对你是太苛刻太严厉了一点，不太公平，而且也是不现实的，但至少你说的不应该那么难听，不应该那么让人丧气，至少应该听着顺耳一些。不是么？有些问题不该你追究的就不要去追究，你追究那些研究那些干什么？除了乱人心，乱自己的心，还能有什么别的意义？人民害怕移性，而你想做的恰恰就是这些，你是多么的糟糕，多么的让人不放心啊！意义这个东西还真是个难以说清难以描绘的东西。比如黑夜，黑夜的意义是什么，是黑暗吗？是闭上眼睛吗？似乎都既不准确又不完整，但又不无关系，分明都沾着一点边。到处都是类似这样的一些似是而非的问题，时常感到疼痛，却又一直找不到痛点在哪里。一开始你以为是脊梁发生了问题，常常让你卑躬屈膝，点头哈腰，但摸上去后才知道那里并没有什么感觉，不痛不痒。于是，你又开始疑心自己的脸、肝脏甚至大脑。初看上去，似乎哪里都没有问题，但问题又的确存在，可以瞒别人，说什么也没有，但瞒不了自己。尤其是北风呼啸的时候，尤其是当北风呜呜咽咽地从外面经过的时候，这样的感觉就会突然变得像皮下的肋骨一样清晰可触，甚至异常棘手。

还是校长说得对。他说，关于目前的形势和任务，我刚才已经讲得很明确了。如果有谁还不明白，请私下里单独找我去谈，我的门随时都是敞开着的，随时向所有的人敞开着。我随时都在恭候大家，欢迎大家走进我的门里，我们可以共同学习，解决问题。不要因为我是领导，就不去找我，或者千方百计地躲着我，我不希望看到那样的现象，那样我真的会生气的，我代表组织向你们生气，你们受得了吗？听明白了吗？是的，一定要去找我，不要害羞，也不要害怕。我有什么可怕的？我觉得我很和蔼可亲，很平易近人嘛。是的，你们要是不找我，我还要亲自去一个一个地找你们呢，我这样做，就是想与你们打成一片，亲如一家。如果有可能，我还想介入你们的私生活呢，你们的家庭、婚姻、老人和孩子，甚至亲戚朋友，我都想了解一下，我有这个责任呢。我这样做，并不是为了想让自己得到什么，更不会像过去那些腐朽的人一样为自己去争取什么，不是的，这是不可能的！这一点务必请同志们放心，把心放得宽宽的，把心放到肚子里。我常想，领导究竟是干什么吃的，就是为了与大家谈心的，就是为了化解矛盾，解决问题的。如果你们大家是一块又一块的冰，那么，我是什么呢？毫无疑问，我就是一锅正在沸腾的大雾弥漫的开水，我希望你们都能跳进来，或游泳，或沐浴，或鸳鸯戏水。是的，我要把你们通通化掉，让你们真切地感受到温暖来自组织和我个人方面的双重的温暖与关怀！我很乐意这样做，是的。天已经很晚了，很多人的脸上布满了暮色般的愁容和倦意，有的人站在那里就睡着了，打着呼噜，鼾声连天，由于人声的过于嘈杂才使那声音一直抬不起头来。四周一带的树木都光秃秃的，连一只乌鸦和喜鹊也看不见。只能听见一些叫声，但那不是乌鸦或喜鹊的声音，而是有人用喇叭和假嗓模拟出来的，一会儿叫几声，又一会儿又叫几声，目的也许是想分散人们的注意力，也许是别的。几只耕牛像比赛一样在操场上狂奔了一阵后，留下了许多碗大的蹄印，蹄印上被刨起来的那些疏松的虚土成了蜗牛们出没的地方。校长看了一会儿那些碗大的蹄印和那些在土里拱来拱去的忙忙碌碌的蜗牛，眼睛渐渐有些湿润了。他哽咽地说道，同志们，看见了吧，都看清楚了吧，展现在我们面前的这些乱七八糟的东西是什么？难道仅仅是几个牛蹄印吗？这时，有人说道，当然那是牛蹄印，不是牛蹄印又是什么？难道是我们自己的蹄印？你说那是什么？它总不至于是我们这些人的饭碗摆放在那里吧？校长朝那边扫了一眼，脸上浮现一丝苦涩的笑容。看得出来，他正在努力克制着自己的某种情感。停顿了一会儿后，他说，我早就说过，要团结周围一带一切可以团结的力量，工人，农民，小商小贩，引车卖浆之流，甚至有小偷小摸习惯的人，甚至有劣迹的社会闲散人员，凡是能团结的，我们都要尽力去争取团结他们，这对我们是非常有好处的。一旦与他们建立了某种友谊之后，他们再来破坏我们的操场的时候，可能就不那么好意思了。再想偷偷摸摸地把我们的篮球架锯倒或者掀翻的时候，也会认真地考虑一下，这样做很有可能是错误的，把篮球架锯倒或掀翻，既对不住朋友，又有犯罪的可能，就不锯了吧，就不掀了吧，就让它们好好地在那里站着吧！说起来它也并不妨碍我们什么。以前，他们常常趁我们中午或者晚上睡觉的时候，躲在暗处，用砖头或尖利的石块砸我们的玻璃，一砸就砸个乱七八糟，一塌糊涂，让人气绝。现在，可能也就不砸了吧。遇到有人再砸时，他们或许还会把那个人捉来交给我们发落。同志们，这种可能性是有的，是完全存在的。我估计他们再也不可能像疏散难民一样把他们的猪羊鸡鸭赶到我们的学校里来了，不会了，再也不会有那样的事情发生了。我们开始有前途了，有希望了，开始看到曙光了。他说着，身体微微地有些摇晃，前倾，尽管黑夜给了他较好的掩护，但还是被某些眼尖的人们给看出来了。远处传来汽车的声音，持续不断的摩擦仿佛在证明它陷在河滩里不能自拔了。一个女人在说，徐懋功，你这个挨千刀的！姑奶奶要和你离婚，就在今天这个晚上！没有人知道徐懋功是谁，但人们从那个女人的话里替他感到难过。女人啊，真他妈的！有人在黑暗中叹息。旁边一个五大三粗的女人立即针锋相对地反唇相讥，男人，真他妈的！没有一个正经东西！都是些靠不住的货色！男的不行，女的也不行，如此说来，这世上竟很难挑出一个让人满意的人来，也许只能到某些书里去寻觅，得之，我幸，不得，我命。粗粝的北风迎面吹过来，让人禁不住发抖，战栗，愁容紧锁。一些窗户在砰砰啪啪地乱响，大门吱吱呀呀地合上又被打开，向外泼水的声音和匆匆赶路的声音交织在一起。你这个小贱人！这回看你还往哪里跑？妈妈呀！请好好保重自己，等莜麦熟了的时候我再回来看你。这时，有人提醒校长，不久前在操场上四处拼命狂奔不止，又留下许多碗一样大的蹄印的那两头牛是一个叫卫三爷的老人的，并不是专门放出来要祸害操场，是因为卫三爷靠在墙上打盹，一时没有看住，它们自己弄断绳子从牛栏里一口气偷跑出来的。为什么会变得那么疯狂？可能是事先吃了两只鹅蛋的缘故。卫三爷记得它们的生日，今天正好是它们一周岁的生日，卫三爷为它们简单地操办了一下，每头牛两只鹅蛋，或许它们还和卫三爷一起共同分享了一点卫三爷的酒，不久以后它们就变得不能控制，变成那样了。卫三爷自己也没吃什么，只喝了几口酒，就感到有些迷糊了，很快就昏昏沉沉地什么不知道了。鹅蛋？校长有些吃惊地看着站在他面前的人，似乎被吓了一跳。这个时候怎么会有鹅蛋？他说，这可是冬天啊！这可是数九严寒的季节呀！冬天怎么啦，冬天难道就不允许有鹅蛋出现么？冬天难道就不允许人家鹅下蛋么？你们人，又有多少人在数九严寒的冬天里生儿育女，人家动物们、植物们，可曾说过什么？有人立即建议，请一向以胆大心细著称的辛凤鸣老师回去在字典里查一查，或许能找到一个比较理想的答案。看不见辛凤鸣老师此刻站在哪里，却能听见他的那种哭笑不得的声音：别他妈的寡×了！不要什么都到字典里去找，你以为字典是什么？字典就是字典，字典又不是百宝箱！字典只负责解释每一个字的意思，怎么可能会有鹅蛋夹在里面？校长摆了摆手，说道，好啦，就不要去找，管他有没有呢！辛凤鸣同志说得对，字典就是字典，字典又不是百宝箱，里面不可能什么都有。我赞成辛凤鸣同志这样的观点。不过，我要说一下，辛凤鸣同志以后说话应该注意一点儿影响，老师么，是不是，不要一开口就寡×寡×的，什么叫寡×？寡×这两个字也是你能说的么？那是女人们之间才常说的一个词，而且涉及的也是她们本身，她们可以说。但我们不能说，她们无论怎样说都行，但我们无论怎样都不能说。有风吹过来，校长的头发像茅草一样向一边倒去，那些像茅草一样倒伏的头发看上去的确风吹草动，一片惊慌，同时又有些痛心疾首而无可奈何。他忽然听到有人在这样说，苏雪霖，你这个狗娘养的！怎么回事？都已经一个多月了，为什么还不去找她？你可知道她每天都在等你？你要是再不去，我可就要采取行动了！告诉你，是一种非常极端的措施，你会受不了的。他努力眨动着一双有些疲倦的眼睛，在认真地分析着、判断着。是的，这究竟是怎么回事，到底在说什么？说话的人如同一根隐藏在参天巨树中的树枝一样根本无法看清楚，即使清清楚楚地垂在你的眼前，也不能肯定就是他。他又一次感到活着的艰难和痛苦，连简简单单地判断一件事情、一句话都是如此的吃力，还怎么再能去奢求别的什么？正在疑惑之际，又听见有人在说，老李，为什么还不去勾引我的老婆？实话告诉你，她已经等得有些不耐烦了。这一回，他是被认认真真，结结实实地吓了一跳，仿佛被从一个可怕的噩梦中吓醒后一样。他比任何时候都想看看这个说话的人到底是个什么样的人，为什么会说出这样骇人的话？而且是以一种十分平静又十分焦急，而又不乏真诚的心情？但已经看不见了。他无奈地闭上眼睛，想道，疯了，一定是疯了！这年头的人啊！如果说前面的那个人还一时很难说是怎么回事的话，那么，刚才这个人一定是真的疯了，或许比那些真正的疯子还要疯，问题还要严重。这样的一个人啊，无论说他什么都不为过，无论怎么说他都不为过，只可惜没有看见他到底长得什么样子。不看也罢，真要是看了，没准会后悔不已。不久前在打篮球的时候不小心扭伤了腰的两位女老师如今还沉浸在过去的呻吟之中，她们柔声叫着，眉毛一蹙一蹙的，看上去倒比她们没受伤的时候要动人一些，似乎这样更有一种魅力。如此，对她们来说，晚一天康复要比早一天康复应该更重要一些，伤痛恢复得越慢越好，痛苦多延长一天，美丽也就多驻留一天，否则，腰好之日，也是她们魅力消失殆尽之时。伤痛啊，请慢些好吧！让她们多美丽一天，美丽一天是一天。他挺了一下胸，面孔有些涨红，隐约感到腰里似乎有点儿不太对劲。他远远地看见了她，端庄，文雅，秀丽，……他差一点儿叫出她的名字来。她的腰没有扭伤，她哪儿都没有扭伤，她和她们是不太一样的，因为她无论做什么都是那么的小心，谨慎，思前顾后，徘徊不定。这样的一个女人啊！他想起了那个曾经长久地坐在操场边上，后来又在一场车祸中不幸丧命的人，想起了他身上的那封信，不知为什么，他总觉得那个人和她有关，他是来找她的。他曾经私下里问过她，但她什么也没说。从那以后，她也再不让他到她的屋里去了，见了面也都不打招呼。一定是恨上我了，他想，一定对我充满了看法。他心里难过得要命。有一次他怀着满腔的真挚和热情去看她，结果却被她的那种冷若冰霜和一脸的不屑给打了回来，很快败下阵来。从她那里出来后，他感到无地自容，仿佛整个世界都在朝他发出讥笑。这以后，他找到那个与学生谈恋爱的老师，以领导身份对他说，你是真打算要娶你的学生为妻吗？那位老师说，是又怎么样？他说，你能保证一辈子都对她好么，不会变心吗？那位老师说，那倒很难说，人是会变的，不是一成不变的。他说，不行，你得负责，你得负起这个责来，无论如何。都什么年代了，还说这种话！她不需要我负责，什么时候只要她遇上比我更好的，她完全可以把我甩开，因为每个人都应该是自由的。原来是这样，那么，我是不是有点儿狗拿耗子？这两天，我看见她像个功臣似的在学校里到处走来走去，她肚子里的那孩子是你的吗？不是我的还能是谁的？是我的！几个月啦？这个我不太清楚。行，你行，你看上去比我们都行！做人的勇气你是够了，不像你们这些人一辈子活得窝窝囊囊，像老鼠一样，除了老婆就是孩子，除了丈夫就是父母，哪像是人过的日子？唉，再没有比我们更窝囊的了，无论有多么美好的愿望都只不过是一阵空想而已，永远都只是空想。别这样看着我，我没有嘲弄你的意思，丝毫没有！我很佩服你，很羡慕你呢。校长，言重了，千万不要这么说，我一直在等着你给我处分呢，我把人家的肚子给弄大了，自知在劫难逃，你处分我吧，无论给我什么的处分，我都认了，绝无怨言！处分？处什么分？你在胡说什么，为什么要处分你，为什么要给你处分？我不给！是的，不给，你想要也不给，这事我说了算。依我看，该受处分的是我们这些人，真正应该受到处分的是我们这些一辈子循规蹈矩，小心谨慎，瞻前顾后，死气沉沉，窝囊得不能再窝囊的人，不是么，难道我说得不对么？校长，你真是这样想的？怎么，我的话里难道有假么，有什么值得怀疑的地方么？信不信随你。校长，谢谢！我也代表她谢谢你。谢就不用了，让我们在今后的日子里共勉吧，啊！是的，共勉，让我们共勉吧！从那里出来后，他的精神不像刚才那么萎靡不振了。本来他还有些话要说，但那位年轻的同事兼属下似乎很清楚他的一些心事，还提到了她……这又让他意想不到，感到惊讶不已。不能再继续说下去了，他想，他的心已经变得很乱。狗日的人类啊！这以后，他几乎是不辞而别地从那里出来，像一个无家可归的人一样看着坐落在远处近处的一些房子。不要忘了给南瓜配花。一个声音回荡在多年以前的某一个早晨里，是父亲临走时留下的，现在听上去，音色依然未减。他还是个孩子，你老让他去干那种事？母亲对父亲说。父亲朝他望了一会儿，终于还是走了，并没有把女人的那种担忧当回事，终于还是把去南瓜地的任务留给了他。父亲走后不久，他去了那里，大片的南瓜和葫芦正在生长之中，今天正是它们开花的日子，众多鹅黄的喇叭状的花朵颤颤巍巍地开放在他的视线里，使他的眼前和周围一带灿烂极了，辉煌极了。踏着满地晶莹乱滚的露水，按照父亲的吩咐和交代，他小心翼翼地将花朵的雄蕊插入到雌蕊之中，十三岁的少年第一次蒙眬地目睹到生命的方式和过程，在慌乱中不甚清晰和完整地探听了一次生命的含混而抽象的秘密。他的手抖得很厉害，以至于手指和手背上沾满了鹅黄的花粉，眼睛里也仿佛全是那种晶莹而缠绵的鹅黄。雌蕊里面有一滴像蜜一样甜的汁液，仅有那么一滴，以前，他常用嘴将它们吸吮得干干净净，然后回味着留在嘴里的甜蜜。自从有一次被父亲发现，并招来一顿严厉的责骂之后，他才开始明白那仅有的一滴甜蜜的汁液是属于花蕊本身的，从此他再也没有去吸吮过一次。多年以前的甜蜜就这样在寻常之间竟成为永诀，现在，回忆使他的嘴里感到发苦。当他的眼前再次浮现出那个永远的露水遍地的早晨时，他听到身边有人在叫他，回头去看时，竟然是她！……这个女人啊！这个让他日日夜夜都魂牵梦萦的女人啊！很多时候，他觉得她就是蕴含在花蕊中的那一滴仅有的甜蜜的汁液，稍一不慎，便会蒸发掉，便会被吸吮掉，消失得干干净净，这使他在不断到来的忐忑不安中过了一天又一天。什么东西是最让人害怕的？什么东西是最让人怀念和留恋的？北风吹拂着，让很多东西都发出了各自的声音，有时候那些声音竟会完全一样，你相信吗？你相信那个在风中战栗的女人是因为冷么？仅仅是因为冷么？一个人一声不响地走远，以后又完全消失，有时候并不是被丑恶逼走的，也许是由于无边无际的困扰，甚至也许是为美丽本身所逼？在他（她）的身上，一定还保留着许多香草般的记忆和霞光似的梦想。镜子啊！请你告诉我，谁是这个世界上最美丽的女人？我仿佛曾经见过她，曾经被她的手轻轻地打过一下，从此心头总是荡满了怡人的绿荫。这是个事，这绝对是个事，而不是无关紧要的，它会贯穿一个人的一生。有一天我正在上课，校长领着一陌生的人来找我，来人给我带来了姐姐在城里死亡的消息。我无声无息地看着他，我觉得站在我面前的这个人好像在说谎。他在不住地摇头。校长看见我脸上河流一样的泪水时，对我说，不幸随时都会光顾每一个人，要挺住。那一瞬间，我看见四周一带的那些红瓦的房子又在开始摇晃，翩翩地起落，昭示着它们又要远走高飞，随风而去。我隐约听到校长又在忙着找人，找绳子和杠杆，极力挽留那些浮动不止的房屋，阻止它们远去，使它们能够重新安静下来。那时候，我想起一个人，包括他的那种一往情深的眼神，想起姐姐最后一次回来时对他的那种不乏亲昵的称呼。于兆龙。于兆龙。我的心里默念着他的名字，跑着去找他。来到他的家门口的时候，听到他的女人正在里面叫他。她既不叫他于兆龙，也不叫他兆龙，更不像姐姐生前那样叫他死鱼，而是叫他龙——，声音拖得长长的。我又敲了一会儿门，他终于出来了，看见是我，他吃了一惊，我把事情向他说了一遍，他表示不信。我又重复了几遍，再加上脸上的泪水，他终于信了。怎么会这样呢？他说。怎么会这样呢？我看见他和刚出来的那时候不一样了。你去找过村主任了么？你们校长呢？他说。找人家村主任有什么用？和人家校长更没关系。这时，那个女人又在里面声音拖得长长地叫龙。他回过头去说，我说两句话，马上就回去。接着又对我说，你应该去找找他们，他们会帮你料理的。路上小心一点儿啊。说完以后，他就关上门回去了。这以后，我就走了。我走了一会儿后，就抬起头朝天上看一会儿，冬天的月亮寂寞无比地挂在那里，仿佛一张苍白而憔悴的脸。

二〇〇一年五月

鱼鳞天：轻轻地说

惊悉老赵当上了劳模，正在草里认真穿行的蚂蚱们立即叫了起来。我对从门前经过的村主任说，老赵被弄成劳模了。村主任停下来，看着我说，什么叫弄成劳模了？你给我弄一个，我看看？那是弄的吗？连个话也不会说，还就喜欢到处胡说八道。村主任这样说，我也没有计较他，让我感到惊奇的是，老赵离我们那么远，他也竟然这么早就知道了这件事。我想，到底是村主任，就是不一样。我敢说，就连老赵的爹妈这会儿也未必就知道他们的儿子的事。我看着村主任，村主任这家伙心里有喜事，正窝藏着一大团让他高兴的事情，这我一眼就看出来了，只是我还不知道具体是哪方面的喜。现在的季节已经不是春天了，但村主任的脸上却一脸春风，一脸的春风得意。一个人，心里要是不高兴，烦得要命，能这样吗，能在脸上刮风、开花吗？肯定不行。是的，（妈妈啊）我就是根据这一点看出他的心里窝藏着一团只有他自己才知道的喜事的。他笑眯眯地对我说，老赵是光荣当选。又说，以后说事就说事，不要动不动就弄啊弄的，一上来就弄，弄什么弄？本来是一件好事，可只要一说是弄，听着就不像是一件好事了，味道变了，起码不严肃了，不正经了，事情本身没问题，可要是说的有问题，事情也就有了问题。

村主任摇摇晃晃地走了。我站在老赵的一堆事情里，我觉得我像是一只被不懂事的孩子弄坏了的钟表一样，说坏吧，也没有完全坏了，有时还能突然出人意料地走两下，要说好吧，肯定不能算是完全好得没有一点儿问题，就那样走走、停停，无论坐着还是躺下，都无法睡着。不是说不想睡，想睁着眼睛胡混，而是完全没有一点儿睡意，脑子里怪怪的，到处乱想，到处乱走，但就是不往睡觉的那个方向走。想想在这以前，我是一个多么能睡觉的人啊，常常坐着坐着就神不知鬼不觉地睡着了，有时在一旁听别人说话，也会忍不住犯困，许多人就由此判断并认为我是个傻子。傻不傻，天知道。我是多么想睡一会儿啊！倒并不是说我这个人特别热爱睡觉，而是因为担心和害怕，我早就听说过，一个人要是长时间不睡，出问题那是肯定的，就看出的是什么问题，大多数人都会慢慢地或者突然疯掉，我担心和害怕的正是这个。

一上午就那样过去了，一下午也那样过去了。慢慢地，我发现时间也变得捉摸不定，深不见底。黄昏里，蚂蚱们撩起最外面的那层外套一样的棕褐色的翅膀，露出里面的一层粉红或葱绿的衬里，我觉得那应该相当于人身上的贴身的内衣。不久，黑夜被一把扯去，扯得露水纷纷，天哗的一下亮了，又是一天，噌噌噌地走来了。我站在屋檐下，对自己好言相劝，对自己低声地说，轻轻地说，和风细雨地说，睡去吧，去睡一会儿吧，闭上眼睛，哪怕睡十来分钟也行，什么也别想了，要想等醒来再想。一边说一边闭上眼睛。也许是太急于要马上睡着的缘故，心里反而越来越亮，亮极，刺眼，毛糙，还有真正的粗枝大叶不停地在前面摇晃。眼睛是闭上了，但像是在表演，只有我知道它是虚浮的，眼睑和垂下的睫毛完全是两扇虚掩的门，门外有什么，大抵还都能看见。

这以后，我坐起来，开始用一种恨铁不成钢的，穷凶极恶的声音劝自己去睡一会儿。好说不行，就只好加上威胁和恐吓，我严正地警告自己，说明不去睡觉的严重性和危险性，以及无穷尽的后患。我看见我在走动的时候像一个疯子，我说的是那种真正的疯子，不过，这还不太要紧，因为别的人，很多人走的时候也都像疯子。让我感到难过的是，我显得有些特别，与众不同，即使停下来不走，坐着，也还是像一个疯子坐在那里。为什么我就和别人不一样呢？我想和别人一样，我想成为一堆土豆里的一个土豆，而不想是一堆土豆里的一个蚂蚱。

几只鸟在外面探头探脑地看我，鸡也和它们混在一起，打成一片，虽说不是同一类，可看上去倒像是亲亲热热的一家人。我看得也有些糊涂了。（妈妈啊）这事我感到有些奇怪，又觉得也不太懂。红光满面的鸡，看上去富足，傲慢，像一些当官的。相形之下，那些矮小的，面黄肌瘦的鸟就无可奈何地显出一副群众相。那一刻，我好像有些明白，我想，所谓的群众实际就是穷众。领导者执意要与群众打成一片，滚作一团，有时候非要那样做，做穷众的也没有办法，那就打吧，那就滚吧，反正不滚也没有什么好事，看不见什么希望，倒不如一起滚一滚，说不定还能混顿饭吃，闹好了甚至谋个差事。

我看了看钉在墙上的镜子，隐约感到，里面不止我一个人。为什么这个扁扁的平平的东西经常总是让我吃惊，有时还要受到尖利的惊吓？我每年都在想，但每年都想不清，后来我终于慢慢明白了，是因为它从来就不能让我不吃惊。有时候它变得水光潋滟，有时候又雾气蒙蒙，如一潭死水，这些都不算什么，我最不愿意看到的就是那些说不清是一种什么表情的脸，有时会突然冒出一张甚至几张。

掺杂了草汁味的风，玫瑰花的香气和烧柴火的烟，拧成桶粗的一股，在敞开的门窗间不断地进来出去，像是在完成一个任务。地上倒是有不少印痕，一看就是人走过的，大部分都重叠在一起，不过，我觉得那也不能说明什么。记得好像有人曾经说过，说，地上本没有印，走的人多了就有了印。这是谁说的呢？应该是蒲雨顺老师。我知道他是从别处拿来的。这家伙，我早就知道他一直都在悄悄地锲而不舍地乱七八糟地窃取一些东西，有时能找到出处，有时还真不知道是从哪里来的。我一直没有当面揭露他，是因为觉得他太可怜了，作为人来说太可怜了，要吃没吃的，要穿没穿的，好不容易说了句话，还被人当面揭穿，下不了台，所以我一直按兵不动，假装什么都不知道，任由他胡说，任由他信马由缰地胡说，任由他不管不顾地、顾头不顾尾地胡说，任由他小心翼翼、战战兢兢、提心吊胆地胡说。我想，偷就让他偷一点儿吧，不就是一句话么，又不能吃，也不能穿在身上，拿了来，无非也就是过过嘴上的瘾，还能怎么样呢？更何况，有的人拿的比他还要多，还要厉害呢。

（妈妈啊！）我很难用几句完整而又准确的话来描述我现在的心情，一阵平白无故的鼓声也会让我激动，心嗵嗵地跳上半天，跳得浑身都热乎乎的，明显地感到有力气通过四肢，通过神经末梢，流遍全身，有青蓝的光影一样的东西在皮肤下一闪一闪的，活蹦乱跳的，大步流星地……我有一种感觉，似乎一叫就能叫出来，顶破皮肤，跳到你手里，像凉凉的小鱼一样在蹦达。看见早上披着霞光的喜鹊、画眉和知更鸟，就会理所当然地一厢情愿地认为他们全都是信使，从老远老远的地方驮来了一个又一个好消息。看见它们那样，我就想到它们肯定也没有顾得上吃东西，于是捧出小米，撒在门前，本身就黄澄澄的小米，让太阳一照，真的有点儿像金子。

（妈妈啊我的亲爱的妈妈！）我想起了前些日子，吃过早饭以后，我和老赵去纸坊营一带逮耗子。早上临出门前吃的什么，我忘了，走在路上的时候就已经想不起来了。本来印象就不深，再加上老赵一干扰，那就没有不忘的道理。有的书上说“混忘了”，我就有这种感觉。我只记得我吃了很少的一点，也许就是因为太少，所以才会忘得那么快，那么干净，那么容易就忘了。这事也给我一个小小的经验，以后得注意多吃一点，这样，别人一旦要是问起来的话，也就能够准确地不费力气地回答了，不至于一问就愣住。由这件事，我又想到别的一些事，我觉得，凡事只要次数多了，分量重了，足了，印象也就深了，再要忘起来也就不那么容易了。我这样想对吗？

风很薄，薄到不能再薄（再薄就没有了），一张一张地飘过来，一摞一摞地堆过来，碰到人身上的时候，马上就弯了，马上就软了，飘到脸前，还在脸前颤动，在耳朵下面和脖颈后面颤动，就像有人把颤巍巍的凉粉扔在你的脸上一样。说是一样，不过还是很不一样，因为这样的风吹着你的脸，掀着你的衣服，会让你觉得高兴，觉得心里晴朗如洗，天高云淡，几乎想不起有什么麻烦事。而真要是有一个人不停地朝你的脸上和脖子后面扔凉粉，扔那种颤颤巍巍又黏黏糊糊的东西，那就不对了，那就不好了，明摆着，那不是喜欢你，而是真真切切地在打你，在与你过不去，甚至是在残酷地斗争你，剿灭你。所以，还是风好，因为它没有恶意。唉（妈妈），我的这个比喻好像不成功，就不说它了。

去纸坊营的路上，杨树连着柳树，青绿让人觉得这一带还是很年轻的，但那些发黑的榆树马上又让你看见了许多个年头。有些树，从远处看去，很像是一些人弯着腰站在那里说话，交谈，从很小的时候，这样的一种情景就时常在我们的眼前出现，那时候，总感觉他们的手都很麻，总感觉他们相互之间所说的话与吃饭有关，甚至就是在说如何吃饭，别的什么都不说。每次只要一看见他们远远地站在那里，散落在那里，好多张嘴都在说，就会引起我们对一切食物的思念。现在，老赵在身边走着，我没有再像过去那样想，只是一边走一边看着它们。有些完全没有关系的草木一路上相互之间一直纠缠在一起，让人看了觉得十分的团结，无比的亲密，没有什么能把它们分开，拆散，它们释放出一种家庭般的欢乐和朋友之间的其乐融融。当然，也有一些看上去非常孤单的花草，独自一棵长在那里，有的柔顺得让人忍不住多看几眼，有的长满了刺，开着很凶恶的花，一看就知道很厉害，是一颗难剃的头，根本惹不起，像那种从来都蛮不讲理的草，牛和羊也不过去碰，割草的人也躲得远远的。有的当爹的就一边割草，一边告诉他的儿子说，看见了吧，为啥我们不去割它们？就因为人家太厉害，太扎人，惹不起，但凡它要是稍微软一点儿，我们也早就毫不客气地把它割倒了，还能轮到它长到现在？人，都喜欢拣软的捏，我们割草，也只是割那些软的，好割的，不费劲的，没有危险的。偷东西也是一样的，偷这偷那，啥都可以偷，但就是没有人敢上去偷高压线……当爹的最后一锤定音，总结说，做人就要做这样的人，要厉害，扎人，要在各方面都很厉害，都很扎人，这样就没人敢惹了。不能说这就能摊上什么好事，但至少没有人敢平白无故地来麻烦你、祸害你、欺负你，做人要是能做到这一步，这就不错了，相当的不错了！有多少人一辈子自己做不了自己的主，说是个人，其实活得哪像个人呢，很多时候连狗都不如，连耗子都不如，耗子还能想做什么就做什么呢。这是一个方面。另一方面，都知道你厉害，这样，无论你去做什么，你都是对的，无论做得多么不好，也都是好的，别人都会说，不错不错。而其他的人，特别是那些软弱的人不厉害的人，做得好也是不好，或者实在挑不出毛病，就干脆被视而不见。这就叫世界。不是说现在的世界是这个样子的，世界从来就是这样的，到任何时候也都是这样。咱们远的不说，够不着，就说近的，就说你们的爹——我吧，狗日的干部们上门收钱，为什么从来都不敢先去咱们家，而总是最后一个，还得像亲兄弟一样商量着说？我不想说这是为什么，我要让你们自己去想、去悟、去慢慢琢磨，我要是大包大揽地把什么都说出来了，就没意思了，是不是？你们去想，什么时候想明白了，悟出来了，琢磨出来了，就把你们的答案告诉我。什么？已经知道了？因为我是高压线？……哎，那先就这样吧，算你们及格。那些狗日的干部们，人模狗样的，有的还穿着西服，打着领带。一个烂逼支书还打什么领带！他们说，得打，现在都这样儿，不打不行。每一次，他们首先第一个踢开的总是孙可怜家的门，孙可怜殷勤地敬上烟，被推到一边，他们就是要和钱说话，他们只和钱说话。孙可怜和他的女人两个人都恨不得让自己变成一捆钱。可怜的女人，作为女人本身来说，也没有多少姿色，所以也就不值什么钱，不能当钱用，或许根本就不值钱，一文不值。人和人就是不一样，永远都不会一样。你们的妈，作为一个还不算太老的女人来说，也是不行，也没有什么姿色可言，可是她有你们的爹，有我这趟高压线在那里架着，所以她也就不需要像可怜的女人那样成天提心吊胆地考虑自己的姿色到底能值多少钱，到底值不值钱。不需要考虑！你们的妈她根本用不着去考虑这些，她只考虑如何把家收拾好，如何把你们一个一个都弄好，这就行了，这才是她的职责和应该考虑的问题，完全用不着像孙可怜的女人一样去操那些闲心。我告诉你们，我要让你们知道，作为女人，你们的妈她是有福的，有命的，找上你们的爹我这样的男人，摊上我这趟高压线，她算是捞住了，这一辈子都捞住了。

……

鬼辣椒也都开了，怒放得呲呲的，看上去又红又辣，还有一种看不见摸不着却时刻能感觉到的妖气。正是那种妖娆奇异的东西，才使得没有人敢与她们为伍，在她们的周围，除了一些几寸高的像不懂事的孩子一样的小草，再没有什么别的成熟的东西。好在她们也还不算是最孤单的，不需要支持和互相拉拉扯扯，自身就能长成一丛一丛的，一蓬一蓬的，成为一族，没有人喝彩，自己也能繁茂，鲜艳。那些朝上长着的小铃铛们从来也没有响过，里面的花蕊像大米，一半发红，一半还保持着米的本色。（妈妈啊！）鬼辣椒这种东西也许真的有鬼，你要是在她的跟前蹲一会儿，别说专门仔细地去闻她，就只是用眼睛看着她，在那儿蹲一会儿，用不了多久，就会感到头痛，两个眼眶也痛，脑子里还有声音，嗡的一声，像是有什么东西来了，接着又日的一声，像是有什么东西又走了，有时候是连起来的好几声，那是什么声音？能说那是一种喜讯吗？说不定与灵魂也有点儿牵连。不管别人怎么想，反正我认为那种声音不对。关于鬼辣椒，我查过书，她有一个很特别的名字，两个字，可惜我把那两个字忘了，一点儿也想不起来了，但我知道那说的是鬼辣椒。我的记性，有时候好得惊人，有时要坏起来也坏得厉害。总之，那两个想起来很不俗的字，才是她的正经的名字。鬼辣椒只是我们的一种土话，书上哪能那么随随便便地直挺挺傻乎乎地叫呢，书上说的都是一些拐弯抹角的全副武装的穿着衣裳的穿着西服革履或者长袍马褂的正经话。

一路上，那种清水一样的风吹着我们，我们不像是在走，更像是在开满野花的路上飘，一家伙飘到纸坊营，让那里的包括耗子在内的小动物们都大吃一惊。我从来没有正式喝醉过，可我觉得一个人要是真的喝醉了，就应该是这个样子的，用眼睛瞄着一件东西，然后伸出手去拿，结果拿在手里的根本不是你瞄了半天的那个东西，而是另外的一个从来连想也没有想过的东西。（妈妈啊）这真是一件奇怪的事情。我问老赵，老赵也觉得在这样的风里走很舒服，比在矿井底下不知要强多少倍。他说，我在想，过去的那些老爷太太们坐在轿里，可能就是这样的一种感觉，这感觉就是能培养人傲慢，自以为是，让人一天天变得把很多人和事情都不放在眼里，等到下轿的时候，见到周围的人，不是用眼睛一个一个地看，而是漫不经心地一眼扫过去，就等于都看过了，更有甚者，连扫也不扫，似乎没有人存在。哎，那种眼神有点儿像是联合收割机，一放就放倒一排，一扫过去就是一片，一片一片地往下躺。被他们扫倒的都是一些不如他们的人，比他们强的人他们根本扫不倒，倒是人家能把他们都扑通扑通地扫倒，一级扫一级，最下面的那一层人就像地上的土一样。

现在，我们也在坐轿，没有人抬我们，风抬着我们走。我们听见小河在唱歌，看见蝴蝶和远山在起舞，土梁弯着腰，喘着雾蒙蒙的气，凸现出瘦的脊椎。

老赵突发奇想，突然提出让我给他写信。

由于事先没有一点儿防备和铺垫，甚至连一点儿迹象和预兆也没有，所以，我当时就对他说，我不给你写。

写吧，他说。你认识那么多字，又会写那么多字，不写多可惜！留着它们又有什么用呢，难道要等着长虫子吗？

我对他说，我为什么要给你写信？没道理嘛。至于我本人，认识的字是不少，会写的字也不算少，可难道那就能成为我要给你写信的理由吗？字典里有多少字，字典难道也会亲自动手给你写信吗？你碰到一个不认识字的，除非你亲自打开字典，仔细去查看，主动去问，字典才会告诉你那是个什么字。你要不主动，别指望字典会告诉你，它永远也不会主动地告诉你，很贱地去跟你说什么。老赵，字典就是这样，不管他是谁，它谁都不尿。

不说字典，就说你，你也谁都不尿吗？

那得看是谁。

是我。我要让你写，我要让你尿我。

老赵啊，老赵同志啊！你说让我写我就写？你说让我尿你，我就尿你？你以为你是谁？你以为我是谁？我知道你属于工人阶级，早些年的时候也曾牛逼烘烘，风光得怕人……可我不是个傻子，有些事情上我的反应可能是迟钝了一点儿，可并不傻，只要给我时间，我还是能够把一件事情，一个问题，从头至尾理清楚，还是能够回味过来的，该明白的也能弄明白，只不过在时间上比一般人慢一点儿，慢几拍罢了。比如现在，我就知道你们这号人大部分都瘪了，瘪得像破了的车胎一样，软得像蔫黄瓜蔫茄子一样，尽管你从来不说，我也知道，也能看出来，其实，别人也都知道，也都能看出来，只是不愿意指明，说出来罢了，这种事情，你们自己不说，谁还能狗拿耗子。有一天晚上，天黑洞洞的，我出去关大门，听见有两个人在树下说话，我听了一会儿，觉得那不像是说话，更像是在黑暗中一问一答地审问。一个人问另一个人说，这会儿你们还牛逼不牛逼了？另一个回答说，不牛逼了，早就不牛逼了，这事谁都清清楚楚，你又不是不知道！明明知道我们已经够倒霉的了，还要拿这样的话来噎我们，这不是成心要我们的好看吗？这时，先前的那个人还是不管不顾地继续追问，倒像是重新抓住了什么线索，掌握了什么证据似的，开始进一步的突审，进一步的刨根问底，黑咕隆咚地问道，说说看，本来牛逼得好好的，为什么忽然一下又不牛逼了？后面的那个人一个劲地叹气，叹了又叹，唉，这事谁能说得清呀！不仅我说不清，就连我们的矿长和书记，他们也说不清啊，别看他们成天开会，念文件，没用，狗屁的用也没有，该说不清的还是说不清。我跟你说，好多的事情，都像一些无头案一样，永远没有答案，永远也没有破解的那一天，你想寻找答案，那实际上就是等于给自己寻烦恼，找麻烦，找不痛快……那天晚上的天按说是够黑的了，可无论多黑，也还是很难把他们的那种无奈的东西给遮住。

说完这些后，我看着老赵。需要说明的是，那两个人中，有一个人的身份和老赵是一样的，也是一名工人，这是我听出来的。

老赵忽然有些不耐烦地对我说，别这么看我，那又不是我。

哎，这个老赵啊，我又没说那就是他。

我还是想和他说说刚才的事。我说，如果哪一天你让我替你去杀一个人，难道我也会乖乖地替你去杀吗？

听见我这样说，老赵看着我，认真地想了一会儿，然后忽然对我说，哎，你提醒了我，还真有这么个事。

听他这么一说，我倒是结结实实地给吓了一跳，一条腿忽然软了一下，另一条腿没有感觉，但好像并不在我的身上。我说，老赵，你不是在开玩笑吧？老赵说，不是。神情十分严肃。看着离我不远的那张有点儿发绿的脸，我在想，哎呀，也不知是谁，活得竟这么危险，竟然让老赵这么一个从来都没有一点儿脾气和火气的老实人惦记着他，谋划着要杀他，而他本人一定至今还不知道，没有任何这方面的感觉，眼也不跳一下，可能还很得意，兴冲冲的，兴致勃勃的，以为整个世界都在朝他微笑。

我问老赵，不知是谁，不知是几个？

老赵说，五个，你能弄得过去么，你能对付得了么？就一个还搁了这么多年一直解决不了呢，还敢有几个！一个，就一个！

又说，是个女的

一个女人？

老赵说，看你吓得这样，一个女人，怕什么？站好，把头抬起来，腰也直起来。

我说，我认得她吗？

老赵看了我一会儿，说，按道理应该认得，应该是认得的，要是不认识，倒真是一件怪事。

老赵这样一说，我真的有点儿害怕了，就因为他说我认识这个人，那么，这个人也就极有可能认识我，这也正是让我感到不踏实的地方。我想着那样的一幅情景，当我举着刀慢慢地一步一步地靠近她的时候，她突然回过头来，看着我，说不定还会问我要干什么，我该怎么回答她呢？……我在想象中听见我手里的刀当的一声掉到了地上，那是把什么样的刀呢？我没有看清楚，我好像从来就没有看清楚过……

我把这样的情形战战兢兢地复述给老赵。老赵对我说，唉，你真是笨得少见，我不明白，你为什么非要慢慢地一步一步地像捉鬼一样地靠近她呢，你就不能突然冲过去，一下把她砍了么？再说，用刀干什么？你既然怕刀，为什么非得用刀？世界上能让人要命的东西多的是，你应该动动脑子。

我对他说，老赵啊，你不回来还好，一回来就给我出了个难题，我真怕你回来。这事真的不那么好办啊！要纯粹是一个完全不认识的人，那也还好，就把她当作西瓜，抡开了随便砍吧！可麻烦就麻烦在我认识她，她也认识我。

老赵说，既然你和一个人认都不认识，那就说明没有任何的关系和恩怨，既然啥也没有，那还杀人家干什么？我们不认识的人多了，难道都一个一个地去杀了？一个人活在世上，还是不认识的人多，认识的，有瓜葛的永远都是少数，只是那么几个，所以……所以，一般杀的都是认识的人，是不是？

我说，这就是说，你要是认识某一个人，说不定什么时候就会被他杀掉，当然，也有可能你把他杀了。

老赵摇着头说，你这个孩子怎么这么说话，不是那个意思，我说的不单单是那个意思。唉，我本来心里就很乱，让你这么一搅和，就更乱了。

我忽然想起一件事，于是，就对老赵说，说说她的名字，我看看是谁，看我到底认得不认得？

老赵说，先别管那么多，先暂时就叫她贱货吧。

贱货？

我想了半天，发现我对老赵所说的这个人没有一点儿印象，完全想不起是谁。

于是，我对老赵说，闹了半天不认识，你说的这个人我不认识。

老赵说，哪个人？

我说，就是你说的这个叫贱货的人，我想了又想，在我认识的当中，没有人叫这个名字。

老赵又在叹气。

我感到很过意不去，看他愁得那样，眉宇像一座山，我对他说，老赵，我是真的不认识这个人。

（妈妈啊）我没有骗他，我真的不认识。你想想，谁会叫这个名字呢？叫狗蛋，叫鸡胗，叫赖货，也不能叫这呀！

老赵说，唉，我没说她就叫贱货，我是说暂时就叫她贱货吧。实际上，她也是有名字的。每个人都有自己的名字，是不是？

是的，每个人都有自己的名字，有的还不止一个呢。史大明的表妹，一开始的时候叫毛毛，后来叫画梅，后来又叫欧米，再后来，开始发表散文了，叫樱花信子。我一遍一遍地问老赵，为什么要叫贱货，这难道是一个人的小名吗？老赵又叹了一口气，说，唉，我本来也不想这么叫，可是你不知道，没办法，先就这么顶一下吧

往坡上走的时候，老赵对我说，有一天，他下井回来，在宿舍里做了一个梦，梦见一群斗志昂扬、意气风发的女人在开会，开着开着，会就散了。然后，看见她们都举着拳

头，衣领雪白，异口同声地说，我们都有一个共同的名字，我们都叫贱货。

以后，又听见有人尖声在说，形势于我们十分有利，此时不贱，更待何时？

（妈妈啊）老赵的这个既黑乎乎又白亮亮的梦，我看很有些可疑，很值得怀疑和深思。一个人怎么能做那样的梦呢？一个人怎么能梦见那样的事情呢？

还没有走近，就看见纸坊营那一带的许多山墙都裂开了口子，有的像大张着的嘴一样。我们走过去的时候，看见有鸟在那些黑洞洞的嘴里飞进飞出，还有长长的草从里面长了出来。周围的每一棵大树上都有喜鹊住着，一窝一窝地住在那些漆黑一团的巢里，等里面的小的长大了，就都领出来了，最初的几天，先在树枝和树枝之间练习飞。

老赵说，哎，这地方。

又朝村里张望了一会儿，说，纸坊营村的党支部书记，名字就叫张大嘴，那家伙，不光嘴大，一切都大。他的所有的东西，都比一般人，比正常的人要大一号。就说他的那颗头吧，少说也有四五十斤的头。

一个老人手搭凉棚，在朝我们这边看。

我对老赵说，我们还是先抓紧时间逮耗子吧，要不然，再迟一会儿，耗子听见我们在它们的住处外面说话，就都跑了。

那就逮吧。老赵说。

这以后，我们就开始逮耗子。

一些圆圆的小洞十分明显地显露在坡上，看上去像是土的眼睛，据有经验的人说，耗子们就住在这里，经常出来活动，锻炼，买东西。看着那些敞着的门又连院墙也没有的住处，我在想，都说耗子狡猾，像狐狸一样狡猾，可是，连自己一家老小的住处也不会伪装，让人一找就找到了，又狡猾在哪里呢？还是人厉害啊。

老赵对我说，你的手小，你先把你的手伸进那个洞里去掏一掏，看看有什么东西没有。

我趴在地上，没有闻到耗子们的味道和家族的气息，首先闻到了泥土和青草的气息，还有野花的香气。有麦芒一样的草钻进了我的耳朵里，我好像听见供销社那边的锣鼓乱七八糟地敲了起来，一些鸟在空中颤动，像螺旋一样，抖得厉害，不用问，那一定是被供销社那边的锣鼓声吓的，以为发生了什么事。它们在飞的时候，在哆嗦的时候，没有颜色，也看不见痕迹，要是既有颜色又有痕迹，那一定会在天空里留下无数省略号一样的黑豆或者一些不断地凸起来又凹下去的墙垣。

我又听见老赵在说，我这手太大，看样子根本进不去。

太阳越升越高，离我们越来越远，从上面射下无数根亮闪闪的金针，但针的另一端始终还一直掌握在太阳本人的手里，一直都不撒手，只把明亮的针尖朝着我们。地上是黄的，看上去暖烘烘的，但那种满眼黄暖的东西又无论如何都是捉不住的，比耗子难捉多了，明明就在你的眼前，甚至就在你的身边，可你就是永远都别想捉住它，不是没试过，试也没有用，试多少遍也没有用。老赵在我的后面说，我这手够大的吧？

说实话，我不认为他的手很大。能有多大？相反，我倒是觉得他一点儿也不大，无非也就是一双正常的手吧。拿着这么一双一点儿也不大的手不停地说来说去，我真不知道他是怎么想的，他难道没有见过马文武的爹马左的手吗？要我说，那才叫大呢，真大！一个人怎么能长那么大的一双手呢？马文武的爹马左的那双手，一伸开，就像端出两个簸粮食的小簸箕一样，一抬起来的时候，你就能听见有风在呼呼地响，有时简直就是在呼啸，北风呼啸，呼啸山庄。那么样的一双让人无论什么时候见了都要大吃一惊的巨手，那要是使劲地抡圆了，狠狠地打谁一巴掌，我敢说，准能把那个人呼地一下扇到几里远以外的地方去，还会让他好半天没有反应，深度昏迷，人事不省。不过，在我的记忆里，马文武的爹马左好像从来没有用他的那双手打过任何人，我想，他可能主要是考虑到自己的武器太厉害，太具有杀伤力，太让人难以承受，担心出事，担心一不小心弄出人命来，所以才一般不轻易出手，而总是把两只手深藏在两个袖筒里，除了干活儿的时候，一般不轻易拿出来，平时谁要想看一下，也不是一件容易的事。拿出来干什么？只会招来人，只会招来事。

我们连续掏了九个洞，连耗子的影子也没有看见。当然，主要是我在掏，老赵在旁边站着，或者走来走去，用他的话说就是我出力，他出脑子——不是要流出他的脑浆，而是要说出他脑子里的主意和办法。为什么要让老赵出脑子呢？主要是他觉得他比我有脑子，比我有办法，主意多，能够对付得了那些狡猾的耗子们。为什么要让我出力气呢？主要是因为他觉得我的手比他的小，往土洞里伸的时候更容易一些。另外，我也比他年轻，说趴下马上就能趴下，说站起来马上就站起来。

在掏第七个小洞的时候，我的手刚一伸进去，就摸到了一些毛茸茸的东西，我听到里面传来吱的一声，很尖，很细。很快，我又听见我的脸上响起一连串的刷刷的声音，像是有什么东西正在从我的脸上经过，正在把我的脸一层一层地削薄，让脸上变得又冷又硬。那种声音，像米在流动，暗暗地流着，只有我一个人能够听见，我相信老赵也一定没有听见。

我回头看着老赵，我的样子像是要被强行带走。

逮住了吧？老赵说，一看你的表情就知道逮住了。

我的手还没有抽出来。这时，我看见老赵的两只眼睛嘭的一下全亮了，如同黑暗中突然来了电一样。那两个贼亮的眼睛啊，好像已经看到土里面去了，而且还在继续土拨鼠一样往深处拱。他有些急切地对我说，要是逮住了就不管三七二十一地掏出来，不要犹豫，免得夜长梦多。不是说一个人不应该深思熟虑，有些事情，想得多了反而更加不好，深思不如不深思，熟虑不如不熟虑。老赵是这样说的，也是这样做的，他在我的后面用他的热烘烘的目光和躁动的心情烘烤着我。我把手从里面拿出来，跟出几根鸡毛，白的。看见掏出来的并不是我们所期待的东西，我和老赵竟然都不约而同地松了一口气。

我在想，我们这是干什么来了？

我们看着那几根鸡毛，有一根长的，让我想起了很多年前俄国人手中的笔。弗拉基米尔·伊里奇·列宁同志就用那种笔刷刷地写字，有时候在桌子上写，有时候就在自己的腿上写，在芦苇荡里吱吱吱地写出了《国家与革命》。

又过了一会儿，老赵才开始对我说话，他的样子让我想起了有关还魂的说法，本来我是不信的，就是在这时候也还是不相信会有那种事，但老赵的样子太像了，他对我说，这个洞有些特别，一看就和别的那些洞不一样，你再好好掏掏吧，肯定有东西。他坚持认为这个洞有问题。他说，鸡毛的出现在很大程度上证明有鸡，有一只或几只鸡曾经在这里出过事，也真的出了事，有它们的毛可以为证，那几根毛，就是被丢弃在现场的受害人的衣服或物证。我看他的意思是说有鸡在这里被耗子吃了，可我不这么认为，我不相信那么几个小东西能把鸡吃了，鸡多大，耗子又有多大？更何况，小土洞的口只有手臂那么粗，一只鸡怎么会进到里面去呢？而且，从那几根鸡毛来看，那显然应该是一只已经成年了的大鸡，不会是一只刚会走的小鸡，那么大的一只鸡，就算没有十来斤，少说也有五六斤，三四斤，你就是使劲往里塞也别想把它塞进去，更别提它自己能走进去了。所以，根据以上种种情况，我认为这里并没有发生过像老赵所说的那种事情。老赵还推测说，事情可能发生在二月份，二月初，应该是又一次二七惨案。这个老赵啊，真他妈的！我想，几根鸡毛能说明什么，就不会是耗子们从别处捡回来当扇子玩的么？

我的怀疑有些激怒了老赵，他像一个泼妇一样地说，我说过鸡是自己走进去的吗？啊？我说过鸡是自己大摇大摆地走进去的吗？是自己上动送上门去的吗？我说过这种话吗？

（妈妈啊）你看老赵这个人，受革命教育多年，竟是这么的不讲理，说着说着，连大摇大摆也出来了，连主动送上门也出来了。我说过大摇大摆，主动送上门这种话吗？我没有说过，想也没有想起来，是他自己突然加上去的。

可是，你说耗子吃了鸡。

怎么，你认为吃不了？

那咋能吃得了？

对，一个耗子是吃不了一只鸡，两个耗子三个耗子也不行，可要是一百个耗子，一千个耗子，一万个耗子呢，还吃不了吗？

我看看周围，又看看那个手臂粗细的小土洞，我不相信这儿会有那么多的耗子。一万个？一万个耗子聚集到这里干什么？是在开群众大会吗？是在过节吗？是在五一假期里出来旅游的吗？（妈妈啊）你看老赵是不是有点儿强词夺理？我觉得有点儿。动不动就是一万个耗子，一开口就是一万个耗子，谁见过那么多耗子？我敢说，任何人一次也没有见过那么多耗子，把从小到大听说过的，把想象中的耗子一个一个地加起来，也没有那么多。

基于目前的情况，有些事情我觉得我和老赵之间已经无论如何都说不清楚了。我坐在一片蒲公英的旁边，看蚂蚁们搬家，娶亲，搞运输，看蜜蜂和蝴蝶在飞，也不明白它们那种嗡嗡的声音是在唱歌还是在叫唤，是高兴的还是难过的。蜜蜂们好像在说，没有人给我们唱歌，我们自己唱。蝴蝶们好像在说没有人给我们跳舞，我们自己跳。事实证明，我们自己唱得也不赖，跳得也很好。天上的云彩也好像正在回家的路上，有的扶老携幼，一群一群的，有的一队一队的，有的独自一人，都朝着一个方向在走。天蓝得让人觉得亲切，又有一种淡淡的忧伤。我记得姐姐曾经有过一件衣裳，颜色就是天的颜色，那时候，她走在路上，我觉得就像是天上掉下来的一块。不过，现在要是问她，她也不一定记得了。肯定不记得了。

老赵走过来，坐在我的身边，我明显地感到他软了，不泼妇了，不蛮不讲理了，不再像刚才那么硬邦邦的了。他对我说，哎，就算你说得对，就算我不对，就算耗子们真的没有吃鸡，可是有一点儿我就是不明白，你给我说说，那几根鸡毛是从哪里来的？

说说看，那是从哪儿来的？

老赵啊！两个眼睛早已不再贼亮的老赵，他的这个问题算是把给我问住了，让我变得哑口无言，这也正是我很长时间以来一直在想却又一直想不明白的一个问题。要是从来就没有鸡，又哪来的那些鸡毛呢？耗子们肯定不会大老远从别的地方扛几根鸡毛回来，鸡毛又不能吃，也没有储备的价值，它们又不是不懂事。我刚才说它们把鸡毛捡回来玩，其实也有不讲理的意思在里面。现在，我和老赵都有点儿糊涂了，疑问像树荫一样，变得越来越浓。

我们看着远处的那些人家，一片一片的房顶，一棵一棵的树，一堵一堵的墙，烟和云彩在天上慢跑，报丧的人戴着白帽子，一声不吭地在长满野花的路上狂奔。

其实，我也并不擅长捉耗子，不大会捉。老赵对我说。

我想，除了猫，其实谁也不擅长做这事。有的人够厉害的吧，也许能捉住一只老虎，可是在耗子的面前就不一定有办法，只能看着它们吱溜吱溜地到处跑，有劲也使不上。最关键的我觉得还是因为它是活的，会跑，会躲，还有一肚子坏水和馊主意，脑袋尽管不大，但很有脑子，还有相当的悟性和灵气，也警觉得要命，它要是认真藏起来，你确实也不大容易能找到它。捉耗子这种事情，和上山砍柴，到地里割草，完全不是一回事。柴火和草长在山上，长在地里，只要你去砍，去割，它就会在那里等着你，老老实实地恭候着你，好像生来就是为了等着让你砍让你割的。让你去割一捆草，一般是能割一捆回来的，可是，要是规定让你捉五只耗子回来，你未必能如数捉来，十有八九是要落空的。因为，没有哪只耗子会乖乖地坐在那里，一动不动，等你去捉它，除非是一只脑子有问题的傻耗子。人里面有不少傻人，但耗子里面好像没有那种耗子。

比较起来，我还是更善于掘进。老赵说。

我后来才知道，所谓的掘进其实就是打洞。听我这样说，老赵马上纠正说，那可不是一般的打洞，小打小闹，挖个孔，掏个窟窿什么的，那是在矿井的深处开掘，越打越深，越打越远。从这个意义上来说，我觉得掘进，和耗子，和所有生活在地底下的东西们差不多。我知道老赵多年来一直在矿上工作，但不知道他原来是干这个的。他这次回来，是替家里的人捉耗子，完成任务。可惜比的是捉耗子，而不是打洞，要是比打洞，我敢说老赵一定会打在所有人的前面，越钻越深，也用不着像现在这么愁眉苦脸的，打到最后，一定会神出鬼没，会让所有的人都找不见他。

有人背着一只口袋，正在吃力地往坡上走。

我的耳边响着过去的热风的声音，烘烘的，和火焰是一个声音，气味和烧石灰的气味一样。

在那热火朝天的风里，我使劲地揉着鼻子，我听见老赵对我说，哎呀，你把血揉出来了。我问老赵，都说龙生龙，凤生凤，老鼠的儿子会打洞，我怎么从来也没有看见过它们打洞？老赵说，那是什么样的事情，哪能让你说见就见着？让你见着了，它们还怎么打？打是肯定得打，因为不打不行，不打，它们一群一群的一家子一家子的往哪里住？日子过得好赖先不说，先总得有个住处吧。它们打洞，造屋，谁也不能让看见，要是谁都能看见，一目了然。那还能叫洞吗？那辛辛苦苦地打了个啥，还不如不打呢。洞，主要就是为了隐蔽，为了秘密，不能让任何人看见，也不能让任何一只猫狗一类的东西瞅到。一旦要是暴露了，那就完了。又说，现在改了，已经不说龙生龙凤生凤，老鼠的儿子会打洞了，现在都说龙生龙，凤生凤，矿工的儿子会打洞。我说，老赵，你的孩子们，他们会打洞吗？老赵说，什么会不会，一切都得听命的，命里该你打，你就得打，不会打也得打，由不得你。一个人，你会做什么，不会做什么，那实在是不重要，一点儿也不重要，只要命里让你做的，不会的也能让你会了。

我对老赵说，我听说过一件事，说的是两只小猫，无意中发现了一窝耗子，高兴坏了，又蹦又叫，可是耗子们都在洞里不出来，两个小猫想吃也吃不上，于是就只好坐在洞口等着。等了好长时间，也还等不出来。两只小猫商量了一下，于是就去河边抬水，抬来一桶，灌到洞里去，然后又去抬。就那样一趟一趟地跑，一趟一趟地抬，到最后，洞里的水都满了，溢出来了，再也灌不进去了，可是始终还是没见有耗子出来。两个小猫互相看看，奇怪地说，咦，这是怎么回事呢？

老赵你说说，这是怎么回事呢？

都淹死了，是吧？老赵说。

不对，你说的和那两只小猫想的一样，你们都认为淹死了，实际上没有，实际上一个也没有淹死。

水都溢出来了，还淹不死？老赵说。

我说，请安静，请坐好，听我给你说。早在小猫们把第一桶水灌进去以后，老耗子就发现了，情况十分危急，环境十分险恶。于是，老耗子对小耗子们说，大难临头，跑吧。看样子，那两个小王八蛋不把我们灌死，誓不罢休。赶快往外冲，这时候要走还来得及。于是，趁两个小猫又去河边打水的时候，全体的耗子们就吱溜吱溜地从里面跑了出来。

应该一个去打水，留一个在洞口守着。老赵神色严峻地说道。

我说，必须两个人一起去，否则他们抬不回水来。

老赵有些吃惊地看着我，说，有这样的事？

夜里，我梦见我在家门前坐着，在看柳树。后来，就看见老赵在不远处很吃惊地看着我。

那时候，天还没有亮，我听见路上有车在走

我听见路上的沙子被碾得像米一样。

一年前的这个时候，我一个人坐在家门前看星星。

爷爷从那边过来的时候，几乎没有什么动静。一开始的时候，没以为是爷爷，也没看出是别的什么老人。忽然看见黑暗中有白东西一闪一闪地正往家门口这边来，越来越近，像一缕麻，又像是一束湿润的玉米缨子，软乎乎的，见风就能飘起来，要是猛然扬到脸前，准能像马尾巴一样把你的眼睛打酸，准能！瞎倒是瞎不了，但肯定是酸了。这么想着，我下意识地闭上了眼睛，怕那东西突然扬起来，甩过来，抽过来，但耳边似乎听到那东西正在日日地响，又像喘气，又像叫唤……我在想，很多年前的那种镖，被主人甩出去的时候，发出的就是这样的一种声音吧。

后来，猛然听见爷爷问我吃饭了没有，把我吓了一跳。

我说没有。

又问我，这么晚了，一个人坐在这里干什么？

我说在看星星。

爷爷呼噜呼噜地笑了一阵。

一颗流星嗖地一下从天上滑下来，像抹了油一样，一声不吭地一头栽进了西面的山里。

我们这里的人从来都把流星叫作贼星，只有书上才把贼星叫作流星。

我问爷爷，因为什么要把流星叫作贼星？

爷爷说，大概是因为从天上下来的时候跑得太快了，看上去比贼跑得还要快。通常情况下，贼就比我们一般正常的人跑得要快，虽说他也是人，但比我们快得多。道理很简单，因为害怕被逮住。你想么，一个做贼的人要是不慌不忙，不紧不慢地在跑，肯定会被捉住，至少打个半死，或者法办，所以不能不快，也没办法不快。反过来说，我们一般正常的人要是也都有贼那样的心情，相信也一样能跑得很快，不敢说像天上的贼星那么快吧，至少也和地上的贼差不多。

又说，那个时候，不是你跑得快跑不快的问题，而是你必须得跑，还得跑得飞快。形势逼人啊！贼他所以能跑得那么快，那完全也是被逼出来的，慢慢地锻炼出来的。人实际上就是一块面，把你放进一个方模子里。你出来就是方的，把你摊平了，你就是扁的，使劲地擀你几下，你就成了面条，要是不擀你，只捏你，你就变成了馒头，包子——

你看看，都是同一个东西，就那么一块面，用的办法不一样，最后的结果也就完全不一样。另外，你要是使劲地揉它，把它揉得死去活来，它就会像女人一样像杀猪一样叫唤。

为什么要叫唤？面也会叫唤？

因为想叫，不叫就过不去那个坎儿，所以就叫了。

我对爷爷说，刚才你从那边过来的时候，就像天上落下来的一颗贼星，又轻又快，还没有声音。

爷爷说，噢？我也有那么亮吗？那么晃眼吗？……不过，要有礼貌，要有孝心，不能把爷爷比作贼星，咋的也还是你的爷爷么。

我说，我取的是贼星好的那一面，是人身上正好缺少的那些东西，都是些求之不得的好东西。

听见我这样说，爷爷像个孩子一样高兴得笑了起来。他说，那就这样吧，我愿意是一颗贼星。

我说，爷爷是贼星，我就是贼星的孙子。

爷爷问我，天都这么黑了，怎么还没有吃饭？是家里没有粮食了，还是火不行，还是有人偷懒？

我告诉他说都不是。黑夜让包括我和爷爷在内的以及附近的所有的东西都变得神秘莫测，虚实不定。

在爷爷的注视下，在那种麻纱或玉米缨子一样的东西的拂动下，我渐渐地开始回忆起一些人的去向，尽管我还不太清楚他们的确切行踪，甚至不知道他们一个一个都去了哪里，但我还是决定要跟眼前这位贼星一样的老人说一说他们。是的，什么也不为，就因为他是我的爷爷。有一年，是一个夏天的早晨，爷爷要带我去公社卫生院打针，那个早晨，金黄的上面沾着露水的向日葵叶子到处出现，一抬头就能看见一片，一转脸又是一片。刚出了门，我的腿疼得厉害，一想起还有七八里路要走，疼得就更厉害了。于是，我对爷爷说，咱们坐个车吧，要是没有顺路的拖拉机，坐个马车也行，小毛驴拉的小平车也行。但爷爷说，不坐，不坐车！多好的天气啊，还是凉凉快快地走吧……我现在已经想不起是怎样打的针，但肯定是走着去了的。那时候的天气倒是真的凉快，就像爷爷对我所说的那样，凉爽洁净的风吹在脸上，就像一张一张的白纸一样，发出哗哗的声音。一路上，高粱挺着血红的头，谷子笑弯了腰。这样的一些话是我们从书上和课本上看来的，但我从来也没见谷子们笑过，那么一个硬邦邦的头，怎么笑呢？嘴在哪里？你让它怎么笑呢？据我们看，根据我们细心地观察和研究，那实在是打死它也笑不出来，那实在是胡说八道。可是，有人这样写，说谷子笑弯了腰，有人这样唱，也说谷子笑弯了腰，于是，我们也都经常跟着一起笑弯了腰。老师看过后，也说写得好，还啧啧有声地赞不绝口。我们在想，那些人可能从来没见过谷子，或者仅有一面之交，所以免不了要胡说，可是，老师本人他难道也从来没有见过谷子吗？姓蒲的老师，蒲雨顺老师，他藏在一个偏僻山坳里的那二分自留地上种的可全是谷子啊！为什么不在那二分薄地上种菜？他认为菜蔬一类有水分的东西不顶事。把里面的水一拧了，什么都没了，人吃了不起任何作用，当然主要还是抵挡不住从四面八方袭来的饥饿，而只有粮食，只有一粒一粒的粮食，才是货真价实的真家伙，才是结结实实的硬家伙，才能最终解决人的最根本的问题和需要。他每天早晚都去那个山坳里，去看望他的谷子，上心得很，他常说他的那块地是夹在ＸＸ里的一块地。蒲雨顺老师，恨不得让自己改名换姓，叫风调雨顺。他的二儿子，我们都忘了他的名字，都叫他自留地。自留地念书不行，跟他爹去那个偏僻的山坳里干活儿也不行，成天挂着两股巨龙一样的鼻涕东张西望，一看见人，就赶紧哧溜一声把两股巨龙吸回去，像是生怕被人抢走。等没人的时候，就又出来了。至于那里的谷子长得好坏，完全与他无关。蒲雨顺老师忧心忡忡又恨铁不成钢地对自留地说，将来我死了，你怎么办呢？自留地不说话，也许是觉得这个问题与他无关，只让两根巨龙出来进去，探头探脑。蒲雨顺老师扔下自留地，又去那个夹缝里看谷子。谷子究竟会不会笑，他难道不知道吗，他难道真的以为它们能笑弯了腰？我们也到了谷地里，一站就是半天，又看又瞧，麻雀们也跟着来了，轰的一声飞起来，不久又嗖嗖地落下去，像雨点落到了地里。我们都看见了，也又一次证实了谷子的头是朝下弯着的，但弯的不是腰，和腰一点关系也没有。我们还看到，腰要是真的弯了，那谷子就黄了，就黑了，就死了，必枯无疑，必死无疑。这一点上、谷子和人不一样，人的腰要是弯了，还可以继续活着，还能活，那么多弯腰驼背的人，尽管走起来的时候看上去显得比较困难，显得不那么理直气壮，不那么堂堂正正，可是不也照样活得好好的么，也没见他们有多蔫，有多么枯黄。我们看着明知故犯地说瞎话的老师，看着人云亦云的蒲雨顺老师，从心里感到有些凉。哎，这个人，这个头上沾着草，嘴上起着泡，胳膊上蜕着皮，裤腰上打着结，脚底下冒着风的人，这个一说话就浑身上下咝咝地冒凉气冒穷气冒酸气的人，这个唯粮食是图的人，我们真是越看他越觉得包括我们自己也没出息没希望没前途没意思。终于有一次，他坐在学校的门槛上，一边用土办法焊一只破烂不堪的严重走形的铝饭盒，一边诚心诚意地对我们说，其实，我也不愿意这样，我也知道你们通通都瞧不起我，鄙视我，只是没有明说出来罢了。我也知道我这种样子很让人讨厌，我自己也不喜欢我这种样子，可是孩子们，我没办法，真的没办法啊！我实在是饿怕了，无论任何时候，只要一想起那种骇人的事情，就会变得心慌气短，整个人有出气没有进气，像是马上就要活不成了，马上就要完蛋了。人，凡是个人，谁愿意自己总像一堆狗屎一样被人看不起，可有时候就是没办法，就是改变不了那狗屎般的命运，因为那根本由不得你，他倒是想被人瞧得起，想被人尊重，像花和花姑娘一样让人喜欢，像高山一样让人敬仰，像领袖一样让人爱戴，像盐一样让人一天也离不了，甚至像砂糖，酱油，棉花，缝纫机，猪肉以及猪下水，自行车，毛毯，切菜刀和粮票一样炙手可热，让人排成长队，耐心地等候。可是，那可能吗？要我说，永远都不可能，一辈子也别想。我妈就对我说过，孩子，看来你是没有希望了，希望是没有了，它不说一声就跑了，离我们越来越远，我们都没有希望。我对她说，先不要灰心，希望不能说完全没有，一点点也没有，我总觉得，多少还是应该有一点儿的，只是目前来说太过于渺茫，我们一时看不见罢了。不过，对于我们来说，首先应该振作起来，鼓足干劲，热情似火，还是应该先抓紧时间和一切机会，把我们的肚子填饱，最大限度地塞满——谁让我们有这样一个永远都填不满的无底洞呢，要是没有它，那就省事多了，一切也就好办了。我的想法是，只要肚子填饱了，别的也就都好办了，难道不是这样吗？饭得一口一口地吃，事情得一件一件去做，家有千般事，先从紧处来，先从那些刻不容缓火烧眉毛的事情上来。至于希望，不怕她跑了，也不怕她跑得有多远，多么没有影儿。我的看法是，只要我们还活着，还存在，只要活一天，就不怕找不到她，就不怕她不回来，哪怕像王老虎抢亲一样，从别人那里抢，从别人手里夺，也要把她弄回来，让她最终属于我们。我总觉得，她迟早会回心转意的，迟早会浪子回头金不换的。你们信吗？不管你们信不信，也不管别人信不信，我信，我首先第一个信，不信还活着干什么？死球了算了。这也就是说，不管她跑出去有多远，多么离谱，多么杳无音讯，多么海枯石烂，她迟早还是会回来的，总觉得还有一根绳子还一直握在我们的手里，拴在我们的某一根手指上，总觉得还应该凭我们多年的努力和不懈的奋斗能把她——狗日的希望拽回来。只要她像早晨初升的太阳一样刚一露头，刚一出现，甚至像蚊子或跳蚤一样不引人注意地哼哼几声，蹦跶几下，我们就马上，立即，毫不手软地，果断地，迅雷不及掩耳地，不留情面地，六亲不认地，毅然决然地，两手都要硬地，不管三七二十一地，死乞白赖地，奉若神明地，不再心猿意马地，左顾右盼地，而是求贤若渴地，他乡遇故知地，久旱逢甘霖地，饥不择食地，猛虎下山地，饿虎扑食地，得陇望蜀地，不计前嫌地，虚怀若谷地，满不在乎地，大无畏地，勇敢地，恶狠狠地，气咻咻地，狼一样地，兵一样地，从正面扑上前去，从四周包抄合围过去，铁壁合围，十面埋伏，明修栈道、暗度陈仓，美人计，离间计，苦肉计，连环计，以一当十，一箭双雕，三打祝家庄，三姑六婆，紧紧地死死地滴水不漏地天衣无缝地走投无路地叫天天不应叫地地不灵地，把她抓住，擒住，摁住，按住，压住，揪住，扭住，咬住，抠住，拧住，拴住，铐住，薅住，弄住……看她还往哪里跑！很久以前，前些时候，不辞而别，一去不复返，走了也就走了，这回好不容易回来，就别想再走了。我们是这样想的，这样说的，也一定会这样做的。

……

可我们到头来还是有些不明白，一个人把自己弄成这副样子，难道就可以抵挡饥饿和别的那些麻烦事吗？

我让爷爷随便找个地方坐下，爷爷不坐，仿佛没有听见我的话，后来我想，老年人，不坐就不坐吧，万一坐下去再起不来怎么办？那不是活活地害了他老人家吗？再说，他看上去似乎不像别的那些老年人那样沉重，迟缓，老牛破车，倒是很奇怪地显得有些轻飘飘的，也不怎么觉得他劳累，辛苦，更像是轻轻松松地逍遥了一辈子，能够忽隐忽现，随时都可以随心所欲地飘走，丝毫不受身体的拖累和一大把年纪的限制。我记得他老人家以前不是这样的，至少不像现在这样显得身轻如燕。七八十岁的老人，倒有点儿像马戏团里的孩子，一会儿贴在马肚子下面，一会儿又出现在高高的旗杆上或者尖尖的木棍子上。那时候，经常听见他咳嗽，自言自语，眼睛也非常的不好，看见一个人，会以为是一座山。有一次，有一个人背朝我们坐着，他指着那个人的头，对我们说，扶我到那上面坐一会儿，看看下面的景色。

告诉爷爷，他们都到哪里去了？

爷爷向我询问家里人的去向。爷爷啊！他即使不问，过一会儿我也会说的，我要把某些人的行踪和去向尽可能翔实地告诉他，好让他能够明白。为了不至于说得很混乱，让爷爷越听越糊涂，越听越不知去向，不知道他们到底都去了哪里，我决定一个人一个人地说，处理完这一个，再解决那一个。爷爷对他们这些人都是很熟悉的，相比较而言，我对他们的熟悉程度倒不如爷爷。

天是黑的，站在我面前的爷爷是白的。

我先从他的儿子说起。我说，去年有一段时间，他忽然突发奇想，让我改变称谓，叫他爸爸。我叫了，但他又觉得很不习惯，十分的不习惯，觉得那不是在叫他，而是在叫别人。后来说这不好，听上去不太好，还是改回来吧，还是像原来一样继续叫爹吧，不要这样叫了。于是，就又改回来了，还是叫爹，还是像原来那样。

爷爷说，他这是在折腾什么呢？

我说，这事其实还有一个原因，那就是，只有我一个人叫他爸爸，别的人，其他的人，人家都不。这样一来，这就马上有问题像关节炎一样凸现出来了。再说，我的叫声也是那样的与周围的世界格格不入，他本人听着也别扭。

爹就爹吧。爹这个称呼难道不好吗？我看挺好。爷爷说。

我说，当然行，所以后来就又改回来了。

我告诉爷爷说，你的儿子，今天一整天都没回来，从一早上起来，我就没有看见过他，一直到现在。也许，昨天一天就都不在。爷爷听完我的话以后，笑了起来，笑声惊动了隔壁院子里的一只狗，十分响亮地叫了起来。我看爷爷像是在考虑问题，又像是在努力地回忆，打捞记忆里的什么东西。

天黑黑的，站在我面前的老人是白的。他的那种白，像面粉，又有点儿像羽毛。

后来，我听见爷爷又笑了。

爷爷笑着说，你说你爹他一整天都没回来？

我说是的，一直没回来。

爷爷又笑着说，这狗日的，按说他的年纪也不小了，老也老了，他能到哪里去呢？

看见我愣着，又对我说，别着急，等爷爷要是看见他，爷爷给你打他个狗日的，真不像话。

我对爷爷说，那倒用不着，也不用打他。八十岁的爹打六十岁的儿子，他会没脸见人的。

爷爷说，既然你这样说，那就算了，我先不打他。不过，该是他的账，一定要给他记上，一笔一笔地记清楚，等将来再说。等将来爷爷有工夫了，再和他理论，再和他狗日的算总账，收拾他，新账老账一起算。

我说，你先不要收拾他。

爷爷啊，真是通情达理的人，又爽快得要命。他说，好，那就先不收拾他，让他再蹦一蹦。不过，你要告诉他，让他明白，别看现在蹦得欢，就怕秋后拉清单。

我问爷爷，那句话是什么意思？

爷爷说，没什么，一句几十年前的老话。

爷爷这样一说，我想起来了，这句话我是知道的，很小的时候就知道，记得有一年，我曾经对住在榆树巷里的拴子说过这句话，还说拴子是秋后的蚂蚱，蹦跶不了几天了，拴子他爹当时就啪地给了我一个大耳光，那时候我也小，一下就把我扇到了他家大门外面的土台子上。从那以后，我就把那句话忘了。

这些事情，他们都不知道。

老大两口子去了一个叫印发的地方，有人在路上碰见了他们。这件事我原以为爷爷知道，但没想到爷爷竟然不知道。爷爷这个老汉，有时候我觉得他很精明，似乎什么都知道，谁也骗不了他，而有时候又像是中了风一样，什么都不知道，云云雾雾的，比如在老大两口子去印发这件事情上，他竟然不知道。不过，我也是听别人说的，也并没有亲眼看见。老二迎接剧团去了，听说剧团要来。这件事爷爷依然不明白，十分困惑地看着我，不知道是怎么回事，这件事我也不明白，也不知道是怎么回事，老二和剧团有什么关系呢？我和爷爷互相看了一阵，还是没有想清楚，反倒有雾一样的东西渐渐地从四周漫卷过来，浓稠的地方还在一点一点地往上翻卷。我看见眼前越来越模糊，越来越白，好像有米汤变成雾气，一股一股地从天上流了下来。

我说，爷爷啊……

爷爷说，我在哩。

我本想说，有人好像把米汤洒了，流在了我们的身上，可说出来的却是姐姐。我说，姐姐还在，哪里也没去，只是她在她自己的家里。

爷爷用手抹了一下他的脸。

爷爷放下胳膊的时候，我听到有水在响，哗的一声水退走了，哗的一声又来了。

爷爷看上去湿漉漉的，又好像猛然间一下瘦了好多。我在想，爷爷都湿成那样了，不用说，我肯定也好不到哪里去。黑夜有时候完全变成一面黑亮黑亮的镜子，会让一些神情专注的人越看越深，越看越远，远到有人大声叫你，你也根本听不见。

我说，奶奶是不是也出去了？

爷爷说，奶奶是你的亲奶奶，她不会不管你的。

又说，放心吧，她走不远，顶多到前院里的树下坐一会儿，和那几个老女人一起，摸一摸纸牌，说几句没有意义的寡逼话。

我抬起头看了一下天上，我想起了刮风的时候，想起了月亮很白的一些晚上，想起村主任曾经说过的一句话……有一天晚上，在孙文胜家里，我也在那里，等着拿条子。村主任坐在孙文胜家里的一把椅子上，脸上红红的，呼呼地冒着热气，呆呆地透过窗户朝天上看了一阵后，忽然突如其来地对身边的人们说——

月亮像半个白屁股。

我把这事告诉了爷爷。

爷爷呸了一下，说，真是个下流的东西，狗改不了吃屎，从小就不是个正经东西，不是个好东西。没想到这么多年过去了，他当了干部，还是那么不长进，还是那么不要脸，本来好好的东西，也能让他给说得乱七八糟了。就说月亮，屁股，本来都没有问题，都是清白的，好的，可一从他的嘴里出来，就都不对了，马上就都有问题了，起码不像原来那么干净了。

我说，那天，因为一件事情，周主任啪的一下把眼镜摔了。周主任骂他说，这鸟人！我见的人多了，还从来没见过这种鸟人！怎么能让这种鸟人当了干部？

你妈呢，她应该在吧？

爷爷啊，我已经有好几年没见过她了。

爷爷吃惊地看着我说，好几年没见了？不能吧？不可能！没有那么长，也不应该有那么长。要有，顶多也就是最近一两年内的事。你一定是记错了，

要是没有好几年，那至少也有一年多了。

孩子，到底发生了什么事？

第二天，太阳还没有正式升起来的时候，我听说老贺来了，后来，又看见姐姐也来了。姐姐其实早就来了，那时候，我还没有醒来。她是一个人来的，没有带她的孩子。

老贺站在窗户外面，神色凝重地望着我。

（妈妈啊）姐姐的那个孩子已经会跑了，我记得前些天的时候，我见他的时候，他还不会走呢，只会坐着，坐在那里，手里拿着一块面，使劲地往自己的前额上贴，由于不得法，怎么也贴不上去，嘴里呜里哇啦地像日本人一样不知在说什么，大概是说，这是怎么回事，怎么贴不上去呢？后来，我在旁边看了一会儿，我就对他说，你不行，还是我来给你贴吧。于是，我就啪的一下把那块面粘到了他的那个小脑袋上。那块凉

凉的面让他高兴得格格地笑了起来。他看着我笑，眼睛笑得细细的。我想，这小家伙，他一定是觉得我这个人很好，很有趣。

后来，我又给他的奶瓶子里灌上水，让他喝，没想到他喝得满身都是，像是刚从水里捞出来的一个孩子。

姐姐正在咚咚咚地擀面，长长的头发跑到她的脸前，遮住了她的眼睛和脸。

姐姐说，还是舅舅呢，这哪像个舅舅干的事。

我不知道姐姐为什么非要生一个男孩子，为什么不生一个女孩儿呢？我问姐姐，姐姐说，女孩儿有什么用呢？你姐夫他们一家人还就指望他能够为他们传宗接代，像传递火炬一样一代一代地传下去呢。

我说，传下去又有什么意思呢？

姐姐分开脸前的头发，看了我一下，很快，那些头发又把她的眼睛和脸都给重新遮住了。

你怎么一点儿事也不懂呢。姐姐对我说。她的声音里有一种幽凉寂静的气息。

姐姐对老贺说，看上去好像没事。

（妈妈啊）我闻到老贺的那把山羊胡子上有一种气息，就是雨天里羊的那种气息，羊从外面回来后的那种气息。你把羊往圈里赶，让它们回去睡觉，它们有的不回去，就在你的身边来回转，这时候，那种气息就笼罩在周围一带，这时候，老贺的那种气息就笼罩在周围一带。

后来他又伸出手，手上有一股庙里的味道。

从我们的窗户里望出去，外面的天一格一格的，一畦一畦的，老觉得有人在那上面耕作，牛有时候偷一下懒，大部分的时候走得很快，像虫子一样在窜，刷刷的。

从外面一进来，老贺就摸了一下我的头。为什么我能够闻到他的手上有一股庙里的味道？就因为他老摸我的头，两个人之间的距离又这么近，要在平时，想闻还闻不到呢。他说，搓一搓，麻一麻，大鬼小鬼全没了。

后来，他又把他那只庙里的手伸过来，嘴里念叨着，搓一搓，麻一麻，大鬼小鬼全没了。

老一套你。我对他说。

他有些怪异地看着我，那只手像被烫了一下。

我对他说，还搓呢，刚才不是已经搓过了么，别搓了。

老贺说，哎，你看你，说你傻吧，你还总不承认。

我一听他那话或者说口诀念得一点儿也不押韵，我就知道肯定来路不正，肯定不是他的师傅教给他的，也不是他们这一行一代一代地传下来的，而极有可能是他自己临时拼凑起来的，就地编造出来的。凑合着用吧，他一定在心里这么说，有一句总比没有强。后来，又过了很长时间以后，我才知道，老贺没有师傅，从来没有拜过任何一位师傅，完全是自学成才，是靠自己日积月累，一年一年地摸索、琢磨出来的，要说有师傅，他自己就是他的师傅。时至今日，还有人认为老贺是一个妖人，单独和他在一起的时候，觉得瘆得慌，头皮发麻，还有一种怪怪的气味不时地在周围弥漫，像是一种低低的嘤嘤的哭泣声。很小的时候，我们也觉得他能够变化，只是不常变罢了。看见他，常有一种担心，觉得他随时都有可能化作一股青烟，窜入空中，消失得无影无踪，扔下一家老小，哭天喊地。又常见他到处作法，有时候戴着纸帽子，胡子像是用毛笔画上去的两条黑道。他的一只手的五根手指中，有一根手指，不知是食指还是中指，一直都是红的，一年四季都是红的，永远都是红的，就是棺材的那种红颜色，这样一来，像是手里永远拿着一个小棺材。很多人其实并不怕他本人，也不在乎他，怕的、在乎的，是他的那根可疑的复杂的来历不明的让人永远都不知道那是怎么回事的红手指、红色的棺材。人们说，那根红辣椒一样的家伙实在是太厉害了，点你一下，让你麻辣半天，还找不到出处，不知是哪里在麻，反正就是个麻，持续不断地麻，一阵一阵地麻，刚以为没事了，马上又来了，一浪一浪的。什么时候，只有他说差不多了，不麻了，你才能停下来，真的就不麻了。唉，真弄不懂啊！什么叫自己的命运掌握在别人的手里？那就是。

有一年冬天，是一个多雪的冬天，雪一场接一场地下，天好像就没有晴过，世界灰暗极了。就在那样的一个季节里，几个民兵全副武装，摩拳擦掌，要出发到二十里以外的一个地方去破除迷信，去抓一个人。民兵中就有老贺的小儿子，狗日的毛还没褪干净呢，就已经提前急不可耐地露出一副凌厉的咄咄逼人的杀相，杀气腾腾，戴着风镜，背着枪，腰里别着匕首，怀里还装着一份头一天就已经写好的入党申请书，要在这个大雪天里实现自己的愿望和一连串的梦想。当他把一张叠得整整齐齐的纸毕恭毕敬地交给武装部的贾部长时，贾部长说，这么大的雪，不要舍近求远，先破除破除你爹吧，他难道是个没问题的？听见贾部长这样说，几秒钟前还斗志昂扬，目光如电的老贺的小儿子一下就瘪了，本来系得好好的风镜也不知怎么掉到地上打碎了。贾部长望了一眼外面纷纷扬扬的大雪，继续深入地对他们说，要是认真追究计较起来，应该说这个世界上每个人都有问题，是的，都不清白，谁也不能说自己就是清白的，只要他在世上活着，就会有问题，因为活着本身就是一个问题，是一个极其难缠的永远都说不清道不明的问题。可以这样说，每个人都不干净，纯粹一点儿问题也没有，纯粹一尘不染的人是不存在的。老贺的小儿子本来想问难道列宁同志和毛主席也有问题，也不干净吗？但没敢说出来，那句话像一小股卷着腿的风一样，在他的心里转了一下，很快就又跑远了。

就这样，老贺被捆了起来，然后往那里一扔，像一把轻飘飘的干草一样，不住地发出簌簌的响声。雪白簇新的麻绳仿佛勒住了他的灵魂，一些东西开始从四面八方走来，有的把地上的雪踩得吱吱直响。但他拒绝交代任何问题。

一个衣冠楚楚，镶着金牙的中年人踏着雪，来找一筹莫展的贾部长，像献宝一样献计献策，他给贾部长出主意说，不是没办法吗？那就给他洗手，洗他的那个手，一洗，问题就出来了，所有的问题都会洗出来。

贾部长的嘴上起了好几个泡。一开始还漫不经心地咧着嘴歪在那里不住地吸溜，想通过吸进的凉风来缓解那种火烧火燎的疼痛，当听到中年人向他献出的计策后，他马上坐了起来，嘴里立即停止了吸溜。他有些惊讶地看着那个衣冠楚楚的镶着金牙的中年人和他从外面带进来的一些残雪，心里不住地叫好。好啊！自从把老贺捆起来以后，他的嘴上就开始有了泡，医生给他抹了很多药也没用。一开始，贾部长怀疑自己嘴上的泡与老贺被捆有关，他怀疑老贺在报复他，在暗中作法，作祟，但科学的头脑和多年的唯物主义的教育与熏陶，以及长期以来的锻炼，使他很快就摈弃了那种怀疑，认为自己先前的那一闪念真是糟糕可笑，完全是无稽之谈，又为自己曾经有过那样的犹豫和思绪而感到羞愧甚至后怕，尽管十分短暂，只是那么一闪念，尽管除了自己以外，再没有别的人知道。

一开始他不打算原谅自己，但很快还是又原谅了。

他是这样想的，反正又没有人知道，那么，自己和自己又较什么劲呢？无论千丝万缕，还是应该以工作为重，这样想着，他就原谅了自己，释放了自己。他使劲地拍了一下自己的头，大声地对那个冒着大雪来给他出主意的人说，哎呀，我日他娘的！真是个好主意，一个绝妙得不能再妙的主意！我怎么就没有想到这一点呢，我怎么就没有想到给他洗手呢？我纯粹是让他们气昏了头。

于是，就开始给老贺轮流洗手。小屋的地上摆了十几个盛满了清水的脸盆，老贺也坐在地上，像一个生活不能自理的人一样，让别人拿着他的手给他洗，当然，主要是洗他的那根怪异而特别的手指，别的部分不怎么洗，另一只普通的手则完全不洗，想沾一点儿水都沾不上。就这样，有的负责洗手的人还觉得委屈，有时说一些指桑骂槐的话，有时开门见山地对老贺表示不满和愤慨，主要是觉得他们是在服侍老贺，似乎在尽孝心，这让他们一想起来就觉得来气，憋屈，窝囊。老贺默默地坐在那里，那根手指握在别人的手里，似乎已经不属于他了。

一开始用清水洗，又用肥皂洗，但洗了一会儿，他们很快就发现拿这种平常的洗法来对付老贺的那根手指，是根本不行的，洗了和没洗一样。不是说收效甚微，而是完全没有一点儿效果。他们开始意识到光靠这样洗是不行的，还得另想办法，必须得另辟蹊径。于是，有人找来了刮胡子用的刀片和小学生削铅笔用的小刀，甚至橡皮。一个人抓住老贺的那根手指，别的人用小刀和刀片轻轻地刮，又用橡皮使劲地擦，一遍一遍地蹭，磨……贾部长在一旁提醒说，注意，不要刮破了，不要把里面的肉刮出来。从开始以后，贾部长就一直在现场指挥，亲自坐镇，监督，命令，连眼都没有眨过一下。有人担心他的身体，让他回去休息一会儿，但他仿佛没有听见。事情进展得不像他们一开始想象的那样正常，顺利，不要说立竿见影，甚至在朝着相反的方向发展。如果事情稍微有一点点效果，一线希望，那对在场的人来说也是一种莫大的鼓励和鞭策。人们通过斗争发现，人的信心也需要鼓舞和刺激，有时候就需要这个，要是没有鼓舞和刺激，那信心就可能长不大，甚至会越变越小，不复存在，消失得干干净净，无影无踪。现在，老贺就让大家觉得信心越来越小，越来越触摸不到。

贾部长本来想说，不把老贺洗出个名堂来，他决不回去睡觉，但最终说出来的却是，你们先在这里盯着，我回去迷糊一会儿。记住，一有情况，马上叫醒我。从四面八方无边无际地袭来的倦意让他突然觉得这间小屋其实很大，仿佛坐落在大地的中央，极目远眺，辽阔而遥远。他听见有人在对他说，放心地回去睡吧，睡个好觉，相信我们能把一切都弄好，相信广大的人民群众当中，蕴藏着无穷无尽的热情和智慧，长期以来一直都是如此。

贾部长离去以后，有人很快又想出了新的办法，他们弄来了白酒和酒精，继续给老贺洗手。接着，他们举一反三，在白酒和酒精的启发下，又从农机管理站搞来了柴油和汽油，甚至黏稠喑哑的机油，还有滑石粉、煤油和醋，还有一小袋本县水泥厂生产的水泥。

黄昏时分，贾部长睁开了疲倦的眼睛，他看看外面的天色，下意识地惊呼道，不好！我睡过头了。他一个鲤鱼打挺，坐了起来，深感对不起党和人民。

又想道千不该，万不该，真不该在革命和斗争最需要他的时候，独自睡去，而且竟然睡着了，而且一睡就是好几个钟头，一不小心就辜负了一大片。

就在他内心里无比焦虑和愁苦的时候，又忽然得悉有人在黔驴技穷的情况下，正在考虑使用硫酸，这让他又惊出一身冷汗。真是胡闹啊！真能瞎胡闹啊！他说，什么都可以用，硫酸绝对不能用！绝对不能用硫酸来开玩笑，那还不如直接给他一刀或者一颗子弹来得更痛快呢。

昏暗中，时光像温水一样在微微地响着，积雪映照到人的脸上，反射出的竟然是一种令人难以置信的不可思议的蓝光。有人在外面的雪地里窃窃低语了一阵，然后轻轻地推开他的门，走了进来，向他报告说，已经整整一天了，能想到的办法都想到了，能用上的办法也都用过了，一点儿用也没有，那只鬼手还是那么红……一群人辛辛苦苦地白干了一天，有人难过得禁不住哭出了声。

贾部长啊，那只鬼手还是那么红！

……

有一年，我们在街上碰到老贺，看见他走着走着忽然走到一堵墙的后面去了。所幸的是，让我们感到踏实的是，他是从墙的旁边绕到后面去的，而不是直接从墙上穿过去的，这还算是一个平常人的做法，所以，无论是谁看见了，也不会觉得有多么吃惊和害怕，也不算刺激人。要是眼睁睁地看着他像个影子一样穿墙过去，那不是一件要命的事吗？正是因为这样，我们才敢于在后面尾随着他，追过去，我们以为他又要作法，一点儿也没有想到他脸冲着墙是在尿尿，要是早知道他走到墙后面是为了尿尿，我们就不跟着他了，更不会追随他。尿尿有什么好看的呢，谁不会尿？是个人就会，连羊和狗也会，甚至连蚂蚁也会，只是我们从来没有机会看见罢了。老贺这样郑重其事地做，我们觉得很可笑。他是在一种看上去十分陶醉非常忘我的情况下听见我们的笑声的，一转脸，看见五六个小脑袋都挤在墙边，每一张脸上都笑开了花。有人还冲他说，老贺，我看见你尿了，你在尿，你的尿是弯的……老贺恼怒地盯着我们，只好草草收场，一手提着裤子，另一只手从地上捡起一块石头朝我们扔过来，仿佛他的一个隐藏了多年的秘密不小心在人们的面前暴露了，让那么多人都看到了。那时他是真的生气，气得胡子一撅一撅的，鞋也湿了，裤子也湿了。由此我们发现，原来他也要喝水，也要把喝进去的水再想办法弄出来，和大多数人一模一样，没有什么不同。就说那年下大雪的时候，才捆了他一天一夜，他的胡子就像灌木丛一样窜了一脸，怎么窜出来的？肯定是愁的，麻烦的。都说他是个妖人，妖人能这样像凡人一样沉不住气，能这样着急上火，想不开吗？妖人应该不麻烦。由此可见，他肯定不能算是一个妖人，基本上也还是个正常的人。不要以为他就不病，他也病，相信到了一定的时候，他也会像许多人一样闭上眼睛死去。也不要以为他会点儿法术就是铁板一块，刀枪不入，很多人都曾亲眼见过他的二儿媳妇用擀面杖把他打得鼻青脸肿，头破血流，抱头鼠窜。一边狼狈逃窜，一边说，唉，没脸活了，没脸再见人了，真的不能再活下去了……为什么要跑，要逃窜？肯定是感到疼，觉得受不了。人们不明白，那么一个披头散发的儿媳妇，为什么不作法镇住她？为什么不使出最后的绝招，用那根来历不明的红手指麻她？那根手指，武装部的贾部长和手下的十几个人都拿它没办法，束手无策，她一个女人，难道比一股武装力量还要厉害？问老贺，老贺沉默不语，只知道跑，只知道逃窜，东躲西藏，寻找退路和生机。

麻过，又不是没麻过，肯定是不顶事。有人这样猜测。

四月的最后一天，是捕鼠队正式组建成立的日子，很多条幅和一些乱七八糟的东西在半空中飘着，所有那些乱七八糟的东西，都与祝贺庆祝有关。一位穿着狐皮领子大衣的富人和一位面色红润的领导为捕鼠队剪了彩。（妈妈啊）你知道什么是剪彩吗？就是用一把剪子把一条红布，确切地说应该是一条红绸子，从中间铰断，那就叫剪彩。我听见有人说，真是寡逼呀！好好的一块布，非要剪烂了。（妈妈啊）你明白这里面的意思吗了？我也不明白，直到今天，我也还是没有弄懂那是什么意思，难道是要表示从此一刀两断的意思吗？可是又完全不像。那种情景你没有见过，那是一种非常一团和气的情景，人与人看上去比一家人还要亲热，还要融洽，真正的兄弟姐妹之间也绝对没有那么亲密，融洽，因此，无论怎么看，都和一刀两断没有关系，谁也不会往那方面去想。狐皮领子和红脸领导互相推让，谁都不肯先动手，都要坚持让对方剪断那条红布。（妈妈啊）他们那样推来推去，都不肯动手，你千万不要以为他们不爱劳动，是一些不愿干活游手好闲的懒人，不是的，（妈妈啊）一开始我也这样认为，后来才发现不是这样的。他们真的不是不爱劳动，他们是在互相谦让，是要把荣誉让给别人，把光荣、体面和风光让给别人。

哎，那真是热闹的一天。

翁主任说，捕鼠队的正式成立是广大人民群众生活中的一件大事，但是，要是没有上级领导和社会各界的支持，那是万万不可能成立起来的，甚至连想也不敢想，因为想也是白想，想死也没用。现在好了，他指了指站在正中间的红脸领导和狐皮领子，用一种鼓舞人心的声音说道，以后我们再也不用像原来那样以户为单位小打小闹了，再也不能那么干了，也再不需要那么干了。盼星星，盼月亮，盼来了领导和毕总，我们终于可以大闹一场，大干一场了。翁主任的声音洪亮，巨大，使周围一带雾腾腾的，像是把地上的土也给吆喝、发动、组织、号召起来了。那时候，红脸领导正在与狐皮领子亲切交谈，但没有人能听见他们在说什么，只能看见他们两个人的嘴一动一动的，你动一下，我动一下，你再动一下，我再动一下，像是商量好了的一种规矩一样，像是一个人身上的两条腿，两只手一样，在有次序地迈动，起落，先左后右。那情景，有人看得都有些呆了。那就是所谓的礼貌啊！或许还有修养在里面，人们在心里说，那不正是我们所欠缺的吗，那不正是我们需要学习和熟悉的东西吗？红脸领导和狐皮领子无意中的示范，不知不觉地成了一堂生动清晰的活生生的教育课，人生修养课，让大家深受启发，（免费）增长了见识，开阔了眼界。大家都纷纷高兴地说，这样的活动真是让人获益匪浅，今后还要应该多搞，继续搞，多多地搞，三五个月来一次，一两个月来一次，甚至七八天来一次，都不嫌多，都是十分必要的。通过学习、观摩和教育，大家普遍都提高了认识，有的如梦方醒，恍然大悟。大家都明白了一个道理，那就是，别人说话的时候，一般是不应该插嘴的，但事情也不是死的，一成不变的。有的时候，及时地插几句，会是一种恰到好处的补充和援助，会成为一次真正的意想不到的及时雨，对方不但不反感，还会在心里暗暗地感激你，有心的人并且会在日后在适当的时候报答你，认真地酬谢你。但是，什么时候才是一个恰当及时的时候呢？关键是要把握分寸，能够见机行事，掌握火候，不该你插话的时候，你要是热情万丈地去补充，去援助，去下无所谓的及时雨，那只能是画蛇添足，搬起石头砸自己的脚，到头来只能是你被你自己下的所谓的及时雨活活地浇灭，淹死。为什么麻烦总会找到我们，就是因为我们太不懂事，有时候连一个眼色也看不出来。狐皮领子站在高处，面带微笑，不停地向人们招手致意。对于广大的老鼠们来说，那算得上是一个危险的信号，它们不知道，正是这位气宇轩昂的狐皮领子出钱让人们去逮它们的。

老赵也混在人群中，有时也浑水摸鱼地跟着别人呐喊几声。看见老赵那样，我就想，这真是一个枯木逢春，铁树开花，哑巴也要开口说话的时刻啊！千年的哑巴也要发言。

有人看见狐皮领子穿得很多，很厚，就担心他有可能会中暑，或者捂出别的毛病来，尤其是那条肥大而丰茂无比的狐皮领子，让人越看越热，情不自禁地冒汗。他们想对他说，是的，我们的身边出了你这么个人，我们肯定感到无比的骄傲和自豪，那是没问题的。我们也知道你富，都知道你很富，富得流光溢彩，流油流金，富得让人不知所云，哑口无言，甚至摸不着头脑，久久说不出什么话来，长期以来说不出什么话来。可是，也不能这么富啊，难道不觉得热吗？身上一感觉热了，别的地方哪里都跟着一起热。毕竟已经不是寒冬腊月了，节令不饶人啊！过了今天，明天就进入五月了，天气会越来越热，一天比一天热。再说，这些年，冬天也不那么冷，有时还热乎乎的，让人觉得怪异。他们想对他说，还是身体重要，保重好身体比什么都重要，尤其是对于他这样一个人来说，身体就尤其显得比一般人的身体，比一般人的贱体要更加值钱，更加重要，格外重要，无比重要，难道不是吗？

关于狐皮领子这个人，很多人都知道，只有我不认识。我听人们说，他就是我们邻近的黄花梁的人，有一年，不知是因为一件什么事（有不少人知道这件事），差一点儿被崩了，就差那么一点点。这事想想也觉得悬，就像一个人站在悬崖上，一只脚已经迈出去，踩空了，又被拽了回来，那时候要是马马虎虎地给崩了，现在也就没这么个人了。翁主任说的社会各界，实际上只有一界，一界里还只有一个人，就是这位多年以前差一点点被崩了的狐皮领子。那位红脸的领导，代表的是政府，政府只出面，不出钱。

村主任后来说，作为政府，有时候只要瞅准了一个肥得流油的大家伙，把他捞上来（好像有钱的人都泡在水里），把他逮住，弄住，然后让狗日的乖乖地把钱掏出来。有了钱，好多原来不能办的根本不可能办成的事情就都能办了，也好办得多了。大家伙的钱是从哪里来的？何以肥得滋滋地冒油？还不都是人民的么，还不都是人民的血汗么，以为是从哪里来的？当初是从哪里来的，就再让它回到哪里去，当然不是全回去，有计划有步骤地回去，分阶段分层次地回去，有礼有节地回去，有情有义地回去，有大有小地回去，有血有肉地回去，绝不是胡乱地瞎回，绝不是！这样的经验，很值得我们在以后的日子里长期地学习，掌握和运用，弄得好的话，应该把它像一个家传秘方一样一代一代地传下去，子子孙孙传下去，打不尽豺狼决不下战场！等于是给他们留下了一座又一座的青山和一个又一个的宝库。留得青山在，还怕没柴烧么！多年以后，子孙后代说起我们来，说起他们的机智善变的祖先来，只能是佩服得要死！只恨自己出生得太晚，除了坐享其成，再没有别的乐趣和意思，没有赶上他们当年那种摸爬滚打，斗智斗勇，两手都要硬的激动人心的好时候。

最终，红脸领导和狐皮领子一人来了一剪子，把那条已经绷了很长时间的红布剪断了。高潮已经过去，人们的脸上普遍露出倦意，这件事就这样结束了。但喧闹的声音还在。几个敲锣打鼓的跑江湖的人，完成了任务，领到了酬金，正要离去，很快又被一台摇摇晃晃的从远处飞奔而来的上面拴着白布条的拖拉机给接走了。从拖拉机上嗵的一下跳下一个人，对他们说，走，到俺们那里敲去，少说也得敲上三黑夜到五黑夜，要是还一直谈判不下来，恐怕得敲九黑夜。于是，一群人又高高兴兴，摇摇晃晃地乘车远去。

狐皮领子走了，红脸领导也走了。红脸的领导临走时对人们说，这次下来不算是下来，过些日子他还要来，那才算是真正地下来。他要认真地扎下来，一个猛子扎下去，与大家一起扑下身子，同吃同睡同劳动。人群里马上有人说，和我们一起吃吧，和我们一起睡吧，和我们一起劳动吧。红脸的领导听到这样的来自群众中间的呼声，显得非常激动，十分动情地对大家说，那当然，那是当然的，肯定没问题，大家不要急，到时候都有份，每家每户都要吃，都要住，我还怕你们嫌弃我，不要我呢。

人民群众大声地对他说，我们不嫌弃你，我们要你，我们咋能嫌弃你呢！向来只有我们这种人才是被人嫌弃的，需要的时候就想起来了，不用的时候就扔到一边。

我问村主任，像类似狐皮领子这样的人，算不算是一个你所说的那种肥得滋滋地流油的大家伙？

听见我这样问，村主任把眼睛使劲一瞪，对我说，真是个傻瓜，一看就是个傻瓜！别人都是装傻，你是真傻，不是假傻。瞧你这话问得，当然算，当然算了，他要是不算，谁还能算？你也看见了，那么多的人都人模狗样地站在那里，大眼瞪小眼，只知道围观，只知道捧场，看热闹，起哄，鬼哭狼嚎地叫唤，可关键的时候谁能拿出钱来？狗屁也拿不出来——这个时候就显出大家伙来了，只有人家狐皮领子能拿得出来。你说，你给我说说看，他要是不是一个大家伙，谁还能是？

又说，你要是能拿出来，你也是个大家伙。

又说，要不是富得按不住，能在四五月的天气里穿狐皮领子么，我们周围的人多了，谁能那样做？

说完这话以后，我看见村主任转过身去，在偷偷地笑。我经常看见有人会这样，在独自一个人的时候偷偷地笑，或者悄悄地抹泪。世界上没有无缘无故的笑，也没有无缘无故的哭，我想，那一定是有原因的，即使一时看不清，找不出来，那也是因为埋得太深，或者暂时被别的东西遮蔽了。

这片柔软的迎风起舞的青草啊，我对她的熟悉的程度，应该说远远超过了对任何一个人的熟悉，亲近的程度也是一样的，没有距离，没有阻隔，没有任何林林总总头绪纷繁的附加条件，无论任何时候，无论任何场合，只要用心一想，它们立即会密集地青绿无限地出现在我的眼前，沙沙地摇晃在我的心里。世上的东西多了，但别的都不灵，唯有这片青草，不论在什么时候，只要我一叫，有时候叫都不用叫，只要一想，用心一想，她马上就来了，还带着无数明亮晶莹的露珠。有时候我想，这要是一个人，光靠想，你能把她想来么？

草里涌动、弥漫着一种东西，像是一种情绪，多少年以前的草，我觉得可能就是这样的。清苦的气息从草根下面泅出来，冒上来，天气好的时候，天气晴朗如洗的时候，似乎能看见那清苦的气息，是软的，轻的，柔和的，淡绿色的，离开草根往上冒的时候有点儿弯曲。就是因为太软，过于轻，没有什么重量，所以才会弯成那样，要是有风来了，就会立即被吹跑，吹散，跑得没有踪影。阴天的时候，天气潮气很重的时候，还是那种清苦的气息，我看见它们一片一片地往上走，往上浮，形状有点儿像手帕，像毡子，像乌云，还有水在上面浸着，那就有点儿重量了，不再是那种轻得让人没办法把握的时候了，明显地比原来沉了。有牛来吃草，慢慢地若无其事地走进去，很快就不见了，那情景，倒像是一群草把牛给吃掉了。

有的地方的草又高又密，已经不太像是草了，已经有了树的规模和样子，看上去比那些鹅黄柳绿的不懂事的小草成熟多了，在风里也不像那些小的摇晃得那么厉害和夸张，生怕别人不知道自己在摇晃，在发言，在叫唤。大了就是不一样，老了更会不一样。人走进去以后，也像牛一样被草丛吃掉了，又像是走进了深水里，有一种昏昏不见天日的感觉。大家互相看看，每个人的脸上都是绿的，都被不可避免地映绿了，但每个人都以为别人的脸是绿的，自己不绿。

老赵走了以后，我终于给他写了第一封信。

我说，老赵，你好！你吃了吗？啊，我想起来了，现在是早晨，尽管没有太阳，但仍然还是一个名副其实的早晨，不能因为阴天就怀疑甚至断言说此时此刻不是一个早晨，真正的东西是不需要用一些旁证和有关的现象来证明的，即便没有那些，它也依然能够成立，能够独立存在，用不着引用大量的现象来装饰证明自己，生怕有一点不像，引来别人的误解……说远了。我说早晨，是想说我估计你刚从那无底洞一样的矿井深处上来，还没有来得及去洗澡，去食堂，对吧？这么一说，我觉得我已经看见你了，你，还有你们那些人，一群不断被黑暗的岁月吞噬掉又时常被吐出来的人，刚刚钻出坚硬的地面，像一些破土而出的僵硬而又疲惫的虫子，又一次从虚无缥缈的时光中和无比的不确定中夺回了各自的一条命，生活又开始重新继续。这样的事情，在你们的身上每天都要发生一次，每个人每天都要为各人争夺一次，进行一次殊死的搏斗，身上有劲，又有运气，有吉星高照，那就夺回来了，要是那两样都没有，那就难说了。要知道，那一头的力量是很大的，力大无穷，你这边稍一松懈，就会被一把拽过去，永不再回来。

说到这里，我认为这是一件值得庆幸的事情，每一天都值得祝贺，真正值得祝贺。

老赵，上一次你说你觉得你们的命不是自己的，倒好像是从别人那里租来的，不是一次承租，一劳永逸，而是每天都要结算一次，每天都要重新办理一次有关的手续，这中间谁也很难预料会发生什么。琐碎，频繁，出租者像一个居心叵测的房东一样，极尽刁难周旋之能事，你要是不去办理，可能就租不到了。

这样的事情不要说去经历——每天经历，光是想想就让人难过。

老赵，我想告诉你的是，你托付给我的那些事情，我从来也没有忘记过，一天也没有松懈过。你是那样的信任我，将人世间那样一些难以启齿的事情统统说给我听，我还有什么好说的呢？一想到你是那样毫无保留地将一切都对我和盘托出，我就觉得有火在我的眼前燃烧，升腾，就觉得我要是不认真地做点儿什么，无论从哪方面来说都是说不过去的，甚至是有罪的，既对不起你，以及你所遭受的那些罪，也有负于别的。不知从什么时候开始，良心这个本来软乎乎的东西被演绎进化得像一枚炸弹。人们只有在用得着它的时候才会想到它，设法找到，然后扔出去，为的只是引人注目。人们找到它的时候，只是找到了一个词，扔出去的时候，还是一个词——仅仅是一个词而已。老赵啊，那仅仅只是一个词而已，就是一个词，不代表不包含任何的东西和意思。

这里还是以前那个样子，和你记忆里的印象大致一样，当然，不能说一点点变化也没有的，变化还是有的。很多人不满意，嫌弃她，用不好的话诅咒她，还有的期望能够早一天离她远去，哪怕是背井离乡，四处漂泊，四处摇尾乞怜。他们有很多不喜欢她的理由，说起来每个人都有一大套，新仇旧恨，沧海桑田，几天几夜也说不完，还有的说，说上一千零一夜，也不一定能说完。

谁知道呢，也许是吧。

但在我看来，已经很好了。还要怎么样呢？说到这里，我忽然想起了老周和老许，他们两个都觉得自己的长相不好，老周对老许说，我们长成这样儿，没人来管你，没人来说你，让你自由地活着，就已经够不错的了，还要怎么样呢？老许说，就是，我们该知足了，再不知足，就是我们的不对了。我想起这些，是因为他们两个说这些的时候是非常严肃的，不是在开玩笑，那情景让我十分感动。我自己从来没有诅咒过她，也没有从心里怨恨过她，这毕竟是我们的出生地，我们在这里降生，在这里第一次睁开眼睛，第一次向这个陌生的世界张开红红的纯真无邪的小嘴，第一次哭出声来，第一次流出清纯的泪来。以后，又学会了走路和说话，从摇摇晃晃到飞奔如风，从牙牙学语到清晰地表达，直至后来的滔滔不绝，喋喋不休和啰里啰唆。再以后，慢慢地长大，成人。不是吗？我们的每一个变化也许都让她感到欣慰，愉悦，我自己就常将那明亮的光线和流水的声音，甚至橙黄碧绿的草木，看作是她的安详的神情和会心的微笑。要知道，我们长大，我们成长起来，并不是为了要嫌弃她。为什么要对她心生怨恨呢？我们不行，是因为我们自己没有出息，鼠目寸光，斤斤计较，患得患失，可这一切与她又有什么关系呢，难道是她教我们从小就这样做的吗？肯定不是，我知道肯定不是。是我们自己有问题，是的，就是这样。

老赵，说句公正的话，是我们自己有问题，你，我，还有其他人，差不多这个世界上的所有的人，都有问题，有着太多的问题。

写到这里，我从桌子上抬起头向外面看去，阳光微黄，天气晴朗，白纸做的飞机在一些树下飞来飞去，给人一种轻巧的自由自在的感觉，另外，不知从哪里传来的零零星星的狗的叫声和木头的影子，像是一种浅浅的印在纸上的痕迹，轻描淡写，有如做梦。翻过一页，还是那样。一直慢慢地翻下去，眼前的情形令人惊讶，许多的事情看上去矛盾得厉害，按常理根本不能成立，因此也就无法解释，然而那一切又都是真实不过地存在着的，明火执仗地存在着，都在按照各自的方式继续着，似乎从来就没有停止过。实际的情形就是这样的，还能说那些事情是不合理的，让人难以置信的吗？说不承认吧，肯定是在自欺欺人。

信停顿在半路，我像一个遇到了难题的小学生一样，把手里的笔咬着，默默地思索着。这样的天气，让人有一种莫名其妙的冲动，心里的一些很不明白的东西正在刷刷地破土而出，吱吱地拔节，往上长，摇晃，出来的部分仍然很不明确，不知道是什么、而空气中蕴涌、弥漫着的那种倦慵的暖意，那种暧昧，更像是一种无所不在的催生素，使得仿佛一切都在发芽，盛开，显露出无限的春意。这样的季节，让人禁不住有些沉醉和飘忽，我想到了眼前的天气，很快又将一切都归咎于这样的天气，是温度和景象在作祟。

我决定让自己暂时忘记这样的天气，为自己，也为了别人。别人都有谁呢？比如老赵。天气是什么样的天气，是怎样的让人依赖，让人感到异乎寻常，老赵肯定不感兴趣，也无心考虑。对于老赵来说，真正牵扯他的是那些伤筋动骨的甚至鲜血淋漓的实质性的问题，他时常在梦里都能看见它们，有时清晰真切，伸手可触，有时又影影绰绰，闪烁不定。有些东西，就是烧成灰，老赵也能认出它们。

说到一个人的命，我觉得，老赵的命就够苦的了，不能说有多么糟，反正不怎么好，无论从哪个方面来说，都不能说是很好。工作真危险，家庭真麻烦，心里真难过，感情真悲哀，本人真可怜……这就是老赵面临的问题和最真实的处境。一想到这些，老赵的那张早已被打败了的脸就开始在我的记忆里活动起来。那张脸，有时哗哗地过得很快，如同一幅一幅的幻灯图片，有时许久才酝酿，摇晃出一张，像一张不苟言笑的拘谨紧张的免冠照片，远远地挂着，冷冷清清地凄凉地张贴在那里，草木灰的气息笼罩在四周。那脸，远是远了点儿，有时甚至像是远在星宿之旁，但清亮，明白，又愁云满面，凄楚得让人难忘。

有一段时间，我不知该如何写。因为我十分清楚，信里所写到的每一句话，每一个字，甚至每一个标点符号，都会让远在异乡的老赵变得极其认真，计较，全神贯注，甚至一段与另一段之间的停顿和空白关系也会让老赵颇费猜测，寻思良久。为什么要这样写呢？为什么偏偏是这样说，而不是那样说呢？一段话，仅仅只有一种意思，还是另有别的意思？难道不存在暗示或提醒，不存在额外的含义，隐喻？为什么要使用省略符号呢，是不便说，难以启齿吗？不是说不能使用省略号，那就是让人用的，但不断地出现，多了就不对了，能说那中间没问题吗？

读信的人越是这样认真，计较，寸土必争，一句当成一万句，就致使写信的人越加倍感到拘谨而沉重，不安，在乎，仿佛负债累累，仿佛长途跋涉。真难写啊！真是不好写啊！我时常这样对自已说。有时候，觉得简直不是在说，而是在悲啼，哀鸣，如一只被打下来的鸟。不过，好在还能明白一个道理，即世界上没有一件事情是容易的，不费劲的。这样一想，又觉得有时候费点儿劲受点儿折磨也不算什么，那完全是正常的，应该的，而叫苦连天才是不对的，是不应该的。

于是，我决定专门写一些比较主要的问题并主动放弃对于这一带的天气的描述。天气不天气的，老赵才不管呢。美丽也好，不美丽也好，看上去都不重要，有时甚至一点儿用都没有。天气好赖关老赵什么事？应该说没有关系，完全没有。更何况，老赵又不是一个靠天吃饭的人，一年到头都在地底下，也不指望天气能给自己带来什么好运，事实上也带不来，不可能带来。说到底，人的心情和感觉才是最重要的，不是吗？心里要是晴朗，美好，无论看什么，无论什么样的天气都是晴朗的，美好的，天空湛蓝，万里无云，风光秀丽。即使有用，那云彩也只能会是一些童话般的白雪、房屋、羊群和神奇的毯子。公主是云做的，美丽得让人不敢呼吸，宫墙是白雪堆起来的，通往故乡的路上野花芬芳，挂满了霜露……相反，人心要是阴暗，有泥，看什么都会首先发现霉斑。当然，天气有时候也会影响到一个人的心情，但那是针对那些没主意的，无所事事的人的，也仅仅是对别人而言，对老赵不行，老赵从不为那些枝枝叶叶所动，从不为那些所左右。在老赵看来，每一天都是一样的，每一天都在原地打转，一天只是另一天的翻版，最多只是颜色深浅上有些变化，屋檐下的阴影向南移了一寸，半尺。我的心有些静下来了，像一个安静的晚上。

我想起一群人竞选捕鼠队队长时的情景，老赵出其不意地对人们说，我也要竞选捕鼠队队长。说着，拿出一张纸，就要展开。人们都被那张纸吓了一跳，都猜测那张纸一定是一个讲话，而且与竞选有关，而且一定写得斗志昂扬，振奋人心，具有极大的煽动性和鼓舞人心的力量。很多人都用十分复杂的目光看着老赵，老赵显然是有备而来，而别人都没有准备。有人小声地语无伦次地说，真是会叫的狗不咬人啊，不叫的狗才真咬人，关键的时候给你来一口。此前最有希望当选的袁德行急忙按住老赵，对老赵说，老赵啊，你不能这样做，我们平时处得也不错，真没想到你会来这一手。老赵嬉皮笑脸地说，我也想过过当官的瘾，这次再误了，就永远再没有机会了。袁德行说，老赵，你还是回矿上挖你的煤去吧，别在这里瞎掺和了，啊？再说，你的户口也早就到了矿上，无论从理论上说还是从实际上，你都已经不能算是我们这里的人了，对不对？尽管你从小是在这里长大的，后来也是从这里出去的，可你确实不能算是这里的人了

老赵说，规定户口不在这里就不能竞选吗？拿出来我看看。

袁德行不再说什么，他招了一下手，一群人突然拥过来，轰的一下就把老赵抬了起来，抬到半空中这以后，有十几只手同时从各个不同的方向伸出来，挠老赵的痒，有的挠脖子，有的把手伸到老赵的两肋下和胳肢窝里，有人脱下老赵的鞋，使劲地挠他的脚心，还有人连他的两个手掌心也不放过……老赵一开始还在哈哈大笑，放声大笑，身体在半空不住地乱挺，乱蹬，笑得鸡飞狗跳，尘土飞扬，后来就有些上气不接下气了。

袁德行在一旁问道，狗日的，还掺和不掺和了？

老赵笑得头一歪一歪的，像是很快将不久于人世。他说，德行啊，快让他们住手，我不掺和了。

袁德行又说，还竞选不竞选了？

老赵说，不选了不选了……我原来就是和你们开玩笑的。

袁德行说，连竞选报告都拿出来了，还说是开玩笑，有这么开玩笑的吗？小的们，挠他！挠死他！

于是就又开始挠。都是些十七八岁甚至十五六岁的小兄弟们，愣头青，出手很重，又都没有分寸，不知深浅，袁德行每人给了他们一包烟，让干什么就干什么。

老赵说，德行啊，饶了我吧。快让他们住手。

袁德行说，说，以后还敢不敢再这样胡闹了？

老赵说，不敢了，再也不敢了。

真的吗？

真的，千真万确。

那张纸上写的什么？

什么也没写，就是一张白纸。

一张白纸？

展开一看，果然真的就是一张白纸，上面一个字也没有，老赵于是嗵的一声又被放了下来，软软地瘫在那里，像是大病了一场。事后他说，他是寅吃卯粮，暴饮暴食，一不小心把后来很多年的笑声提前用完了，以后再想用的时候恐怕就没有了，可能再也笑不出来了。

但他的那张白纸让很多人重新变得踏实了，重新又看到了希望。王侯将相，宁有种乎？捕鼠队长，宁有种乎？在事情还没有水落石出之前，任何可能都是有的，捕鼠队队长一职最终到底会落在谁的手里，还不一定呢。人们纷纷走上去，各自诉说一番。有些人明显地没有希望，也没有章法，但也还是要在那里东拉西扯地胡扯。还有的出于阴暗的心理，只是为了故意拖延时间，浪费别人的机会，甚至从捕鼠说到生孩子，说到计划生育，植树造林，五月庙会，修桥补路，抗日战争，减租减息，阶级斗争，打土豪，分田地，做军鞋，送公粮，千军万马出太行……时间像水一样哗哗地向远处流去，袁德行的眼睛里仿佛长出了无数只急切如焚的手，恨不得把所有那些人都按倒，再一个一个地塞回到土里去。

终于轮到袁德行发言了。他说得更玄乎，他说他要把天下的劳苦大众都解放，要把世上的老鼠都捉尽。

我们都明显地感到他是发热发烧，说胡话。

在他之前，有一个人曾经提出一个规模极其庞大的，一望无际的养猫计划，那个计划要是成了，无论有多少老鼠都不再是个问题，即使有问题，也都会迎刃而解。就是这个令人耳目一新的养猫计划，尽管无比庞大，尽管一望无际，但却像是那人的一根小辫子一样，很快就被雄心勃勃而又眼疾手快的袁德行给抓住了，一把就薅住了。

袁德行说，要是依靠猫，那还要我们这些人干什么？

只这一句话就把前面那个想要养猫的人给打败了，计划再好，再令人耳目一新也没用。那个人听袁德行这么一说，也很快就知道自己完了，至少这一次竞争是没有希望了，一下就瘪了，软软地跌坐在地上，有些痴呆地看看天，又看看眼前的人群。袁德行正在给人们讲道理，老鼠多了是灾害，猫要是多了，不也会成为另一种灾害吗？什么多了都会成为灾害。

有人在鼓掌。

袁德行说，人工捕鼠，还有一个最大的作用，一个最重要的意义，就是可以有效地减少农村剩余劳动力，这也正是我不启用猫的一个主要原因。实际上，我本人也是很喜欢猫的，但喜欢是一个方面，干事又是另一个方面，不能用喜欢来代替一切。只这一句话，就把乡里和县里来的人高兴得嘴都歪了。这说得是多么好啊！说一千，道一万，归根结底，总而言之，谁能替我们分忧，还是人家老袁——袁德行同志，单凭这一点，他就要比那些乱七八糟的人高出不止一截，不知多少截呢，不知要高到哪里去呢。又听得袁德行同志用十分坚定的声音说，他这一辈子，前半生就这么稀里糊涂地过来了，那是因为没有目标，没有理想，人一没有理想，就会像没头的苍蝇一样到处乱撞，到处嗡嗡。现在，终于找到了理想，他这后半辈子就有着落了，再也不需要到处乱撞，到处嗡嗡了，他要为人民的捕鼠事业一直奋斗到底，一直奋斗到再也干不动的那一天为止。

他说，如果我中途倒下了，牺牲了，请不要为我悲哀，相信我已经化作了山脉，化作了一支又一支的捕鼠队，一个又一个的捕鼠器和一包又一包的耗子药，一个袁德行倒下去，千百个袁德行会站起来，砍头不要紧，只要主义真！

（妈妈啊）我原以为绝大多数的人都不喜欢听那种暴风骤雨般的讲话，而喜欢轻声细语，喜欢轻轻地说，但是我错了。袁德行非常的受欢迎，把很多人都感染了，有的都快被闹疯了。

（妈妈啊）我也参加了竞选，但是失败了，很正常地失败了，遇上袁德行这样的金刚钻一样的对手，真是没办法，别说是我，无论是谁，恐怕都得以失败而告终，没有不失败的道理，不败似乎是不可能的，也说不过去。你要是能赢了袁德行，那倒成了一桩怪事，袁德行本人也会摸不着头脑，百思不得其解。不过，（妈妈啊）正像袁德行同志所说的那样，请不要为我悲哀，为我难过，虽然我失败了，虽然也不大可能像袁德行同志那样迅速地化作山脉，化作神奇的捕鼠队和捕鼠器，但我不会灰心丧气，就此沉沦下去。革命工作没有高低贵贱之分，我会依然像过去一样，坚持不懈地捉耗子，从小做起，一只一只地捉。要是能一窝一窝地捉，那更好，只怕到时候会忙不过来，捉住这只，跑了那只，抓住芝麻，丢了西瓜。

我在纸上记下一些东西。

在记下的同时，我有一种发现，有些东西，也可以说大部分的东西，无论是正在发生的还是尚未发生的，一旦变成文字来到纸上，很快便会被假以时日，假以天年，成为一桩一桩的往事，苍黄，遥远，酥烂，无数条发白的道路起伏隐现在其间

——这时候就有了记忆。

写下这些，我像是在途中停顿了下来，陷入对某种往事的深切的回忆之中。回忆常常让人和事情变得如同夏天的树影一样斑驳、迷离，我现在就似乎看到了那种斑驳迷离的景象，一片一片的影子，一片一片的光亮，交织叠印在一起，揉在一起，人就像坐在树下，光线从上面的枝丫间穿过，有的不小心漏下来，漏到你的脸上和心里，在附近，仿佛有面粉在空中飞舞，飘扬……有些时候，我们记忆里的，我们所能回忆起的一些往事就是这种样子的，就是这样的一种情景，我为自己能够这样看清、认识往事而感到轻松并高兴。我站起来为自己倒了一杯水，看了看外面，此时此刻，在附近，在周围几十里以内，相信再没有人做着与我同样的事。

我告诉老赵，我常利用捕鼠的间隙给他写信，那种时候，整个人如同坐在一条细碎狭长的窄缝里，而要说的却是一些天高地远的话，有时会越说越庞大，越来越辽阔，以至于视线以内的一切都成了虚的，如梦如幻。

前些天，大概十几天前，我在一个场合见到她了。

老赵的妻子。

如果是一个平常的女人，那也就算了，很快就忘了，就是因为与老赵有关，我才特别留意了一会儿。我看到了她的头发，她的神情，她的身材，身上的衣服，还有她的皮肤，镯子……我是说，如果撇开其他的不说，如果单看她这个人的外表，如果单从这个方面来说，我觉得老赵也算是幸福的，并不完全就是命苦得一塌糊涂。

但是……

我给老赵写信说，老赵，请原谅，我又要说但是了，我是多么不愿意说出这两个字，但是不说又还真不行，因为回避是回避不了的，也根本绕不开。有谁能绕开这两个字，和它永远没有关系呢？这样的人世上有吗？说没有吧，会让人觉得这个世界真是残酷，可是，要说有吧，又从来没见过，连听也没听说过。要我说，姑且就算是有吧，这样的事情，有总比没有好，相信确实有那么一群人，就是我们常说的神仙，不食人间烟火，逍遥快乐，生活在遥远美丽的天边。按说他们是够幸福了吧，可是据说神仙也有神仙的烦恼，也有他们的但是，好在烦恼的内容与我们不同，也不是我们所能够认识和理解的。我们只知道我们周围有很多货真价实的永远都不走运的人，当然，偶尔也有得意的时候，但好景不长，很快一闪就过去了，能够回味的还是辛酸。正是因为几乎每天都有这样数不清的黑暗的令人无限沮丧的转折，才使得相当一些人过得困难重重，度日如年，深感活得吃力，费劲，多挺一天，都是一种实实在在的折磨。我常听见有人在叹气，也不知为什么，要是没事，谁愿意让自己长吁短叹？一件事情，本来好好的，可过不了一会儿，就开始变形，变质，发霉，开始出现波折，而只要一波折，就再也不是那么回事了。不波折不行吗？当然不行，你当然不希望让好事变坏，可那根本由不得你。

某某是个好人，但是……

老赵，我最怕听到这样的话了，我不知道是谁在捣鬼，什么在暗中作祟。这么多年来，古往今来，生活中像是有一只无形的黑手，一直都在蓄意地破坏着一切，一刻也不闲着，这儿拧拧，那儿弄弄，看见哪里美好，就不容分说地插上去搅和一气，不把一切弄脏弄乱，就永远没完。老赵啊，我痛恨这只看不见的却又无时不在无处不在的魔掌，憎恶它。

老赵，老赵同志，我这样说，别以为我就自在得像个无忧无虑的孩子。

我现在还记得，很小的时候，就常听一些年纪大的人感叹说，谁家的锅底下面能没点儿黑呢，那时候，我还完全不明白人们说的是什么。我当时总在想，这是在说什么呢，这不是一句废话么，锅底下面当然有黑，谁家的锅底下面会没有黑呢，除非他们永远都不生火，不做饭，或者压根就没有锅。很多年过去了，现在，我觉得，麻烦的还不是锅底下面，而是我们的头上，脸上和心上，那些地方要是统统给抹黑了，那会是一种什么情景呢？说到黑，我觉得你应该比别的人有着更深的体会和体验，你和你们的那些人常年在漆黑的万丈深渊般的地下挖掘，有人说，猛一见到亮，站在太阳下，常以为是闯进了别人的家里。另外，可能还有别人抹在你脸上和心上的黑。所以，无论从哪个方面来说，你对这个都不陌生。

老赵，我想说的是，我们的脸，我们的心，要是都给抹黑了，我们就会活得人不人鬼不鬼。

乌鸦没有来，今天落在外面树上的是几只颜色灰黄的鸟，从窗户里望出去，看上去如同一些卷曲的半枯的叶子。一开始的时候，我还真以为是几片叶子，正在上面做着飘落的梦，做着回家前的准备，只需一阵微风，它们就都会离开现在的位置。只等一阵风了，风一来了，它们就都下来了。看着看着，我觉得心被莫名其妙地悬了起来，仿佛是被一根细麻绳或一株细草串着，离开了地面，在风中荡来荡去，等待买主。

一大团黑的没有棱角的东西幽暗无比地从外面跑过，那应该是没有声音的，但我听到一声嚎叫……那就是一声嚎叫，只是有些来历不明。不应该是那几只黄毛的小鸟，鸟是不会嚎叫的，它们没有那么大的声音，更何况那还是几只奶声奶气的小鸟，即便是严刑拷打它们，它们也不会发出什么声音，即便是把它们握在手里捏死，它们最多也就会微微弱弱地呻吟一声，用来表示极度的难过和不堪忍受，那也就是它们所能发出的最强音了。

我想起了去年夏天的一个闷热的晚上，没有月亮，由于闷热，天色也总是显得不是很黑，而是一种浅色的幽暗，像是一个地方的入口或一件事情的开头。草丛里的吱吱的叫声此起彼伏，一些人正在燠热的夜色里游荡，目光里漂着油，心里也油汪汪的。

老赵是天黑前来的。

家里只有我一个人在。又是我一个人，经常总是只有我一个人在家，这常让我觉得我们的房子特别多，也非常大，大声地喊一下，能听到一小股一小股的回声像兔子一样在到处奔跑、跳跃，有的不小心撞到墙上，很快又气呼呼地折向别处。

我说，老赵，你心里要是难过，就哭吧。

老赵说，不哭，哭啥哩。

我说，这儿又没有外人。

老赵说，算啦，没外人也不哭。

停了一会儿，他问我，为什么哭呢？难道我们不幸福吗？

我看着他，我想说，那是当然的，但没有说出来。

他说，一个人要是真正想哭，眼里的泪会像伤口上的血一样止也止不住，就不会顾忌有什么人在场，谁在场也不行。又说，都这么大年纪了，有什么可哭的呢，还能像孩子一样像女人一样说哭就咧开嘴哭吗，那还怎么活？天气热得密不透风，我默不作声地坐在一旁，听老赵说话，说他的一些事情，偶尔插上一两句。我有些惊讶地看到，老赵看上去一点儿也不热，眼前的天气似乎对他没有任何影响，老赵像是存活在天气以外，存活在另一种别人难以抵达的清凉之中。我有时会拿起手边的一把扇子，在两个人中间扇几下，用以缓解眼前的闷热，但那并没有让老赵感到多么惬意，感到风来得有多么及时和必要。相反，老赵的反应有些突兀，甚至不适，以至于不得不暂时中断说话，用一种迷惑不解的神情看着我，似乎完全不明白对方在做什么。面对老赵的那种迷惑的又如同受到惊吓似的反应，我感到真是奇怪，老赵是个什么样的人呢？这样热的天，他竟然对于吹到他身边的风感到不适，甚至反感，他总不会是嫌冷，怕风吧？

老赵把一只手放在自己的脸上，慢慢地对我说着话，声音里有时竟充满了歉意。他说，我不怕你笑话我，人活到我这个分上，让人笑话已经不再是个事了。

我说，老赵，我没有，我从来没有那么想过，别人怎么想我不知道，我自己从来没有那么想过。我感到自己说得十分诚恳，甚至有些信誓旦旦。说着，又拿起那把扇子，在两个人中间扇了几下。

老赵说，我相信。不过，即使有也不怕，我早就无所谓了。

晚上临来之前，我的眼前浮现出一幅连绵阴雨般的图景，想象着不一会儿后老赵来了极有可能是要痛哭一番的。想到一个男人在哗哗地流泪，伤痛在脸上滚动，淋漓，我就会感到手足无措。要是再碰上一个喜欢号啕大哭的人，眼泪一把，鼻涕一把，那就更麻烦了。这样想着，让我坐立不安。所以，当老赵后来到来的时候，我如同受到了严重的惊吓一样，竟有一种当场被抓获被缉捕的感觉。打开家门，脸上挂出一幅可悲的表情，可以说极其的可悲，极其的无奈，完全是一副束手就擒，坐以待毙的样子。但后来的事实表明，老赵还是很争气的，还是很让人放心的，非但没有下雨一样稀里哗啦地流泪和号啕大哭，相反却看上去出奇的平静，甚至轻松，安心，似乎是一个从来没有经历过任何事情的人，似乎是一个刚学会走路的孩子。老赵啊，就这么不声不响的，平平淡淡地，却让我在慌乱不安之中奔走了几个来回。

老赵的眼睛里似乎有星光在闪烁，很远的那种不是很亮的星光，散发着冬日的夜间才有的寒意。

这个闷热的夏天的晚上，老赵的很多话，说到的很多事，都让我听起来觉得凉飕飕的，甚至每一句话，每一件事，都如同一把冰凉雪亮的刀，有时更像是一种血淋淋的重创。有些事情我从来没有听说过，闻所未闻，也从未想过，因而听起来觉得奇异极了。老赵啊，不知他的心里还装着多少这样的事，这才仅仅说出一点点，仅仅只是个头，只是个大概，如果全描述出来，那岂不是一幅冰天雪地，寒风刺骨的景象？后来，我多少有些理解老赵为什么不怕热了。

但是，他忽然把我烫了一下。

为什么一口气说了那么多话，说出了那么多事，差不多有好几麻袋？老赵解释说，就是因为他感到自己活得不太真实，甚至太不真实。他的那些工友们觉得钱比什么都重要，而他本人认为真实比钱还要重要。他说，钱可以通过出力挣到，多了没有，少的也总能挣到几个。但是真实就不一样了，有时候，你无论付出多大的力，多重的苦，都不一定能够挣到一种真实，连一丝一毫也见不着。有人说我是个傻子，傻就傻吧，但我还是觉得真实比钱难挣。是的，放着外面的阳光大道不走，我就是要往这个死胡同里走，就是要过这座独木桥。

掉下去怎么办？掉下去就掉下去了，那还能怎么办。

……

就在这个忽冷忽热的晚上，老赵忽然拿出一沓钱要递给我，把我吓了一跳，仿佛从他的怀里掏出的是一条蛇。我并非虚情假意，而是诚心诚意地推辞不要。因为，我是觉得，哎，（妈妈啊）他拿出来的东西真的是非常的烫手！这以后，两个人如同过招一样，如同较量一样，互相推来搡去，都想把对方制服了。我一边抵挡一边对老赵说，需要我做的事情我可以帮忙，但钱是不能要，说什么也不行。说是这么说，但要想拗过老赵去，也不是个简单的事，因为我看见他身上早已涣散、瓦解了多年的牛脾气这时候又突然重新聚集起来了，上来了。我看出了这一点，一种愁容像破土而出的绿菌一样很快就把我的脸覆盖了。

老赵说，你要是不要，我今天就算是白来了，那么多的话也白说了。我们窑黑子，一向被人瞧不起。

老赵，不是那么回事。

那好，那就拿着。

老赵，真的不行。

两个人不再互相推搡了，都有些僵直生硬地坐在那里，老赵像是突然听到一个意外的噩耗一样，呆呆地看着我。我在想，他认真了，不要怕是不行，过不去这个坎。世界上怕就怕认真二字，无论是谁，一旦要是认真起来，那真是没办法

于是，我对他说，老赵，你的钱来得容易么，那是拿命换来的。他说，都一样，谁的钱不是拿命换来的我说，大的方面

来说，是这么回事，可是还有一个直接和间接的区别。虽然从理论上说，每个人的生命都有危险，可从实际的情形来看，人和人的差别又实在是太大了，那种危险的程度实在是太不一样了。比如有的人，如果不是自己故意去找死，不去主动自杀，寻短见，那在相当长一个历史时期内是死不了的，可以说什么困难也没有，一点儿危险也不存在。而有的人，太想活了，却又总像一根草一样，一盏灯一样，说灭就灭了、说完就完了，还不知道是怎么完的，怎么灭的。

老赵轻轻地笑了一下，说，我还行，大概一时半会还灭不了。老天爷可怜我呢，让我多留几年。

又说，钱虽然挣得不多，但也不是特别的紧张，比起那些纯粹没有一点儿办法的人要强多了。除去他自己的伙食费，他把大部分的工资都交给了家里。眼前这些钱呢，完全是工资以外的部分，是他平时一点一点积攒下的，有时候加个班什么的。过节的时候，别人休息，你要是不休息，又没地方可去，想继续干活，就会挣到比平日多一倍的工资。他本人不抽烟，不喝酒，也不到外面去鬼混。说实在的，要是没有这些方面的开支，钱装在身上也基本上没什么用，完全派不上用场，想花都花不出去。他早就想着要用这部分隐形的钱做一件事情。这么活着，别的也就都不指望了，就想知道生活中的一些与自己有关的真实的东西。妻子和他有没有关系？当然有关系，没有关系还能叫妻子么？孩子和他有没有关系？应该说更有，因为那是他们身体力行，亲手创造出来的。家和他有没有关系？别说是他这么个恋家的窑黑子了，就是任何人也不能否认他和他自己的家没有关系，谁能没有个家呢？至于好赖那是另一回事。按照常理，每个人对自己的家都应该是了解的，不能说了如指掌吧，也应该十分的清楚。但是，多年在外，一年回来三五次，老赵觉得自己对家的了解和熟悉，越来越没有把握，没有信心，而且随着时间的推移，往昔的那个熟悉的家被罩上了一层云雾，让他越来越看不清楚，越来越感到陌生。有时偶尔回来一次，他会有一种最直接最强烈的感受，觉得不像是回到了家里，倒像是走进了一个临时搭建起来的舞台上。看见他回来，相关的人开始更衣，勾脸，准备粉墨登场，进行表演，灯光道具什么的也一应俱全，女主角是鲜艳的，在一定的范围内来说还是十分的漂亮，动人，回眸一笑百媚生，每一个眼神，每一个动作，都会让人情不自禁地叫好，甚至想入非非。锣鼓已经敲响，音乐正在和弦，一切都已妥帖，齐备，就等他睁大眼睛看了。那种时候，他就会想，思前想后，在心里问自己，这是家吗？这是我的家吗？……就这样，疑云在一年一年地加厚，变沉，颜色也在日渐深重。问题像是瘤子一样在神不知鬼不觉地变大，像孩子一样在成长起来。有人愿意破财免灾，花钱买个清静，而他也不要那些，他只想买到一些真实，哪怕只是一点点，只要是真实就行。千万别以为这是一件小事，是一件很容易的随随便便的事情，事实上有很多人一生都没有触及哪怕一点点真实的东西，一辈子都生活在一个又一个的骗局里。在外面处于别人设置、编织的一个个剧情里，回到家里，也好不到哪里去，可能从来连真实的边都没摸过。这样的人，别人看着他傻，他自己却觉得还算聪明，也正多亏了他这样的从来都浑然不觉，才让他在一种似是而非的幸福和欢乐中过了一天又一天。可是，一旦要是在半路的时候突然明白了点什么，接下去的日子就不再那么顺溜了，以前的那种看似光滑漂亮，甚至几乎可以说没有什么毛病的天衣无缝的生活就会像受潮的墙皮一样纷纷剥落，再也不能够让人依靠，再也不能够让人相信。就因为虚假，所以剥落起来才会那么快，那么迅速，那么彻底，哗的一下全塌了，连坍塌前的摇晃、振动的预兆和过程都没有，说下来就下来了。这以后，原来一直遮蔽得严严实实的东西显露了出来，丑陋，狰狞，尴尬，屈辱，一齐扑入你的视野，让你悉数饱览，尽收眼底。满目疮痍，一片狼藉，恢复估计是不可能了，费心修补也不成，一切都无济于事，只有眼睁睁地看着，或者转身出去，另起炉灶。一天过去了，然后又是一天，再然后又是一天。说到有什么指望，期盼，还真让人哑口无言，说不上来，使劲地想也想不起来。翻开记忆，没有什么值得自豪和炫耀的，一页一页，全都是由辛劳、屈辱、欺骗、眼泪和血组成的，看过一页，就不想再看第二页了。那种时候，难道不应该知道一点什么？老赵说，不论多少，得知道一点儿。要不然，这一辈子，活得窝囊不说，还真是一点儿不剩地白活了。我对他说，以后我会给他写信的。他马上说，从今以后，我最大的指望和最大的快乐就是你的信了。他这样说，让我非常不安，让我从此开始有了负担，感到身上变得死沉死沉的，又觉得空气异常闷热，使人喘不过气来。白天的时候似乎还没觉得什么，晚间尤其厉害。为了消除紧张的情绪，我让自己闭上眼睛，但很快就听到心里在咚咚地敲鼓，是一种听上去很冒失的动静。老赵好像已经走了，又回到矿上去了，好像是第二天天还不亮的时候就走了。有时候，我有一种感觉，觉得老赵很像是一只鸟，一只插着白翎驮着一些秘密和心事的鸟，嘴里衔着金黄的麦草和谷粒，在别人不经意之间，会秘密地飞回来。走的时候也悄无声息，又秘密地飞走，一点儿痕迹都不留。

鸟有时候还掉一根羽毛呢，老赵什么也没有。

中午的时候，我们正在吃饭，忽然听到哧的一声，声音不算太长，但也不是太短，听上去十分稀松而又无可奈何，不知是从哪里传来的，很多人都听见了，像是什么东西被点着了。五天皱着眉头，跑到外面。一开始，他以为是他的那辆让他操碎了心的自行车又跑了气，所以一边跑一边火烧火燎地叹着气，心里如同长起了一丛一丛的草，烦乱极了。可是，等后来看到自行车的时候，他笑了。他先摸了摸两个轮胎，感到里面的气很足，绷绷的，硬邦邦的，像两张弓，随时都能射出去，跑得无影无踪。平心而论，他觉得他待它不薄，有时比伺候祖宗还要殷勤，每天都给它打气，它怎么会说没气就没气呢？无论从哪个方面来说，也都应该有气啊！它要是平白无故地就跑了气，能对得起谁？可这样的事情就是断不了，经常发生。想起最初的几年，自行车还比较新的时候，他对它真是热情万丈，一心一意，经常把它收拾得像个花花绿绿的新娘一样，每天都骑着它招摇过市，得意扬扬，铃声大作，一路歌声一路风。只要一出门，他就骑着它，去走亲戚，去赶集，去看电影，甚至主动地帮别人一趟一趟地接送孩子，接送行动不便的老人。直到有一次，因骑得太快，把一个老人丢在半路上也浑然不觉，等回来时才发现车座后面空空的没有人，只有他一个人回来了。从那以后，他才不敢再轻易接送上了年岁的人了。现在，他看到问题不是出在这里，车子好好的。

这会儿，它像一个得志的小人一样十分满足地站在院子里。

等他后来再回到屋里的时候，听见父亲在说，终于过去了，临走前还长长地出了一口气，说明她老人家已经放下了包袱，没有心事了。父亲的样子像是在说书，像是在给人讲故事，东拉西扯地讲着一个与所有的人都无关的故事。

应该说，说的是一个鬼故事，应该说与我们也有关，因为奶奶死了，刚才的那一声就是奶奶的声音，并不是五天的自行车跑了气，而是奶奶出完了最后一口气。这么想着，有些问题支支棱棱地在我们的脑子里渐渐地凸现了出来。

五天这个头脑简单的家伙，说话也不会拐弯，直挺挺地问父亲说，人死的时候，每个人死的时候，最后都要这么叫唤一声吗？

父亲说，我又没死过，我哪能知道？

父亲有些恼怒地盯着五天，盯了一会儿，后来，恍惚又记起了什么事，类似一种前嫌。他有些发狠地对五天说，什么叫叫唤？你奶奶她叫唤了么？不会说话就闭上嘴不要说！小时候让你好好念书，就是他妈的不听。

我们都听出来了，父亲痛斥五天，像是人民群众痛斥汉奸卖国贼一样，都是出于满腔的怒火，出一口郁积已久的恶气。又嫌他不会说话，又扯起小时候念书时的旧事，主要是因为他说奶奶叫唤，用词不当。什么东西才叫唤呢，动物才叫叫唤，人叫发声。可是，那么样的一声，实际上就是在叫唤，但做父亲的不承认他的老娘是在叫唤，五天没办法，我们也没办法

五天说，没叫唤就没叫唤吧，就算是我叫唤了，好不好？我叫唤了，我经常叫唤。

但过了一会儿，当我们都来到外面的时候，五天拍了一下我的肩膀，对我说，真他妈的，蛮不讲理，无论如何跟他说不清。

又说，我将来要死的时候，就悄悄地死，不让任何人知

道，更不会这么大惊小怪地叫唤。

我对他说，这一点我和你一样，我也是这么想的。

听见我这样说，他有些惊讶地说，你才多大，就在想这样的问题？

我对他说，你又有多大呢？

他认真地想了一下后，说，说大吧，也还不太大，说不大吧，也不小了。这种年龄，属于二混子的年龄，七上八下的，七长八短的。

奶奶悄无声息地躺在那里，从此再没有叫过一声，也没有动过一下，就这么一会儿工夫，她的灵魂已走到另一个世界里去了。我看着一动不动的奶奶，又想起她平日里说话的声音，坐在窗前的样子和走路时的样子，突然发现人真是一种要多奇怪就有多奇怪的永远都难以说清楚的东西。说近吧，就近在你的眼前，要说远吧，又远得无边无际，杳无音讯，无论怎么叫，叫死都没有音讯。这会儿，这个老太太在另一个世界里干什么呢？睡着了？吃东西？与人说话？在街上闲逛，看热闹？她还能想起这边的人和事吗？是不是还记得她有几个孙子？是不是还记得门外的小羊和房后的杏花与葵花？

不久以后，父亲的号哭把我们吓了一跳，他突然放声大哭，像是被烫了一下，让所有的人都没有防备。

我看见院子里的麻雀们乱成一团。

眼泪也是有限的。

到午后的时候，已经再没有人哭了，我觉得都是累了，也再没什么哭头了。再要是继续哭下去，连自己都会觉得没意思。一家人有的烧火，有的在刺啦刺啦地撕扯白布。

县里的剧团就是在那个时候到来的。

奇怪的是，我们都在家里，谁都没有出去，但很快就知道了剧团到来的消息，没有什么道理能够解释这种事情，仿佛是从空气中闻到了某种气息，感觉来自于空气。

父亲说，没听说要来啊。

姐姐说，我听说了，听奶奶说的，好几天前我就听奶奶说过，她还要让我帮她浆洗衣服。

五天不明白地问道，奶奶她为什么要让你帮她浆洗衣服？

为什么？你说为什么？当然是为了去看戏。姐姐说。

五天说，我还是不明白，看戏和洗衣服有什么关系？看戏就去看吧，又要洗衣服，还要浆洗衣服干什么？

姐姐说，为了穿得干净，心情好，不愿意邋遢，懂了吧？

五天呆呆地看了一会儿姐姐，然后走到一旁，我看见他在自言自语地说着什么。父亲说，你们的奶奶，是一个最爱干净的人，可惜，衣裳洗了，戏也来了，她却再也不能去看了。

说着，哇的一声又哭了起来。

正要继续呜呜地哭下去，五天忽然对他说，老白家的那些桌椅板凳我借不来，恐怕还得你亲自去借。

这一招果然很灵，父亲马上收住哭声，看看五天，又看看我，然后对我说，你去。

五天对父亲说，我觉得还是你去吧，你去比较合适，也很正式，因为你是我们的家长，你去了就说明重视，隆重。外国的元首来访问，为什么不让他的儿子替他来，而他本人要亲自来？

父亲说，去借个桌椅板凳，能和那一样吗？

五天说，性质是一样的，一回事。我们要是去借，老白不但刁难，还要问，你爹呢，他怎么不来，难道他也死了么？

老白是不会说这种话的。父亲怒气冲冲地说道，这种话只有你这种人才说得出来。

心灵手巧的姐姐，从午后开始就一直在窗前扎纸花，一朵一朵的小白花不断地在她的手里发芽，成长，盛开，纷纷扬扬地堆积在她的身边，这会儿，她看上去像是坐在雪中，坐在云里。

就在那时候，我们听到了锣鼓声。

那边好像热闹极了。

声音不断地来到我们的家里，一股刚进门，另一股马上又来了。那么多的人家，房子挨着房子，山墙连着围墙，为什么不到别的人家里去呢？我们听了一会儿，五天忽然说，你们先干吧，我跟他们闹去，我们家里刚死了人，他们就来唱戏，我得问问他们，这是什么意思？一边说，一边就要往外走。得问一问，不问不行。

父亲揪住他，像扭住一个从窗户里突然跳进来的贼一样，让他住嘴。父亲说，又不是冲我们来的！你奶奶还活着的时候，人家一班人就已经在路上了。

我们都不得不在心里承认，不管父亲这几十年来说过多少假话、废话和错话，但这一句话还是应该很对的，起码没有胡说，而且非常正确。实际的情形也正是这样的，当剧团开始动身上路的时候，奶奶还正在吃东西，根本没有一点儿要离去的表现和迹象。她坐在窗前，甚至还能看到远处山上往年的积雪，她的一个妹妹就住在那一带，也是一大家子人。早些年，还经常有一些乱七八糟的人不断地翻山越岭地来，来看一看，吃顿饭，抚今追昔，要是遇上大雨或大雪天，就得住下来，等天一晴了就走。那些人，有的背着莜麦，有的赶着驴，挟着毛口袋（毛口袋还有一个好处，要是在半路上遇到雨，就把一个角折回去，套在头上，当雨衣用），耳朵和脸都冻得通红，人还没进门，嘴里首先就呵出一股一股的白色的雾气。

五天告诉我，事实上他也并不是真的想要找剧团去闹，但不知为什么，他就是想那么说，说过之后，顿时感到身上轻松多了，好像真的已经去闹过了一样，甚至比亲自去闹过本身还要轻松，还要有意思。由此他突然悟到，有些事情，甚至有相当多的事情，闹不如不闹，闹了反而不好，反而不如不闹，不闹还能够在相当长一个时期内保留住一种东西，闹了就什么也没有了。

然而父亲还是怕他去闹，他心里没底，对他的这个儿子实在没有多大的把握。在去老白家出访之前，父亲找出奶奶生前用过的一个枕头，让五天撕开，把里面的东西倒出来，拿到门口去烧。不是要把那些拆出来的东西迅速变成一堆熊熊燃烧的火，而是要让它在家门口冒烟，细水长流地冒，轻歌曼舞地冒，表示门里面的这一家有人去了，眼前化作烟雾飘散远去的正是死者生前常用的一件东西，如同死者本人。至于烟大烟小，那真的不太要紧，重要的是能够把他拖住，稳住，让他有事情可做，不再去想别的。父亲的行为和一番苦心让我想到了那些真正的国家元首，事实上他们也经常做着和父亲一样的事，每次出访别国之前，都要煞费苦心地安排一些事情，一些可以长久做的因而在短时间内不可能做完的事情，好让他的大大小小的官员们和人民有事可干，而不去甚至顾不上去胡思乱想，没有时间去搞阴谋诡计甚至政变，谋反。一些他信任的人他要带上，另一些他觉得放心和可靠的人要留在国内，帮他看守着摊子；一些危险人物，反对派，他当然不可能带他们出去，但另一些危险人物，反对派，他必须带上他们，以便随时能够控制和掌握他们，以免他们彻底脱轨，失控，从而迅速地打造出另一个天下……眼见得元首的头发一天天地白了，越来越稀疏了，夜不能寐属于常事。元首真切地有一种孤家寡人的感觉，那种感觉，刻骨铭心，没有朋友，没有知音，有的只是利益一致的同谋，而且也并不像常人所想象的那样能够随心所欲，非但不能，甚至事事都有些束手束脚，一言一行甚至表情都必须经过慎思和过滤，经过检验和漂白，甚至染色，镶嵌，镀金。常有一个声音对他说，你并不孤单啊，你有人民，有广大的人民做你的基石。人民究竟是个什么呢？这样的问题元首不是没有想过，实际上，他们是这样一群人，谁在台上就拥护谁，有一开始阴阳怪气冷嘲热讽说反话的，但用不了几年也会变成一个拥护者，甚至会成为他们中间最为坚决的狂热分子，昨天还一心想着暗杀行刺的勾当，今天就把你捧在手里……去他妈的人……元首觉得自己有时很想说一句粗野的甚至是下流的话，但他的身份时刻都在提醒他，他不能那样做！别人谁都可以那样做，可以那样说，唯有他不行。更何况，估计人民也不会答应，一千个不答应，一万个不答应。人民需要的是一个彬彬有礼，风度翩翩的君子，而不是一个动不动就袒露心扉，开诚布公，时刻都憋着一股劲想要说真话的傻小子。是的，就是这样，不要动不动就来真的，不要看见谁都说真话，那并不能得到别人的心，还会把人都得罪光了。元首啊，有时候，不，应该是所有的时候，做一个彻头彻尾的花言巧语的伪君子会更受欢迎。是的，谁不喜欢听表面光洁的好话？……夜深人静之时，元首常常睡不着，有时会禁不住回忆起过去的事情，一桩桩，一幕幕，记忆的刻度会上溯到几十年前，甚至几百年前，昔日顽童今何在？元首在心里问自己，以前那个满头乌发，满脸稚气的少年到哪里去了呢……

父亲为什么要让五天去烧东西，而不让我去呢？因为他感到五天比我要危险。

这样，他至少眼下是哪里也去不成了，只得一心一意地蹲在街门口，拿着一盒火柴，开始认真地焚烧那些东西，那样子完全不像是个正在完成某种传统仪式和风俗的孝子孝孙，而倒像是一个十分捣蛋的热衷于玩火的喜欢胡闹的孩子。应该跪着，但他是蹲着的，光这一个姿势，就让人觉得他是在玩火，而不是在做事，多亏烧的那些东西才帮他起到了纠正和说明的作用。黑褐色的荞麦皮和褐黄色的谷糠在不易察觉地流动，不一会儿，就有柱子一样的白烟从门前的空地上升了起来，而且还在一直不断地往上升，往上竖，往上蹿。到了最高处，烟就不见了，与云和到了一起。

他抬起头望着天空，这根越蹿越高越长越大的柱子看上去势头很好，前途无限，仿佛是从他的手里诞生的，变出来的，这让他突然有了一种让他感到十分冲动的很大的成就感，一种成熟的沉甸甸的东西又像风一样适时地浸入他的身上。这样的一种大功告成，功成名就的感觉，以前从来也没有过，对于他这样一个无论做什么最终都注定要失败的人来说，无疑是罕见的，令人欢欣鼓舞的。奶奶啊我的亲爱的奶奶！是她老人家帮助他有了这种成就感的。吃水不忘挖井人，他明白这一点，在这个问题上，奶奶她老人家功不可没。试想，奶奶要是不走，还好好地活着，他哪来的这种成就感？梦也梦不到。小的时候也不是没有点过火，有一次不小心把村里最大最雄伟的两个草垛都点着了，但那是一种祸害，不但与成就无关，不搭界，正好相反。

这些年，贩卖玉米，他赔了。

收购羊皮，别人都能赚，他又赔了。

与人合伙开店，失败了。冬天是因为店里的被褥太脏，炒的菜里全是雪白的肥肉。夏天是因为店里的蚊子跳蚤太多，一到天黑，咬得客人根本没办法睡觉。有的客人不得不在半夜里爬起来，到院子里点一堆火，用来驱散蚊子，等待天亮。有性情不好的客人，干脆摸着黑就走了。为这样的事，也没少和客人打过架。

独自去种药材，失败了

培养蘑菇，失败了。不少人一致认为他培养的是毒蘑菇，其实不是，其实能吃，和正经的蘑菇一样，但没人相信。

饲养鸽子，失败了。别人的鸽子放出去，到时候都能回来，他的回不来，回来的不多，有一次只回来一只，放出去就放出去了，等于黄鹤一去不复返。

养猪，失败了。

学习木匠手艺，又失败了。

受雇替人押车，也失败了，还打断了车主人的鼻梁骨，并为此付出一笔不小的医疗费和营养费。除去民事部分，还差一点儿被追究刑事责任，由于他人的劝说和车主人的宽宏大量，大人不记小人过，最终被免于刑事诉讼。

学习熊氏太极拳，失败了。

钻研书法，失败了。

收集汉代陶罐和古旧线装书，失败了。

要求入党，准备当干部，也失败了。

用土模子印钱，也失败了，因为印出来的钱根本不像钱，其成色连冥币都不如，这让他再没有勇气和信心再继续干下去。

前不久，和我在一起，和很多人一起，竞选捕鼠队队长，又失败了，回来后哭了一场。

……

就是因为从来没有做成过一件事，所以他才至今还不得不骑着他的那辆早已老得一塌糊涂的自行车，东奔西走，但凡要是能够做成哪怕一件事，稍微有点赚头，他早就把它换成摩托车了。南园村有一个人有一辆一跑起来就呼呼地冒黑烟的摩托车，他去看了几次，卖主才要六七百块钱，如果认真地跟他搞一搞，磨一磨，估计四五百块钱就能骑回来，但就是四五百块他也拿不出来。至于黑烟不黑烟的，他倒不在乎，不计较，关键是拿不出钱来。他常去那一带转悠，摩托车的主人常常也能看见他，但也并不和他说话，只是把那辆准备出手的车擦拭得很干净，还故意摆在他能够一眼看到的地方，引而不发，引诱他。有一天，他与我商量，想等天黑以后把那个东西弄回来。我告诉他说，那里早就设置好了一个圈套，就等着你往里钻呢，你要是摸黑去了，他们才高兴呢。他们不怕你去，就怕你不去。听见我这样说，他吓了一跳，问我说，你是怎么知道的？我对他说，以后别再去那里转悠了，转也是白转，等有了钱，直接买一辆新的。他说，你说得容易，钱在哪里？咋就能有了钱？我说，没钱也不能去那里瞎转悠，会转出麻烦来的。如果有一天那辆车真的丢了，他们谁也不怀疑，第一个首先怀疑的肯定就是你，你信不信？

他满脸焦虑不安地说，我没拿，你是知道的。

一个围着围巾的女人匆匆地走来，看见这边门前的烟雾后，犹豫了一下，闪身走进另一条巷子里，很快就不见了。

五天，谁死了？

墙边有一个声音忽然问道。

我奶奶。

哦，老人家有没有一百岁？

没有。

唉，那还小哩，还非常的年轻，这么年轻就死了？

七八十还年轻？谁能保证自己就能活那么大？你能吗？

哎，说得也是，还真没那个把握。

说话的人像一阵风一样很快就没了，他自始至终都没有看见那个人是谁。

到晚上吃饭的时候，奶奶已被转移到了西边的一间厢房里，猫还像往常一样，卧在她的旁边。

我端着油灯，五天拿着米和馒头，我们走进去。米是生米，刚从缸里舀出来不久，虽然也还很黄，但已经很快就有了一股死人味，不知是怎么回事。

我觉得很奇怪。

我把灯点亮。

五天对猫说，好，就在这里守着奶奶，哪里也不要去。奶奶活着的时候，对你小子可是够不错的。

猫说，嗯。

灯灭了一次，他又把它重新点亮，时而轻快敏捷时而又相当笨重的影子在墙上动来动去，活蹦乱跳，如同橡皮筋一样，突然拉长，又猛地缩短。猫拉直身体，展展地趴在那里，看上去也像是跟着奶奶一起去了一样。

空气里有一种味道，从房子里一出来他就闻到了。

老赵，老赵同志，这些天没有什么事，今天一整天都没什么事，世界还和昨天一样，甚至还和从前一样，还像多年以前一样，羊在山上，牛也在山上，云贴在天上，附近的水里浮现出人们的房子和一些树木，那些东西，越看越熟悉。云彩是那样的一种云彩，一卷一卷的，看上去像是无数捆好的行李。那么多的行李都一动不动地搁在天上，似乎有千军万马要上路，出发。

要到哪里去呢？

我不知道。我怎么能知道？

上一次，我在孙文胜妹妹家的门前遇到了你的一位叔叔。老赵，我这么说，你知道我说的是谁了吧？对，倪文焕，就是倪文焕，就是那个看上去很瘦的走起路来一个肩膀高一个肩膀低的人。我还特别留意了一下，发现他的两条腿也没什么毛病，看上去十分正常，可不知为什么就是走起路来的时候一个肩膀要比另一个肩膀高出许多，或者也可以说一个肩膀要比另一个肩膀低下去很多，差着好大一截呢，我不知道这是怎么回事，总觉得这应该是一件多少有点儿奇怪的事。原以为问题可能出在两条腿上，既然腿没问题，那就说明问题可能在那两个肩膀上，不是这个有问题就是那个有问题，也说不定两个都有问题，这种可能是有的。我一直在想，他肩膀上低下去的那一部分，平白无故地短了的那一部分，又到哪里去了呢？也并没有被割走，能到哪里去呢？让我感到迷惑不解的正是这一点，因为他看上去显然还是一个比较完整的人，相当的完整，身上并没有缺少什么，也没见多了什么。要是哪里多出一块来，那也还好解释。另外，我还不明白他为什么姓倪？我真是不明白，他为什么叫倪文焕呢？而你姓赵——这里面肯定有很复杂的东西，是吧？唉，这个突然遇到的人，让我费了好大的劲。

说到你，他说，那孩子，小时候还不是现在这样的，也还乱七八糟地淘气过几年，也还曾经有过一些硬硬的棱角和茸茸的毛刺。可谁知道后来就变了，完全变了，越往大长越变得老实、本分，先前的那些金棱棱的麦芒一样的光泽也不知都到哪里去了，再也不见了，没有了。我不知道是哪里出了问题，我真是看在眼里，急在心里啊！可我又不是他的爹，也不能多说什么。我只是他的叔叔，中间还隔了一座山。叔叔你应该知道，我们周围的人差不多都是这样，两方面如果相处得好了，那就是叔叔，叔伯姑舅，那就是亲戚，也还有些情谊。要是平时就相处得不好，甚至很糟很烂呢，那就什么也不是，甚至会成为仇人，比那些与你不沾亲不带故的人还要不好。好在我们还好，也从来没有因为什么事情闹过、不和过。可是那也不行啊，孩子毕竟是别人的孩子，人家怎么成长，怎么发展，发展成什么样，和我又有什么关系呢？可我还是忍不住想关心关心，我是真心想盼他好啊！看见他越来越像一只绵羊，我当时就觉得，这可不是什么好事情呀，这不对头啊。一个人将来要在这个世上活，混，打闹，闯荡，摔打，你老实成这个样子怎么能行呢，显然不好往下活啊，根本就混不下去。你看现在这个世界上的人，各方面的人，人人都活得像狼一样，都恨不得把别人撕咬着吃了，同时又在拼命地保护自己，武装自己……可他呢，唉。我的女人说我是吃饱了撑的，替古人担忧，我不这么看。他是古人吗？明明是活生生的一个人，时常在你的眼前走来走去，我还参加过他的婚礼，怎么会是古人呢？要真是一个古人，那倒好了，那我还操什么心！古人多了，哪一个古人让我们担忧过，哪一个古人用得着我们替人家操心？我跟你说这个让人不能不担心的"古人"，我后来越来越发现他不对，有很多地方都不对，但最主要的不对还是他的那种活法，这是最要命的。人，有的事情可以马虎，可以不计较，可是这个最根本的问题能不计较能不引起注意吗？你看他，也人到中年了，见了人连正经的该说的话也不会说，更让人感到担心的是，他根本不会与人打交道，在这方面，可以说一点儿也不懂，像是从来就没有在这个世界上活过一样，连有些聪明伶俐的小孩子都不如。不会和男人打交道，更不会和女人打交道，心里明明想着要对人家好，可就是嘴上来不了，说不出来，这怎么能行呢？你怎么想，别人怎么能知道，是不是？卖东西还得勤吆喝呢，你要是一声不吭地站在路边，谁知道你是干什么的，是不是？你得说出来，非得说出来，这样才能让别人知道你是怎么回事，是不是？可是他不说，就是不说。我对他说，你把那些话放在心里有什么用呢，准备派什么用场呢？现在不拿出来，天长日久，以后再想拿也拿不出来了。你知道，人与人之间的那道墙，很多时候就是这样来的，就是这样才有的。并不是谁天生就跟谁不对，那是日积月累熬出来的，通过一件又一件的事情一层一层地堆砌起来的，一点一点地培育起来的（当然，也有那种天生的冤家对头）。什么时候，一旦成了形，或者变得有模有样的，你再想把它搬掉，铲平，那可就难了，就没那么容易了，你说是不是？唉，没办法啊！女人肚里有了孩子，如果不想要，如果不能要，还可以想办法打下来，打下来就没事了，觉得自己又焕然一新，若无其事，又可以重新做人了。可这个东西不行，无论用什么办法也打不下来，也根本不可能打下来，那你就只好留着吧，只能走到哪里就带到哪里了，你看麻烦不麻烦。

老赵，你的这位倪文焕叔叔很有点儿那种让人难以言状的性情。以前，我对他也不甚了解，只知道他在一个小印刷厂里当厂长，是从一个排字工一直熬上来的。

我现在经常总在想一件事情，想一个老得几乎不能再老的问题，那就是关于人的问题。因为我越来越发现，这真是一个最难以理解的东西，永远都不可捉摸，无法把握。有时候，你自以为对某一个人已经很了解了，可事实上完全不是那么回事，你所了解的仅仅只是他的一个侧面，只是他身上的一小部分，而且，就是这一小部分，也还不是牢靠的，并不是十拿九稳，铁板钉钉的事，它随时都有可能让你瞠目结舌，让你连自己也不敢再相信。

什么都靠不住，真的。每当想到这些，我都会感到难过，和无边无际的沮丧。

我曾经问一个人，为什么经常用自己的手捂着自己的脸，像是要深深地埋葬自己一样？他不停地摇头。没有回答。

我的理解是，是因为感到活得束手无策。

两个高大的草垛挡住了从西北山梁上刮来的风，几个女演员站在草垛后面说话，她们都穿着大衣，脸庞雪白，红嘴，眉毛细得如一条线。天又是阴天，这让她们显得更加苍白、寂寞。

四周还有许多碉堡一样的草垛。

有人换上了红蓝两种颜色的练功服，正在干硬的地上叭叭地翻跟头，远处和近处的荒草在摇晃。冬日的打谷场本来是无比荒凉和寂寥的，但剧团一来了，马上就不一样了。剧团是一个庞大的家族，有着众多的乱七八糟的情形复杂的成员，饰演皇帝的人在下面散步的时候也是一本正经，一脸的严肃，妄自尊大，不通情理。小丑们和官员们在他的视线之内极尽所能地蹦来蹦去，嫔妃和侍女们像花一样在草垛与草垛之间穿梭、隐现，裙裾翻飞，秀色飘扬，行云飞雪，西皮流水。但是，我听说，眼前这些人只是剧团的一小部分，严酷的形势需要他们化整为零，像游击队一样进行分散活动，于是，原来的那个统一的大剧团像核裂变一样忽然分成了若干个小剧团，一下子产生出了众多的团长，他们都仿佛是在一夜之间由原来的那个老团长繁殖出来的，蛾变出来的。原来的时候，他们都还只是一些蠕动或僵硬的蛹，现在不一样了，由蛹到蛾，这样的变化和进步不是每个人都能遇到的。分散活动以后怎么办呢？上级闪闪烁烁地指示说，能生存就生存，能壮大更好，不能生存就暂时隐蔽起来，保存实力，等待形势的全面好转，准备迎接新的革命高潮的到来。

鼓大坐在一只青石碌碡上，碌碡四周稀疏的荒草让他想起了太阳的颜色。上午的时候，还有村里的人在这里歪歪扭扭地练习骑自行车，现在，已经全是剧团的人了。鼓大看见，那个时常在戏里扮演皇帝的人此时也正坐在一只长满苔藓的碌碡上，愁眉苦脸地抽着烟，看着铁板一样的天，看着干硬的地，看着四周一带摇来摇去的荒草和远处灰蒙蒙的景色。鼓大想，皇帝原来也抽烟。听说这个人现在的身份十分含糊，十分的不明确，好像是这支小股队伍的团长，但又好像不是，而极有可能是一个临时负责人。但有一点是非常确切的，那就是他在剧中的皇帝的角色毫不动摇，不管是什么皇帝，都非他莫属。现在，他的脸上布满了无数纠缠不清的官司。鼓大听说，别看他在台上的时候高高在上，山呼万岁，不可一世，可一下了台，完全等于是从天上掉到了地下，所以他最怕曲终人散，每次临近散场的时候，都会让他无限伤感，他希望台上的戏能够一直演下去，永不闭幕。他的家庭，婚姻，甚至包括孩子，都一塌糊涂。孩子们像一窝土豆。你用手揪住地里的一棵苗子，用力往上一提，就会拎出一窝土豆，上面大大小小地连缀着五六个、七八个半生不熟的东西，那就像是他的那串孩子们，有人戏称他们为太子。假皇帝想，可惜不是，要是，那就好了，一切也就全都不一样了。此外，他的老婆好像也有点儿问题。假皇帝有时也庆幸自己幸亏不是真正的皇帝，要真是，那个所谓的皇后会让所有的人都受不了，无论对谁来说，都会成为一种巨大的实实在在的灾难，对整个国家来说，更是一种真正的天灾人祸，因为她能够做许多敌人想做而又很难做到的事情，她干起来易如反掌，一帆风顺……这样的一些事情，鼓大是从哪里听说的呢？是从那几个女演员闲聊的时候听说的。她们像一些逃离战乱的太太，像一些无主的花，站在高高的草垛后面，一边避风，一边信口言说，什么都说，想起什么就说什么，看见什么就说什么，上至生杀予夺的领导，包括领导她们的和不领导她们的，下至烧锅炉的、做饭的、扔死孩子的，谁都有可能成为她们众口浇灌的对象。

他们早就看见了坐在碌碡上的鼓大。

哎，你喜欢看戏吗？一个女人问鼓大。

鼓大迎着风，没有说话，但她们认为他说了，而且说的是喜欢，是风把那两个字从他的嘴边吹跑了。

于是，她们高兴起来了。

是喜欢看戏呢，还是喜欢看我们这些唱戏的?

一个三四十岁的女人在问鼓大，她们都叫她苏大姐。她脸庞雪白，丰满的胸部令人眩晕，此刻，她两腿微微分开，站在那里，这使鼓大感到有源源不断的水雾和暖意正从她的健壮的身上出发，在附近一带慢慢地缭绕，荡漾。

鼓大的脸红了。

两方面都喜欢，是吧?她们不容分说地替他说道。

之后，又自作主张地说道，那就行，不管是哪一方面，只要能把人吸引来就行。

鼓大抬起头，想看清她的模样，却没想到首先扑入他眼帘内的还是她的那两个隆起在衣服下面的乳房，他很快又低下头去。有一瞬间，他感到有一座丰饶的山正在由远而近地压过来，徐徐地移动，暖风扑面，芳香袭人。他想起有一次，仅有的一次，他和蒲雨顺老师在一个饭店里吃饭，隔一张桌子过去，对面有一个女人，蒲雨顺老师显然是走神了，看上去十分的呆傻和白痴，鼓大觉得他很像是一个植物人。蒲雨顺老师看着对面，自言自语地说，这么两个过分的东西，到底也不知道是真的还是假的。鼓大当时就想，这个蒲雨顺，真是狗拿耗子，管那么多干什么呢，我们两个人在这里吃饭，连一盘稍微像点样的菜都要不起，一问哪个菜，都要被吓一跳，别人的真假又与你有什么关系呢?

像是在睡梦中，他听见又有一个女的在说，看看我们苏大姐，看看我们程小妹，哪一个不是精品?我要说那些不来看戏的，他们才是真正的傻瓜，蠢猪，太监!

一阵充满快意的笑声从寒冷的草垛后面荡起，又像花一样盛开，受到惊吓的麻雀们在上面一飞来飞去。

你叫什么？

静下来后，他听到她们在问他。

鼓大。他说。

什么大？

鼓大，锣鼓的鼓。

好几个人都在同时说话，一时间，他感到眼前一片莺歌燕舞的景象，几个女人就能让冬日荒芜苍凉的打谷场变得热情明亮，喧闹活泛起来，这让他没有想到，他感到惊奇。再看那些生硬的土和石头，似乎也在转眼之间变得柔软，洁净，有了香气。

她们说，事实证明，戏剧就是要面向青少年，尤其要面向像鼓大这样的青少年。可是，分管她们的领导自以为了解行情地说，要面向娃娃，从娃娃抓起。她们想，娃娃们懂什么，只知道哭，只知道尿，连东南西北，张三李四都分不清、再说，哪有那么多的娃娃会听我们的话，你说抓就抓？茫茫人海，抓谁去？领导半开玩笑地说，别看你们一个个都风情万种的，原来都是一群傻女人。不会想办法吗？没有业务，我们自己找，没有娃娃，我们自己生，你们都还年轻，都还不算是太老，有的女性六十多岁还能生孩子呢。也不要多了，贪多嚼不烂，每个人生三个五个，这就够了，加起来也就不少了，就会是一支很可观的队伍啊。她们听了，一阵惊呼，都说，我的李书记啊，我的贾部长啊，你们有没有搞错，生那么多孩子是要犯法的，国法难容啊！领导们说，瞧瞧，又傻了不是，不会立一些空户头，过继到别人的名下吗？实际东西还是咱们自己的。领导与她们打情骂俏，与民同乐，她们还是很高兴的，有时候打心眼里高兴。他们实际是来叫她们去给政界和企业界唱堂会，也是在多方地帮助她们拓展市场，建立广泛而又实用的可持续发展的感情世界。唱得时间太晚了也不要紧，就不要回去了，可以住下么，环境和条件比你们自己那个家不知要强多少倍。不过，那也真是一条能够起死回生的捷径和通道，让她们省了不少劲。有的领导一高兴了，就说，哎，看你们也怪可怜的，小模样怪招人疼的，打个报告吧，给你们点儿钱。太好了，明天就让把报告给您送去。不行，别让什么人来，谁来我都不见，更不会批，除非你亲自来。那我就亲自去吧。哎这才对么。又说，我这个官也不好做啊，僧多粥少，从来都是僧多粥少，希望你们不要嫌少，以后还有机会么。她们说，哪里，领导的关怀我们怎么会嫌少，我们会把一分当作一万看的。哎，这就对了，这就好，我就喜欢这样的人。人活着，就怕不懂事，一不懂事就什么都不好办了。有的人可没有你们这么懂事，来跟我要钱，有时候还硬邦邦的，他娘的，我前世欠他们的还是怎么的？他硬，我比他们更硬！

是的，您硬，我们都知道您很硬。

她们中间那些比较有头有脸的，都唱过那种小型的极小范围内的堂会，宾馆里、会议室里，有时竟然是在浴池边上。走进去，四下逡巡，发现没有观众，问人呢，说在水里呢。又说，还穿着衣服哩，不必过于拘谨，放开点儿，尽管放松。穿着衣服钻在水里？鬼才相信。不管怎样，既来之，则安之，唱吧。于是就开始唱，咿咿呀呀地唱，袅袅婷婷地走，亦笑亦颦，没有目标地抛送着秋波。

唱着唱着，就有人湿漉漉地从水里爬出来了。

这是好的，那些台柱子们常去的地方。那些比较没有头脸的，姿色差的，可轮不到这样的机会，她们只能去死人的家里，给死人唱夜戏。要论唱腔功夫，她们并不差，只是因长得不好看，才会进入到另一种环境里。本来是不带着感情唱的，但常常唱着唱着，触景生情，整个人就全部陷进去了，声泪俱下，悲啼哀鸣，伤痛欲绝，没有一定的时间，很难一下再拔出来。这样的情景，常常连死人的家属也为之感动。唉，可把个人唱坏了，真的动情了，都唱成这样了，再多给五十吧，在原来说好的基础上再加五十。

五十干什么！一百。

一百就一百。

她们发现，有的领导还不如死者的家属，费劲唱半天，有时候一毛不拔，站起来就走了。她们表面上带着放荡的媚笑与他们握手，与他们言欢，背地里叫他们狗屎、垃圾。

有人看见，说你一下午都和她们在一起。

……

我告诉你，你还嫩了点儿，小心栽进去。

到晚上的时候，星星只剩下了寥寥的几颗，七零八落地嵌在黑乎乎的天上，抬头去看，像是几只合不上的眼。除了一些不懂事的孩子，没有人认为往日那稠密的在天上挤得不能再挤的星星被风吹跑了，只是觉得它们也许不想出来，不想浮现。但人们自己愿意出来，愿意在黑暗中急急地奔走，叫喊，碰撞，推推搡搡，像是认领祖宗，但同时又像是收养孤儿一样，把剧团的人分别领回各自的家里吃饭，有的领一个，有的领两三个。剧团一年一年地不行，一年不如一年，那是剧团自己的事。可是，真的来了，人们还是很欢迎的，还是很把他们当回事的。天是真黑，黑得面对面都互相看不见，甚至分不出男女。这样的一种黑洞洞的天气，让那些多年来一直在各种剧情里不断地进进出出，生离死别的人们感到仿佛又回到了戏里。在黑暗中走着，人们不时会互相撞到一起，狭路相逢勇者胜，人们懂得，这时候最需要的就是横冲直撞，勇往直前。一个人，在自身完全无意识的情况下，有时会成为别人的障碍、敌人，这样的事情，常常让人猝不及防，来不及思量便已注定，让你鲜血淋淋，让你黑暗无比。

人们抢着要把剧团里那些长得漂亮的人——主要是女人，领回自己的家里。既然好赖都得领一个回去，为什么不先下手弄一个好的呢？弄一个好的准备干什么呢？不干什么，也不为别的，就是为了看看，觉得满足，过瘾，让身心，其实主要是让那一双看惯了荒凉和傻大黑粗的眼睛受到一次最近距离的冲击与动荡，受到一次美的教育与洗礼，对比一下，振奋一下，鼓舞一下，刺激一下。妈妈，母亲！我们有幸见到了我们能够见到的在我们看来已经是非常好看非常漂亮的人，我们感到幸福，感到十分的知足，总算没白活一场。另外，也深受触动与教育，越看她们那天仙般的模样与举止，就越会发现我们自己的不足，严重的不足和缺陷，就越觉得我们自己真是不成样子，不成个东西，不成个体统。世界上难道还有比我们更糟的吗？这话要是放在以前，放在过去，我们会毫不犹豫地说，是的，没有了，肯定没有了，再也没有比我们更糟的了，我们就是最糟的那一堆，我们至死都不明白那是怎么一回事。但是现在，我们的认识变了，我们的看法和心情也变了，我们觉得，我们可能还不算是最糟的，我们真的是这样感觉的。不过，就是在过去，在我们一直认为自己最糟的时候，我们也没有怕过，怕又有什么用呢？事情既然已经这样了，光怕又顶什么用呢。

但是，我们很快就发现，我们高兴得有点儿太早了，等我们去了以后，我们才知道我们这一回又来晚了，又迟了一步（为什么老天爷，为什么时间总是和我们过不去呢？总是要让我们晚一步，慢几拍呢）。我们不无悲哀地得知最好的东西已经被人挑走了，被人赶在我们之前拿走了，只给我们剩下一些不太好的，不好的。我们只能这样认为，对自己说这还不是最坏的。有人看见，剧团里最漂亮的一个女人，早在几个小时以前，就已经被我们的党支部书记贺林炸同志领回他自己的家里去了。这个消息让我们气得要命，让所有的人都气得要命，绝望得要命，却又哭不出来。老天啊！为什么总是该睁眼的时候不睁眼呢？为什么总是刚发现了一条路，立即又被堵死了呢？黑暗又一次来到我们的心里。

不过，难过了一阵以后，我们很快也就不再难过了。转过身去，我们开始尽量挑选那些模样和身段还比较端正顺溜的，不算太难看的，往自己家里领。也有人说，都是个人，都是领回去吃顿饭，领谁回去不一样呢？这又不是买东西，非要挑好的。我们想想，这话说得也是，完全在理。事实上，在一年又一年的生活中，我们买东西也并不是买好的，相反，却总是买那些最便宜的最不值钱的从来都没人看更没人要的东西，只买那些——因为好的我们根本买不起，光是问一问价钱，打量一下样子，不能说把我们一下吓死，至少也吓个半死，以后连想也不敢再想，梦也不敢再梦。多少年了，我们从来只配买那些完全过了时的被有钱人弃置多年的呆货、傻货、孬货，而他们也一车一车地拉来，向我们兜售、哄骗。因为他们十分清楚，农村是一个广阔的天地，在那里是可以大有作为的。

世界一片黑暗，冷风在怪声怪气地叫唤。人们一边往自己的家里走，一边在想着那个总是和时间和我们大家在拼命地无情地赛跑的人，有的在嘴上骂，有的在心里一遍一遍地骂。真是个王八蛋啊！每一次，所有的好事总是要抢在我们的前面，也总是能够抢在我们的前面，我们总是跑不过他，我们也真是跑不过他啊！我们算是服了，认了。很多时候，我们还没有出发，还没有开始行动，甚至脑子里还没有那种念头，他就已经回来了，整整比我们提前了一年甚至几年，这不能不让我们常常都目瞪口呆，吃惊得像见了鬼一样说不出话来。那样的情形，你要是见了，你也会叫起来，或者跳起来，或者干脆惊得哑口无言，手脚冰凉。

由于奶奶的去世，由于家里突然有一个死人停放在那里，所以我们家里没有分配剧团的人来吃饭。晚上，我们去领人时，村主任对我们说，你们就不要往回领了，你们家里已经够忙的了，已经够乱的了，去别的人家吧。

五天说，我们不乱，要乱也是乱了敌人，锻炼了人民。

村主任说，真的不用了。

五天说，不，我们想领一个回去，我们没有别的意思，就是想为村里做点儿贡献。

村主任说，很好，这很好，有这份心就非常好，值得表扬。不过，这次是不行的，还是等以后吧，啊，想做贡献，以后机会多得是。

五天说，我们等不及了，我们就想现在就做，我们不想等以后，以后是以后，现在是现在。

村主任说，现在不行，现在真的不行。

五天说，我们是要把他们请回去给他们吃，给他们喝，盛情地款待他们，又不是要杀他们、剐他们、剥他们的皮。

村主任说，不是那个意思。

五天说，那是哪个意思？

村主任说，你想想，有个死人放在那里，谁敢去？

听见村主任这样说，五天的脸上就有些很难看。

五天说，哪有死人？谁是死人？

村主任说，谁是死人？当然是你奶奶。听你的意思，难道她还活着？

五天说，谁说还活着？我说过吗？我是说，没有什么可怕的，吃饭的时候，我奶奶肯定不在场。

村主任说，她要是在场，那倒好了。她要是也坐在旁边吃饭，那还说什么？你只管领一个回去就是了。我们怕什么，就怕她老人家到时候不在场。

五天说，哎，我实在是不明白，既然她不在场，那还有什么好怕的？再说，我奶奶又不咬人，不吃人，她是个很好的人。顺便说一下，她在西厢房里，像是睡着了一样。

村主任说，别那么说，你快别那么说，你当然不用害怕。我奶奶死了，我也不怕，可别人就不一样了，你以为谁都和你一样？就算我同意让你领一个回去，吃完饭以后，人家也不敢回来呀。

五天说，那没关系，吃完饭以后，我可以送她回来。另外，有些事情可以不告诉她们，不让她们知道，就像什么事也没有发生过一样，那不就行了么。

村主任说，那不行，那怎么能行？我们不能哄骗剧团的同志们，尤其是女同志。别人怎么骗她们，我们管不了，也够不着，插不上手，但我们自己绝对不能那样做。

五天说，看你说的，这怎么能叫哄骗呢？这样做无非是不想让她们害怕，让她们少一点儿负担，怎么能说是哄骗呢？你没有听说过一句话么，知道得越多就越有麻烦，知道不如不知道。

村主任说，我当然听说过。不过，我还知道，对同志应像春天般的温暖，要以诚待人。

五天说，你身上好像到处都是嘴，我说不过你。

乌黑的冷风一遍又一遍地撞击着他们的身体，想把他们赶走，赶到不知道什么地方去，催逼的声音如同咒语。我们都感到了风的厉害和无情，都意识到不让步也许是不行的。肯定不行，肯定得让。从小到大，不知让了多少次。谁能闹过风去？世上难道有这样的人吗，难道还有比风更厉害的人吗？村主任和五天都不相信，在这一点上，他们倒是惊人的一致。

我去找苏大姐，但没有找到。

有人告诉我们，这时候的村主任还正一肚子气呢，党支部书记把最好的最引人注目的一个女人不容分说地领走了，村主任突然感到自己特别窝囊，人活得窝囊，官当得也窝囊，虽然是在自己的村里，但不知为什么他老有一种背井离乡，寄人篱下，看人脸色的感觉。平日里，他尽量地让自己高兴，尽可能地找一些开心的事情去做。

村主任看着五天，想道，以前不知道，也没看出来，真是一个胡搅蛮缠的东西哟！他朝四周看了一会儿，一丝笑意忽然像一条虫子一样爬到了他的脸上。他原本打算把它们都深藏起来，只露一点点头绪在外面，但很快，他就发现已经管不住自己了，他知道自己笑了，而且笑得很厉害，难以收敛，难以抑制。后来，他不再小心，不再紧缩，索性将它们全部放开，让它们尽最大可能地怒放，盛开。这以后，他脸上的笑容似水，不住地向四周流溢，笑容如花，如火，如火如荼，可盈可掬，一掬就是满满当当的一大捧，像金子一样闪闪发亮，手小的人是无论如何都捧不住的。这样的一种感觉让他突然发现，当一位人民的干部是多么的幸福，而当一位领导人民的干部会更加幸福，这一点，已被无数的事实所证明，而且一直颠扑不破。比如党支部书记。这时候，他想起了那个想干什么就干什么的人。在过去，在以前，在遥远而清苦的古代，人们常梦想自己能够成仙得道，长生不老，一人得道，鸡犬升天，而现在，有了捷径，再也用不着绕那么远了。

在鬼哭狼嚎般的风声中，村主任对五天说，要不，你领一个回去吧。不过，你看，已经没有人了。

确实已经没有人了。只有剧团带来的那些沉重的颜色斑驳的木箱子放在那里。

村主任对五天说，你还想领谁呢？

五天说，我总不能把你领回去吧？

村主任说，我还有事，就不去了。

回家的路上，五天说，说话来回绕，一件事情，骡马一样地兜圈子，绕来绕去，到最后全变了。或者，表面看上去变了，暗里还是原来的那个样子……啊，怪不得能当干部呢。

一路上，风不时地把他的衣服吹开，像是要剥他的皮，这样，他不得不把自己抱紧。

有一年，好像是一个夏天的晚上，天没有这么黑，有月光，我们在月亮地里走着，忘了是去干什么。那天晚上的月亮真是好，使得到处都看上去明晃晃的，水汪汪的，白日里的红花变成了紫花，粉的变成了红的，树像兵一样，疏朗宁静的山川小树林子像花园一样，山像是戏里的情景一样，一堆一堆地堆在远处，就连我们正在走着的那条路，以及周围和远处的别的路，看上去也有点儿不太真实。我不知道别人的感觉，有一段时间，我自己变得十分恍惚，像是走在一个没头没脑的完全不知深浅的梦里，忘了我们当初是从哪里出来的，又完全不知道这么走着要去什么地方。直到现在，我仍然不能确定那真的是不是就是一个梦，一直像一件真实的事情一样让我铭记在心。也就是在那天，我才发现，才明白，好的月色，迷人的月色，由此上溯下穷到一切迷人的东西，都会让人不知不觉地放松自己，忘了自己，放任自流，失去约束，失去此前所有的一切羁绊和禁忌。人在那种时候，有一种完了的感觉，感觉自己在不由自主地下坠，不由自主地往下堕落，什么也拉不住，强烈极了。可同时，又有一种轻飘飘的没有一点儿重量的要飞起来的直上云霄的感觉，这是多么奇怪的事啊！我想。人怎么能同时有这么些完全不同的水火不相容的感觉？如同一条条的看不见的绳索一样错综复杂地交织在你的身上，又从无数个不同的方向牢牢地牵引着你。

后来，就在那样的一种银灰的毛茸茸的光线里，不知从什么地方突然传来一个人的声音……让我死吧……明晃晃的月亮地里，那声音像是把我们都粘在了地上，让我们寸步难移。有风，但风是透明的，又如同叹息一样轻微，所以根本看不见，也看不见风经过的地方有什么变化，只能看见我们自己的影子被抹在茫茫的大地上，看上去像是一些写坏了的字。

那个时常扮演皇帝的人就在我们隔壁一家人那里吃饭，我们进去的时候，他正在对人们说他自己的事情，声音还是人们熟悉的戏台上的那种声音，人们聚精会神地听着，有的人半张着嘴，整个人都陷进去了。假皇帝长得相貌堂堂，倒真的像是一个穿着便衣的皇帝，他说的许多事情，人们都从来没有听说过。原以为他一直都是领导别人的，一贯发号施令的，这一回才知道他当年学戏的时候也很苦，没少挨过师傅的打，有时被打得连功都不能练，不得不躺在床上。有人惊讶地问道，师傅有多大的胆子，连你也敢打？你可是皇上啊！他说，师傅确实厉害，只要是他的徒弟，他谁都敢打。再说，那时候我还不是皇上。说过之后，觉得不妥，立即又说，就是现在也不是啊。

五天问他，从演戏以来，一直都在演皇帝吗？他说，也不全是皇帝，也演过别的，比如赤卫队队长，政委，党代表，中共地下特委书记，临时支部负责人等等。

演过保安团司令吗？五天说。

那没有，那是坏人，我一般不演坏人。他说。

在《四渡赤水》中，他扮演一位没有姓名的军首长，在《霞光万丈》中，他有了名字，叫高大勇，是一位拒腐蚀，永不沾的好干部，亲手把别人送给他的钱撒得纷纷扬扬，到处都是。在最近的一个戏里，他扮演一位带领人民自力更生，改天换地的公社书记，最后累倒在一盏煤油灯下。苏醒过来后，首先问道，水库结冰了没有？接着又问道，猪儿洼的车老汉过冬有没有棉衣？还要问，却又一次昏迷了过去……舞台上的灯光骤然由亮红变成了深红。无论什么时候，每次只要他一出来，整个背景都是红的，仿佛一个朝霞灿烂的早晨。那景象让人们有些糊涂，但也没有人去多想，戏是演给你看的，并不是要让你从中发现问题。

公社书记又醒来的时候，父亲来替我。

我替你看一会儿。他说。

他要我回去守灵。

坐在奶奶的旁边，看着桌子上的灯和墙上的影子，我想起了那句话，有的人活着，但已经死了，有的死了，但依然活着。

我这样想没有别的意思，并不是说我的奶奶还活着，更不想由此证明什么。老太太确实去了，离我们越来越远。

要在平时，早就坐起来和我说话了。

什么都说。说天气，说邻里，追忆往事——那真是在追忆，追寻得十分吃力，一不小心就断了，很久都再接不起来。记忆深处的天空和树林，很多年以前的气息和光线，再要重新抓在手里，比让她出去赚钱还要难。一件事情，刚有了个头，很快又像当年的一根线一样飘走了，一群孩子又跑又跳，但谁也追不上那根越飘越远的线，回去把家里的大人叫出来也无济于事，别看都是大人，也吃了多少年的干饭，可该干瞪眼的时候照样干瞪眼，照样没奈何，照样束手无策，比他们的孩子们有办法不到哪里去，有时甚至还不如他们能够灵机一动。

我对她说，这就是往事啊，别以为这就不是。

她说，这也能算？

我说当然。

我理解她的心事和意思，她以为只有蓝脸儿和下雪天才算是往事，才能被叫作往事，其余的都很难说是什么。蓝脸儿是她小时候的一个伙伴，家里穷得叮当乱响。蓝脸儿是这样一个孩子，几乎从来不打喷嚏，但只要一打，这一天稍晚些时候就会下雪，一下就是一天一夜的鹅毛大雪，天地间变得白茫茫的，安静极了。每次突然一听到蓝脸儿坐在那里发出啊嚏啊嚏的声音时，家里的人也不说什么，第一个反应就是先到外面去把柴火和一些怕潮的东西苫好，因为他们都知道很快就要下雪了。蓝脸儿的喷嚏比很多东西都要准得多，广播里预报说近一两天内有雪，但往往不一定有，不一定能下得来，但蓝脸儿打过喷嚏之后，准会有雪。到了晚上，雪就飘飘扬扬地来了。一夜都在下。到第二天早晨，看见还在下，下得到处都寂静无声，人烟稀少。

还说形势，形势是经过她本人的过滤和理解后的形势，比现实的形势更加似是而非，更加让人糊涂，摸不着头脑，有时甚至让人觉得说的不知是哪朝哪代的事。有人说，记忆里的大雪如同纷纷扬扬的面粉，但她说，她们那时候从来也没有觉得那是面粉，谁也没觉得。要真是面粉，真有那么多的面粉，那还愁什么！人们会高兴死的。

以后又说，要是真有那么多的面粉，世界也肯定不成个世界了。她用一些别人看不甚明白的表情比画着说，世界是这么个东西，有肥有瘦，有长有短，有高有低，有白有黑，就得有一部分人时常饿着点儿，要是人人都能吃饱，都吃得懒洋洋的，然后心生邪念，不好的东西滋滋地往外冒，像恶草一样每天生长，每天往上长一点，那是个什么世界？

她坐得笔直，但却有很老的影子在墙上动来动去，有时像是站在门前向远处眺望，有时又像是在弯下腰捡什么东西，垂下去的袖子明显地被风吹着。

我对她说，人们拼命地干活儿，拼命地捞钱，最终就是为了要达到那样的一个目的。

她吃惊地看着我，说，那还有啥干头？那还不如不干呢。

就在那些天里，有一天突然获悉老赵被选为劳模，惊异过后，我真是高兴！我觉得我可能比他本人还要高兴。为什么会这样？是因为一直都觉得他很可怜吗？我也不太清楚。不过，如今有了这样的事，我认为他不应该算是最可怜的人了，因为，有很多人连他都不如，根本不如他。有时间我得跟他说说，他属于那种有痛苦但还不是最可怜的人，他知道有些人是怎么活的吗？是怎么一天一天地强打精神硬撑着的吗？恐怕未必知道。因为他至少还是一个有职业的人，而有些人却是真正的一无所有。

几只鸟在外面探头探脑地看我。

我给他写信。我说，老赵啊，古语说得好，祸兮，福之所倚，福兮，祸之所伏，虽然你请假回来和我一起捉耗子的那些天，我们连一只耗子也没有捉住，受到了人们的嘲笑和奚落，可是，你却能够在其他方面捉到别的东西，比如工资、荣誉一类的东西。由此可见，你的才能并不在捉耗子上，而在于打洞——掘进上。有不少人也时常断不了挖个坑，打个洞什么的，可那完全是瞎刨一气，根本打不出什么名堂来。而你就不同了，每前进一米，都是有说法的。至于这一年的劳模能够涨几级工资，我觉得那是另一码事。煤矿上的人都知道他，都知道他这个人比大多数人活得枯燥、无趣，也没什么嗜好，唯一让他感到揪心和念念不忘的就是想要知道一些与他本人有关的真实的东西，此外再别无所求。但是，人们不理解，不明白他为什么要这样做。一些真实的东西——那到底是什么？就因为这，把别的好多东西都放弃了，白白地过去了，流走了，大多数人都认为这样做不值得。虽然谈不上伤害别人，但实实在在地苦了自己。说起老赵，他们直言不讳地说，是呀，那个傻瓜，不好好活着，总是和自己过不去，总是自己给自己下套子、使绊子，经常跌得头破血流，神思恍惚。一直都在想着真实，有时甚至连梦里的东西也要计较。要那么真实干什么？要那么清楚干什么？就这么一天一天地稀里糊涂地过，该干什么干什么，不是挺好吗？这有什么不好？真是不明白，实在是不明白他这个人到底是要干什么。

工会也知道他的一些事，工会主席茅志功同志早就发现他是一个那种一条道跑到黑的人。多年来总是善于努力去理解别人的茅志功主席曾打算由他本人出面，代表组织，帮助老赵解决一些迫在眉睫的问题，这只是一个还没有付诸行动的想法，但已经被老赵挡住了。老赵说，茅主席啊，千万不敢那样做，那样一来，事情就会彻底闹大了，会越来越复杂。世上的人多了，不幸福的也不只我一个。茅志功主席说，别听他们胡扯，实话告诉你，这个世界上没有几个家庭是幸福的，没有几个夫妻是心心相印的，谁要说有，那完全是骗人的！不管别人怎么看，我是不信的。就说你老哥我吧，看上去每天也都高高兴兴的，甚至没心没肺的，像个乐天派，是吧？兄弟，我不那样又能怎么样？难道要整天哭丧着个脸吗？要是我都那样了，我还怎么做你们这些人的工作？……唉，他妈的，说这些干什么，有什么用？

老赵说，茅主席呀，我没有那么高的要求，希望心心相印。咱一个窑黑子，咋敢有那么高的理想，那不是和自己过不去么？我只希望能活得踏实一些，安心一点。

你现在活得不踏实，不安心么？

那还用说么。这么多年了，你难道一点儿也没看出来？

茅主席想了一会儿，说，实在不行，你就离了吧。四条腿的女人不好找，两条腿的女人有的是。

老赵说，茅主席呀，这些年我总在考虑一个问题，要不是这个问题，我早就按您说的去做了。

茅主席说，什么问题？

老赵说，孩子，孩子们。我敢说，要是一离了，我的那几个孩子们马上就有了后爹。

又说，我不想让他们有后爹，这是最根本的原因。除了我，再也不可能有人像我对他们那么好了。

那肯定是。茅主席说。

茅志功主席想了一会儿，说，严重的问题是要教育农民，还有工人。你知道么，无产阶级要想解放全人类，解放别人，首先得解放自己。你连自己都解放不了，怎么可能去解放别人呢。

老赵说，离了，我倒是解放了，可他们就麻烦了，肯定免不了还得吃二遍苦，受二茬罪。

茅主席说，也别太悲观了，说得像旧社会似的。也别把所有的后爹都想得那么恶，他们中间也有好人，不全是虐待狂，杀人犯，并不是所有的后爹看见别人的孩子都恨不得一下掐死。

茅主席啊，看见您，我的心里亮了不少。有时候，我真想死在矿井里，不再出来，可又怕给咱们矿上抹黑，让上面把咱们的流动红旗拿走。

咱们矿上，大姑娘，老姑娘，小寡妇，有的是。你要是离了，我负责给你介绍。矿上的人，谁不认识茅主席。

唉，茅主席啊，我不是那个意思。就是一个人过也没什么大不了的，一个人有一个人的好处。

灯房里的那个药翠喜怎么样？去年刚死了男人，我看不错。

茅主席啊，我的茅主席呀！您一点儿也不了解情况，这事不成，她连看都没看过我一眼。每次我下井前去取灯，从井下上来后去交灯，她从来没有说过话，像是一台长着手的机器。

这能说明什么呢？这什么也不能说明。女人，狗日的女人们，我是知道她们的，她从来没有看过你，并不等于从来没有想过你。你呢，要明人不做暗事，该无耻的时候就无耻一点……啊，我是说，有时候无耻和勇敢是一回事，根本没办法区别，而她们，不讨厌这种行径。

有一天，按照老赵的嘱咐，我去了他们家。

我在外面站了很久，一直没有人在家。

五天对我说，我怨恨咱们的父母，要不是他们，我怎么能来到这个世上？来了就来了吧，可我又是那么的不走运，那么的不招人喜欢。这些天，我每天都在想，从小到大，从来没有任何一个人喜欢过我。

我对他说，不要老想着让别人喜欢。

他说，没有人喜欢也就算了可是，你帮我算算，我前前后后做了那么多事情，从来没有做成过一件。

我说，只要用心去做，总有做成的那一天。

他说，我知道，我做的可能有问题，可是，这难道和一个人的命，一个人的运气，一点儿关系也没有么？

得承认，运气对一个人是非常重要的。我在心里对自己说。有的人前半生运不通，后半生时来运转，还有的人前半生一帆风顺，后半生一年不如一年，一直往下出溜。另外还有一种人，运气从来就没有通顺过，靠山山倒，靠水水流，一直都在走背字。五天可能就属于第三种人。我想，我也是。

这是中午，我们兄弟俩人在门廊里的一次谈话。虽然是兄弟，可说起来，这样的时候并不多。坐在门廊里的一块石头上，五天看上去温顺得像一只绵羊，与平日里的时候判若两人，脸上罩着一层宁静的影子般的颜色。以前那么多年，我一直认为这样的词语与他无关。

到晚上，天快黑的时候，我们还在地里。刨出来的一窝一窝的小土豆让我们非常沮丧，越刨越觉得没有意思，看不到希望。有人点起了一堆一堆的火，浓烟像庙里的柱子一样粗壮，像懒洋洋的和尚一样肥圆。

远处还有一些模糊的人影。

我们坐了一会儿，五天对我说，我先回去了。

我看着他走进烟里，之后又消失在暮色里。

大约一个小时以后，我也回到了家里。刚来到院门前，就听见有人说五天吊死了，没有看清那个人是谁。鸡本来都早已进了窝里，这会儿不知为什么又都跑出来了。院子里有一盏灯，灯是昏黄的，不停地晃来晃去，满院的影子。

我闻到燃烧蒿草的气味了

那时候，五天已被从梁上放了下来，躺在一扇门板上，几只鸡在他头的一边刨来刨去，我担心它们会啄他的脸或眼睛，但是没有，它们只是在寻找吃的东西。有一年，一个叫宣鼎的人死了，躺在院子里，有几只鸡嘣嘣嘣地使劲地啄他的脸，啄他的脚，还有一只站在他的鼻子上，站得端正，笔直，傲慢。名叫宣鼎的人活着的时候，曾经是一个很厉害的人，脾气很大，动不动就发火。

我去找老贺，请老贺给他糊几件东西。

我走在风里，想着他的模样，树木摇晃得十分厉害，有些屋顶上的蒿草一会儿向这边倒伏，一会儿又从那边来。有一段时间，我眼前的世界是模糊不清的，一切都只是个大致的轮廓。五天啊五天！我记不得我曾经哭过，可眼前的景象为什么这样斑驳？在这个无论什么时候都乱糟糟的又模糊不清的世界上活了这么多年，没有友谊，没有一丝一毫的爱情，本人又连一丁点儿积蓄也没有，出来进去都骑着那辆旧得不能再旧的破自行车……现在，他躺在冰冷的门板上，没有人哭他，连个能给他举幡戴孝的人都没有。昨天晚上，临睡前我又看了他一眼，有树叶和枯黄的细草飘落在他的脸上，有白色的鸽子粪落在他的眉毛上。我举着灯，帮他把那些东西捡走，清理干净。从前，他活着的时候，人们都说他毛糙，不安分，乱七八糟，茹毛饮血，现在，他倒是不毛糙了，也安静了，也不乱七八糟了，也不茹毛饮血了。

我想让老贺用上好的纸给他糊一辆崭新的摩托车，那是他生前梦寐以求的一件东西，但从来只有看的分儿，只有在心里羡慕，时常眼巴巴地看着别人得意扬扬地绝尘而去，排山倒海，一日千里。现在，通过老贺的一双饱经风霜的巧手，我们也把此前他从来没有过的速度和信心给了他。他要是知道了，一定会瞪大眼睛，惊奇无比地看着我们，不敢相信这是真的，不敢相信会有这样的事情与他有关。

另外，我还想让老贺给他做一名年轻的女子。

老贺说，一个干什么！两个，至少两个，我至少要给他做两名女子！一个是家里的妻子，另一个是外面的女友，或者一妻一妾。

我惊呼道，老贺，你知道不知道，这样一来，那个傻小子他会高兴死的。

他不是已经死了吗？老贺斩钉截铁地说道，只不过不是高兴死的，而是麻烦死的。

又说，现在兴这个，这是时代的需要。人活着，得跟着时代一起走。

老贺对我说，五天死得可怜，死得突然，他本人因此不愿意在这上面牟利，所做的那些东西，他只收取一点儿纸张的成本费用，其余的一概不要钱。我在心里默默地对他说，五天啊，老贺能这样做，已经是非常的不容易非常的够意思了，也够难为他的了。这么多年来，他给谁便宜过？你，我，我们平时又和人家没有什么交情，人家凭什么要这样？人们从来都说他做出来的东西很贵，有时贵得没边儿，贵得离谱，贵得要命，让人目瞪口呆，不敢接受，不敢拿回去。

夜里，我披着一件衣服，坐在门前看星星。

我听到一些年龄与我相差不多的年轻人正在翻墙过院，想方设法地与他们所喜欢的女子见面，甚至还有中年以后的人，也在出动，四处急急地奔走，秘密地观察，内心深处既警惕又火热，夜里的风与他们无关，黑暗也与他们无关。大约他们的心里都有一盏灯，一直亮着，知道自己该去哪里。

爱情好甜蜜，爱情好辛苦。

我起身去停放五天的房里，往灯里加了些油，然后把灯点亮。有人说像五天这种年龄的死者，不应该在停放他的地方点灯。我问为什么，他们也没有说出个道理来，十分的含糊。我还是把灯点亮了，看见他冷冷地躺在那里。我对他说，五天，这是你在咱们这个家里停留的最后一个夜晚了。

没有人找我，从来没有人来找过我，尤其是她们。所以我只好常常一个人坐在门前看星星。

我觉得，星星也挺好看的。

二〇〇三年十二月

编后记

除了另外三部长篇小说以及部分短篇小说由于版权等原因未能收入外，这次编辑出版的作品系列囊括了我目前面世的全部作品，共计有长篇小说六部、中篇小说四十四部、短篇小说三十七部。在各册的编排上，力求和谐。不过，因篇幅字数的差异，有时又确难做到内容与风格上的高度一致甚至相近，如此，同一册之中，有时会有完全不同面目的作品并存。阅读一本风格内容相近的书犹如在一个熟悉宁静的地方漫步，反之，则如同在同一座山上浏览四季；对于阅读者来说，很难说哪一种方式更好。也许，这中间并不存在可比性。此外，部分篇章中偶有另造之词句，我视之为自己之词句，更视之为一个写作者对于语言、对于表达所做之努力或曰贡献。我不喜并厌恶被无数人咀嚼过无数遍的词句及语言，故在与各册编辑商榷后，使它们得以保留。保留它们，也意味着保留了我之所思所想，更是一次与它们生离死别之苦痛的避免。

这套作品系列，贯穿了我迄今为止的写作生涯，从最早到最近。

感谢此系列最早的策划者续小强、孟绍勇二位青年才俊，感谢北岳文艺出版社，感谢北岳文艺出版社众位编辑朋友在此系列的编辑、校阅、出版过程中付出的大量艰辛的劳动和努力，她们认真、求真、严谨细致的工作作风和编辑精神给我留下了深刻难忘的印象，也使我深为感动。

吕　新

二〇一七年十月二十四日